KB260969

동물원에서
프렌치 키스하기

동물원에서 프렌치 키스하기

우치동물원 수의사 최종욱의
야생 동물 진료 일기

최종욱 지음

반비

책의 진정한 저자인,

나의 소중한 동물 벗들에게

동물원에서 일어난 네 가지 기적

수의과대학을 졸업하고 우치동물원에 들어오기 전까지 약 12년 동안 직장을 네 번이나 옮겼다. 거의 3년마다 일터를 옮긴 셈이다. 대관령처럼 경치 좋은 곳도, 우유 공장처럼 깨끗한 곳도, 공공 기관처럼 신분이 안정적인 곳도, 실험실처럼 학문의 열기가 드높은 곳도 나의 역마살과 방황을 막지 못했다.

그러다 어느 날 바람처럼 동물원으로 오게 되었다. 아주 우연하게 시작된 일이었다. 말 그대로 길을 가다가 무심코 동물원을 보유한 지자체에서 낸 수의사 모집 공고문을 보았고 큰 기대 없이 시험에 응시했다. 물론 동물원 동물들에 관심이 없었던 것은 아니다. 앙증맞은 반려 동물보다 거친 야생 동물을 좋아하는 내게 동물원 수의사는 꼭 한 번 해보고 싶은 일이었다. 그러나 자리도, 기회도, 내겐 뜬구름 같은 것이라고만 생각해왔다. 동물원 수의사는 대부분 공무원이기도 한데 나는 역마살이 있어 공무원으로 오래 일하기는 어렵지 않을까 하고 막연히 생각했다. 그럼에도 굳이 시험을 본 것은 가장으로서의 일말의 양심 때문이었다. 그때는 실험실에서 연구에 한창 몰두해 있을 때였는데 연구만 하기엔 가정 형편이 여유롭지 못했다.

인연이 닿으려고 그랬는지 시험에 덜컥 붙었다. 그렇게 운명처럼 동물원에 첫 발을 내딛게 되었다. 막상 붙고 나니 정말 기뻤다. 동물원에서라면 공무원으로도 얼마든지 살 수 있을 것 같았다. 정말로 그날부터 날마다 출근하는 일이 기쁨이 되었다. 누가 시키지도 않았는데 쉬는 날도 동물원에 나왔고, 일부러 저녁 늦게까지 남아서 동물들과 함께 지냈다. 휴일이면 가족들도 아예 동물원에 데려와 놀라고 하고는 나는 동물들과 놀았다. 평소에 잘 안 하던 공부도 갑자기 열심히 하게 되었다. 책도 많이 사고 도서관도 자주 들락거렸다. 망원경도 사고 디지털 카메라도 사서 날마다 동물들의 모습을 관찰하고 찍고 다녔다. 하루의 일들을 빠짐없이 기록하는 일도 시작했다. 그 전에는 일기 한번 안 써본 게으름뱅이가 이토록 부지런해진 것이다. 이것이 동물원에서 일하는 동안 일어난 첫 번째 기적이었다.

기적은 계속 일어났다. 동물원에 있다 보니 이곳이 늘 매스컴의 주목을 받는 공간이란 것을 알게 되었다. 봄, 여름, 가을, 겨울의 각 계절을 나는 동물들의 모습을 보고자 시시때때로 방송국과 언론사에서 취재를 나왔다. 해가 바뀔 때면 새해의 띠 동물 이야기를 쓰려는 기자들이 찾아와 나에게 인터뷰도 요청했다. 처음에는 한 사람, 한 사람에게 꼬박꼬박 비슷한 말을 해주었는데 그러다 보니 요령이 생겨서 나중에는 아예 짤막한 인터뷰 기사를 만들어주었다. 그것이 어느 기자의 눈에 들어 신문 칼럼을 쓰게 되었다. 칼럼을 3년 정도 썼더니 출판사에서 책을 내자는 요청이 들어왔다. 그리고 동물원에 온 지 4년 만에 내 이름을 단 첫 책이 나왔다. 두 번째 기적이었다.

세 번째 기적은 코끼리와 함께 일어났다. 수의사가 된 후, 나는 항상 코끼리를 마음에 품고 있었다. 코끼리를 한번 키워볼 수만 있다면 동물원을 그만두어도 여한이 없을 것 같았다. 그런데 어느 날 코끼리가 아홉 마리나 한꺼번에 동물원으로 들어왔다. 과도한 소원 성취였다. 나는 코끼리가 너무 좋아서 어루만지고 닦고 문지르고, 때로 등 위에 타고 놀면서 늘 곁을 지키고 보살폈다. 지극정성에 마음의 안정을 찾은 덕분인지, 어느 날 놀랍게도 코끼리 중 두 마리가 임신을 했다. 방송사의 협조를 받아 국내 최초로 코끼리 초음파 임신 감정을 하고, 코끼리 출산 장면도 고스란히 카메라에 담았다. 비록 코끼리가 주연이고 나는 조연이었지만 내 얼굴도 함께 텔레비전에 나왔다. 그 덕분에 조용하고 얌전해서 눈에 잘 띄지 않는 사람인 내가 지인들 사이에서 스타가 되었다. 세 번째 기적이었다.

큼지막한 기적은 가끔 일어났지만 작은 기적은 매일같이 일어났다. 동물원에서는 하루하루가 작은 기적의 연속이었다. 맹수의 제왕인 호랑이와 사자 새끼가 내 품에서 무럭무럭 자라났고 죽어가던 사슴과 원숭이가 내 치료를 받고 살아났다. 코끼리, 기린, 낙타, 얼룩말이 새로 세상에 나왔고 갓 태어난 새끼의 보송보송한 털을 직접 손으로 만졌다. 탈출한 캥거루와 원숭이를 잡으려고 죽을힘을 다해 달릴 때는 캥거루보다도 빨리 달렸다. 사랑했던 백곰과 퓨마가 명을 다하고 죽어갈 때는 아프게 지켜보았다.

동물원에 들어오면서 내 인생은 동물원을 축으로 즐겁고도 빠르게 돌아갔다. 아름다운 꿈에서 깨어나 돌아보니 어느덧 10년의 세월이 흘러 있었다. 그런데 이상한 일은 내 얼굴이 10년 전 모습을 그대로 간직하고 있다는 것이다. 내 실제 나이를 말하면 모두들 놀란다. 절대 동안이란다. 동물원에 있는 동안에는 시간이 나를 비껴서 흘렀다. 네 번째 기적이다.

기적으로 가득했던 10여 년간의 동물원 이야기를 이 책 한 권에 담았다. 내가 썼지만 이 책은 나의 책일 수 없다. 나를 동물원으로 이끈 동물들이 내 손을 빌려 자신들의 이야기를 쓴 것이다. 그러므로 감히 이 책이 많은 사람들이 읽고 공감하는 베스트셀러가 되기를 꿈꾼다. 그래서 동물원에 놀러오는 사람들이 동물들과 더 깊이 교감하고 동물들에게 더 많은 사랑을 보내주기를 바란다. 그것이 내가 바라는 다섯 번째 기적이다.

광주에서

최종욱

2장. 동물들이 나에게 가르쳐준 것들

3장. 야생 동물 수의사로 산다는 것

1장.

우치동물원의 사연 많은 하루하루

아무 탈 없이 하루가 지나가면
수의사가 심심해할까 봐 걱정이라도 되는 걸까?
예고도 일절 없이 엉뚱한 말썽을 부려서
정신을 쏙 빼놓는 동물들이 있다.
이러다 이 녀석이 다치는 것은 아닐까,
아니 오히려 내가 다치는 것은 아닐까 정신이
아찔해지는 순간들이 하루에도 몇 번씩 찾아온다.

병들고 지친 동물들이여, 이곳으로 오라

우치동물원에는 다른 동물원에서 버림받은 동물이나 야생에서 부상당한 채 구조된 동물, 장애를 가진 동물이 유난히 많다. 모르는 사람들은 우치동물원이 유난히 마음 씀씀이가 넓은 줄 아는데 사실을 고백하자면 시작은 예산 문제였다. 빠듯한 동물원 예산으로 최대한 다양한 동물을 들여놓기 위해서는 다른 동물원에서 꺼리는 동물들, 예컨대 다쳤거나 병들었거나 기형으로 태어난 동물늘도 덥석덥석 받을 수밖에 없었나. 이런 동물들에게는 당연히 보통 동물들보다 곱절로 신경을 써주어야 한다. 고생은 되지만 비실거리던 동물이 부쩍 살이 오르는 모습을 보며 느끼는 희열도 크다. 시작이 어떠했건 정성을 들이다 보니 이제는 우치동물원이 아니면 누가 이 녀석들을 돌보겠나 하는 의무감마저 든다.

무려 1년째! 아나콘다의 단식 투쟁

자신의 뜻을 세상에 효과적으로 드러내기 위해 단식 투쟁을 선택하는 사람들이 종종 있다. 그런데 사람의 단식 투쟁은 저리 가라 할 정도로 지독히 안 먹어서 골치 아프게 하는 동물도 있다. 우리 동물원의 단식

챔피언 아나콘다 이야기다.

아나콘다는 최대 12미터까지 자라는 세계 최대의 물뱀으로 아마존 밀림이 고향이다. 사람에겐 그리 해를 끼치지 않지만 워낙 덩치가 크다 보니 공포 영화의 소재로 종종 등장한다. 하지만 모든 아나콘다가 이렇게 다 큰 것은 아니다. 우리나라 동물원에 들어와 있는 아나콘다는 대개 소형인 노랑아나콘다가 대부분이라서 잔뜩 기대하고 보면 실망하기 십상이다.

이마저도 우리 동물원에는 없었는데 다른 동물원에서 기증받게 되었다. 말이 좋아서 기증이지, 다 죽어가고 있다기에 그럼 우리가 살려보겠다고 배짱 좋게 만용을 부려서 억지로 데려온 것이었다. 이 아나콘다는 기절초풍하게도 무려 1년 동안 식음을 전폐한 상태라고 했다. 그 탓에 죽어가고 있다지만 어쨌든 1년을 굶고서도 생명이 붙어 있다는 것이 신기했다.

사실 열대 지방에서 사는 뱀은 겨울에 태양빛이 조금만 약해져도 단식을 시작해 이듬해 초여름까지 전혀 먹지 않는다. 길게는 우리 동물원에 온 아나콘다처럼 1년도 견딜 수 있다. 이는 특수한 에너지 대사 기능 덕분이다. 항상 준비 상태에 있어야 하는 다른 동물의 위장과 달리 아나콘다의 위장은 일시 정지 상태에 들어갈 수 있다. 그런데 우리 동물원에 온 아나콘다는 왜 단식을 하고 있는 것일까? 아마도 환경이 안 맞아서 단식에 돌입한 것이 확실했다. 예전에 살던 곳은 동물 쇼 위주로 운영하는 사설 동물원의 비좁은 수조였으니 갑갑했을 것이다.

아나콘다를 데려오며 살려내겠다고 큰소리치기는 했지만 진심을 말하자면 확신은 없었다. 그저 최선을 다해보겠다는 마음뿐이었다. 오자마자 파충류사 담당 사육사와 힘을 합쳐 큰 수조 속에 미지근한 물을 넣고 일단 목욕부터 시켰다. 목욕물에는 항생제와 소금을 풀어주었다. 목욕이 끝난 뒤에는 실내 온도를 언제나 25도가 넘도록 맞추어놓았다. 그리고 시장에서 체력 회복에 좋다는 싱싱한 가물치를 몇 마리 사서 넣었다.

하지만 너무 오래 굶어서 힘이 빠진 탓일까? 아나콘다는 눈앞에서 가물치가 힘차게 헤엄쳐 다니는데도 죽은 듯 수조에 축 늘어진 채 그저 바라보기만 했다. 저러다 진짜로 죽을 것만 같았다. 괜히 데려와서 초상만 치르게 되는 건 아닌가 슬슬 걱정되기 시작했다.

그렇게 하루, 이틀, 사흘이 지난 어느 날 아침, 일찌감치 문안 인사를 갔는데 가물치들이 감쪽같이 사라져 있었다. 혹시나 해서 이리저리 찾아보아도 역시 보이지 않았다. 아나콘다의 식욕이 되살아난 것이다. 신이 나서 이번에는 살아 있는 닭을 넣어보았다. 역시 다음 날 가보니 닭은 없어지고 뱀의 몸 가운데만 볼록해져 있었다. 겉으로는 담담한 척했지만 속으로는 그동안의 긴장이 싹 풀리는 느낌이었다.

얼마 안 있어 아나콘다는 허물벗기를 했다. 뱀은 영양 상태가 좋아지면 허물을 벗고, 한 번 벗을 때마다 쑥쑥 자란다. 허물벗기 도중에 눈 부분의 허물이 잘 안 벗겨져서 나와 사육사가 핀셋으로 도와주기도 한 결과 번득번득한, 푸르고 싱싱한 몸이 드러났다. 이제 정상으로 돌아왔으니 아나콘다는 쑥쑥 자랄 일만 남았다.

표범은 원래 아프리카와 아시아에 걸쳐 숲이나 초원에서 주로 서식하는 동물이다. 그런데 우리 동물원의 암컷 표범인 표순이는 숲도, 초원도 아닌 호수에서 데려왔다.

어느 날 동물원으로 이런 전화가 걸려왔다. "표범을 200만 원에 사 가쇼." 단 조건이 하나 있었다. "위치를 알려줄 테니 알아서 잡아가쇼." 조금 찜찜하긴 했지만 200만 원이라는 말에 내 마음은 이미 그곳으로 달려가고 있었다. 표범이 200만 원이라면 정상 거래 가격의 1/10 수준이니 헐값이나 다름없었다.

속는 셈치고 먼 길을 찾아갔다. 그렇게 해서 도착한 곳은 경상북도 김천의 호숫가에 있는 어느 산장. 그곳에는 정말로 표범이 있긴 있었다. 하지만 맹수다운 자태는 아니었다. 돼지우리 같은 곳 구석에 처박혀 캭캭 하고 서늘한 소리를 내며 으르렁대고만 있었다. 온통 닭 썩는 냄새가 진동하고 있으니 그동안 관리가 어떠했는지는 안 봐도 뻔했다. 표범의 몸이 무척 말라 있다는 것을 한눈에 알 수 있었다.

산장에는 주인은 보이지 않고 중개인만 나와 있었다. 구경거리용으로 표범 두 마리를 사다 길렀는데 한 마리는 얼마 전 죽었다고 했다. 경상도에서 전라도 광주의 동물원까지 전화를 한 것으로 보아 여러 군데 연락했다가 죄다 거절당했구나 짐작되었다.

표범은 우리 구석에 숨어 있어서 마취하기도 쉽지 않았다. 한쪽에서 작대기를 집어넣어 표범을 몰고 반대쪽에서 내가 마취 총을 들고

동물원에서 건강을 되찾은 표범, 표순이. 우리나라에서는 표범을 점무늬범이나 칡범이라 부르기도 했다.

대기하는 식으로 두 시간 동안 애를 써서 겨우겨우 표범을 구석에서 나오도록 유도해 마취할 수 있었다. 표범을 싣고 돌아가는 동안 나는 '표범을 이렇게나 싸게 구하다니!' 하는 기쁨과 '저렇게 마른 놈을 어떻게 해야 하나?' 하는 걱정, 이 두 가지 감정에 동시에 휩싸였다.

그런데 우치동물원에 도착하고 표범을 자세히 관찰한 다음에는 놀라움이라는 감정이 더해졌다. 우리나라 동물원에 있는 표범들은 대개 아프리카나 인도에서 온 남방 계열로, 털이 치밀하지 않고 꼬리털이 거의 없다. 그런데 이 녀석은 털이 촘촘하고 꼬리털이 두터운 것으로 보아 중국이나 러시아에 분포하는 북방 계열이 분명했다. 북방 계열은 우리나라 전래 표범과 아주 흡사한 멸종 위기 종이다. 그냥 재투성이 아가씨인 줄 알았던 표범이 뜻밖에도 신데렐라였던 셈이다. 나는 이 표범에게 표순이라는 이름을 붙이고 정성껏 돌보기 시작했다.

맹수에게는 대개 닭고기를 주고 일주일에 한 번만 소고기를 주지만 표순이에게만은 날마다 신선한 소고기를 주었다. 하지만 표순이는 거의 학대에 가까운 환경에 처해 있었던 탓에 우치동물원으로 옮겨지고 나서도 보름 동안 아무것도 입에 대지 않았다. 애가 탔다. 걱정에 지쳐 슬슬 포기하려는 마음이 들 무렵, 표순이가 고기를 몇 점 먹었다는 희소식이 날아왔다. 그날을 시작으로 표순이는 하루가 다르게 식욕이 왕성해졌다. 이제는 먹이를 달라고 먼저 보채기도 하고 먼발치에서 사육사가 보이면 철창에 기대어 맞이하기도 한다. 내가 "표!" 하고 부르면 드러누워 배를 보이면서 고양이처럼 애교를 부리기도 한다. 그렇게 표순이는 우치동물원의 맹수 중에서 가장 사랑스러운 여인이 되었다.

부리 잘린 홍부리황새의 인생 역전

경기도에 있는 한 작은 동물원과 잉여 동물 상호 친선 교환 형식으로, 그러니까 서로 개체 수가 많은 동물을 맞바꾸는 형식으로 우치동물원의 당나귀 한 마리가 보내지고 홍부리황새 두 마리가 들어왔다. 그런데 홍부리황새 한 마리의 부리가 이상했다. 한쪽 부리 끝이 뾰족하지 않고 뭉툭했던 것이다. 꼭 누가 일부러 자른 것 같았다. 그 동물원에 전화를 걸어 물어보니 이런 대답이 돌아왔다. "아, 그거요? 윗부리가 뭔가에 걸렸는지 부러져버렸어요. 한쪽만 부러져 있으니까 먹는데 너무 불편해하더라고요. 수의사가 아래쪽도 같이 잘린 게 낫겠다고 해서 똑같이 잘라준 거예요."

돈을 주고 산 것이면 상도에 어긋난다고 항의하겠지만 이렇게 동물원들끼리 자체적으로 하는 친선 교환의 경우에는 어느 정도 참는 게 예의다. 기왕 맺은 인연이니 잘 키워보기로 결심했다.

하지만 내 마음과는 달리 다른 여섯 마리의 황새들이 이 녀석을 따돌렸다. 게다가 역시나 녀석은 먹이를 먹는 데도 다른 황새보다 두세 배의 노력이 더 필요했다. 미꾸라지를 주면 보통의 황새는 긴 부리로 한 번에 탁 잡아채서 잘도 먹는데 이 녀석은 여러 번 잡아채야 겨우 한 마리를 삼키는 정도였다. 담당 사육사는 이 부리 잘린 황새가 안쓰러워서 먹이를 먹는 동안에는 다른 황새들이 다가오지 못하게 옆에 지켜 서서 감시했다. 덕분에 미꾸라지를 일정량 꼭꼭 챙겨 먹은 녀석은 성치 못한 부리를 가지고도 토실토실하게 잘 자랐다. 어느 순간부터는 요령이 생겨서 짧은 부리로도 미꾸라지를 제법 잘 집어 먹었다. 그냥 운명에 맡겨두었다면 꼼짝없이 굶어 죽었을 것이다.

봄이 되면 황새들은 높은 곳에 둥지를 만들고 알을 품는다. 원래 우치동물원의 물새장에서는 한 쌍의 황새만이 해마다 우리 꼭대기에 둥지를 지어왔다. 그것도 계속 무정란만 품다가 드디어 10년째인 두 해 전부터 새끼를 낳기 시작한 터였다. 나는 황새 새끼가 커가는 모습이 궁금해서 날마다 사무실 창가에 서서 망원경으로 관찰하곤 했다.

짧은 부리로도 당당히 짝짓기에 성공한 홍부리황새. 서양 민담에 등장하는, 아기를 물어다주는 새가 바로 황새이다.

그런데 어느 날 원래 있던 황새 둥지 아래 또 하나의 황새 둥지가 눈에 띄었다. 놀랍게도 이 부리 잘린 황새가 2년생인 다른 황새와 짝을 지어 새로운 둥지를 만든 것이었다. 선배 황새들의 경험에 비춰보았을 때 알을 낳더라도 무정란일 것이 분명하니 당장 새끼를 볼 리는 없었다. 그래도 일단 둥지를 만들었다는 것은 부부가 되었다는 공식적인 선언이나 다름없다. 황새는 한 번 짝을 맺으면 서로 정절을 지키며 해로하는 동물이니 이 신혼부부도 평생 함께할 것이 분명했다.

부리 잘린 황새를 죽 안타까운 마음으로 지켜보아 온 나로서는 그야말로 감격의 순간이었다. 장애에다 따돌림까지, 이중으로 힘들었을 녀석이 이렇게 결혼에 성공하다니!

그런데 놀라운 사실은 또 하나 있었다. 가만히 보니 녀석은 수컷이 아니라 암컷이었다! 원래 황새는 겉모습으로는 암수 구별을 하기가 어렵다. 둥지에서 주로 알을 품는 쪽이 암컷이라 알을 낳은 다음의 행동을 보고서야 암수를 짐작할 뿐이다. 이외에는 유전자 분석밖에 방법이 없다. 보통 암수의 겉모습이 비슷한 동물들은 사랑을 먼저 표현하는 데도 굳이 암수를 가리지 않는다. 그동안의 정황으로 보았을 때 부리 잘린 황새는 건강해진 다음에 수컷 황새를 적극적으로 쫓아다녔을 확률이 높았다. 둥지는 그동안 얼마나 삶에 애착을 가지고 열심히 살아왔는지 보여주는 생생한 증거였다. 용기 있는 자가 미인을, 아니 미남을 차지한 것이다.

꼬리감기원숭이 조마가 집을 나간 이유

조마는 우치동물원에 사는 암컷 꼬리감기원숭이의 이름이다. 조마라 하니 언뜻 우아하게 들리기도 하는데 알고 보면 '조폭 마누라'의 줄임말이다. 수컷 꼬리감기원숭이가 워낙 험상궂게 생겨서 '조폭'이라는 이름이 붙었는데 조폭의 짝이라서 덩달아 조마라 불리게 된 것이다.

원래 꼬리감기원숭이는 그 강렬한 인상 때문에 영화에도 종종 등장하는, 꽤 잘나가는 종이다. 대표적으로는 영화 「캐리비안의 해적」과 「박물관은 살아 있다」에 출연했다.

영화에도 출연하며 화려하게 사는 동족과 달리 조마는 신세가 꽤

나 처량했다. 원래 조마가 살던 곳은 원숭이 공연을 많이 하는 부안의 어느 작은 동물원이었다. 공연은 일본원숭이가 담당하는 터라 조마는 그냥 전시용이었는데 꼬리감기원숭이 무리에서도 왕따였다고 한다. 따돌림을 당하며 물어뜯긴 것인지 아니면 동상에 걸렸던 것인지는 알 수 없지만 조마는 꼬리가 반이 잘려나갔고 손가락 끝마디들도 거의 없었다.

그런 것을 알면서 굳이 데려온 것은 조폭을 짝 없이 계속 혼자 둘 수 없었기 때문이다. 다행히 조폭과 조마는 싸우지 않고 평화롭게 잘 어울렸다. 조폭은 몸이 불편하다느니 못생겼다느니 하며 마누라를 박대하지 않았다. 그렇게 꼬리감기원숭이 부부 만들기는 성공한 듯했다.

그런데 정작 조마는 뭐가 마음에 안 들었던지 어느 날 가출을 해버렸다. 원숭이 우리의 기둥과 철창 사이에 있는 이음매가 벌어지면서 생긴 틈으로 탈출한 것이다. 하필이면 추운 겨울날이었다. 꼬리감기원숭이는 원래 더운 남아메리카에서 사는 종이라 조마가 얼어 죽을까 가슴이 덜컹 내려앉았다. 곧바로 나와 사육사들 여럿이 수색에 나섰다. 동물원 안은 물론이고 주변까지 샅샅이 돌았다. 하지만 수색은 허사였다. 조마는 털끝도 보이지 않았다. 머릿속에서는 조마가 인가에서 난장판을 벌이다가 경찰에게 사살되는 끔찍한 상상까지 떠올랐다.

전전긍긍하고 있는데 일주일 후 동물원 건넛마을에 사는 주민에게서 전화 한 통이 왔다. "여기 등산로에 원숭이가 있네요." 그 즉시 마취총, 그물, 포대기, 운반 상자, 그리고 원숭이 이빨에도 끄떡없는 가죽 장갑을 챙겨 들고 출동했다. 등산로에 도착하자마자 한 사육사가

꼬리감기원숭이는 못생긴 얼굴 덕분에 인기가 많다.

높은 나무에서 조마를 발견했다. "저기 있네!" 하지만 반가움도 잠시, 조마는 인기척을 눈치채자마자 말 그대로 눈 깜짝할 사이에 사라져버렸다. 하늘로 솟았나 땅으로 꺼졌나 싶을 만큼 순식간에 일어난 일이었다. 도저히 생포가 불가능한 상황이었다. 또다시 허탕을 친 것이다.

그런데 사흘 후에 기적이 일어났다. 물새장 지붕 위에 무언가 움직이고 있기에 올려다보니 조마가 아닌가! 물새장의 철망은 꼬리감기원숭이에게는 충분히 넓어서 조마는 그 안으로 들어가 돌아다니기 시작했다. 우리가 그물을 들고 다가가니 이번에는 사라지지도 않고 대충 쫓기는 시늉을 하다가 금세 잡혀주었다. 마치 "아, 피곤해. 이제 나 좀 데려가요." 하는 것 같았다. 나는 돌아온 탕아를 맞이하는 아버지와도 같은 심정이었다. 조마는 성치도 않은 몸으로 열흘이 넘게 추운 바깥을 돌아다녔는데도 신기할 정도로 몸 상태가 좋았다.

그 후 조마는 새끼를 낳아 어엿한 어미 원숭이가 되었다. 범상치 않은 엄마를 둔 새끼이니 이름을 거창하게 잭 스패로라 지어주었다. 새끼를 낳은 뒤, 조마는 자식과 서방을 지극정성으로 보살피며 잘살고 있다. 그때 탈출을 했던 것은 서방이 마음에 안 들어서가 아니라 단지 세상 구경을 좀 하고 싶어서였나 보다. 험한 세상 구경은 원 없이 했는지 다시는 탈출 시도를 하지 않았다.

버림받은 동물들의 새로운 안식처가 되다

예전에는 반려 동물이라고 하면 개나 고양이 정도를 길렀다. 하지만 요즘은 곤충이나 파충류같이 특이한 동물을 찾는 사람이 많아지고 있다. 나만의 개성을 추구하는 시대에 맞게 반려 동물도 남들과는 다른 별난 것을 기르고자 하는가 보다. 그런데 특이한 반려 동물일수록 기르기 까다로운 것이 많고 더구나 아파트 위주의 주거 환경에서는 관리가 버거워지는 상황이 생기곤 한다. 결국 주인은 동물을 잃어버리거나 심지어는 슬그머니 내다버리기도 한다. 우치동물원에는 이렇게 한때 누군가의 반려 동물로 살았던 녀석들이 있다. 어쩌다 우치동물원까지 오게 되었는지 그 사연들을 소개한다.

턱수염도마뱀의 보양식, 메뚜기

어느 날 119에서 전화가 왔다. "뱀 같은 거를 한 마리 잡았는데요, 동물원에 가져다놓아도 괜찮을까요?" 이렇게 가끔 119 대원들이 인가 근처에서 위험해 보이는 동물을 포획하거나 다친 동물을 구조하고 나서 동물원으로 전화를 하곤 한다. 뱀이라는 말에 나는 흔한 토종 뱀을 떠올리며 "일단 한번 가져와 보세요. 보고 판단할게요." 하고 대답했다. 국내에 서식하는 야생 동물이라면 정부의 허가 없이 사육하는 것이 불법이다. 그래서 우리 동물원에서도 이런 동물이 생기면 치료와 회복 기간이 필요한 경우를 제외하고는 바로 풀어주는 것을 원칙으로 하고 있다.

그런데 119 대원이 뱀이 아니라 '뱀 같은 거'라고 표현한 데는 다 이유가 있었다. 그 동물은 흔한 뱀이 아니라 턱수염도마뱀이었다. 턱수염도마뱀은 보통 뱀보다 훨씬 험상궂게 생겼다. 거친 사막에 살아서인지 인상이 험

험상궂지만 알고 보면 순한 턱수염도마뱀, 턱돌이

악하고 머리가 삼각형 모양으로 큰데다 몸에 돌기가 많아 얼핏 날개 없는 서양의 용과 닮아 보이기도 한다. 이미 우치동물원에도 한 마리가 살고 있어서 내게도 낯익은 동물이었다.

"아파트 주민들이 뱀이 나타났다고 야단이 나서 신고를 했어요. 달려가 봤더니 이런 게 있더라고요." 119 대원은 턱수염도마뱀을 조심스럽게 넘기며 말했다. 자칫 물리기라도 할까 봐 조심조심 포획하고 운반한 모양이었다. 그런데 사실 턱수염도마뱀으로서는 억울한 일이다. 턱수염도마뱀은 생김새는 험상궂어도 야채나 곤충만 먹는 순한 동물이다. 그래서 요즘은 반려 동물로 키우는 사람이 늘고 있다. 이 턱수염도마뱀도 원래 고향은 호주 중동부의 사막 지대인데 광주에서 발

견된 것으로 보아 누군가의 반려 동물이었던 것 같았다. 내가 녀석에게 서슴없이 다가가 편하게 만지자 119 대원은 고개를 갸웃했다. "사나운 동물 아니에요?" 내가 턱수염도마뱀에 대해 설명하자 그제야 119 대원은 "아휴, 인상 때문에 깜빡 속았네." 하며 돌아갔다.

턱수염도마뱀은 야생으로 방사할 수도 없고 그렇다고 주인을 찾기도 난감했다. 어쩌면 주인이 일부러 버린 것인지도 모르는 일이었다. 오갈 데 없는 천애 고아 신세이니 우치동물원에서 키우기로 했다. 그런데 녀석은 한쪽 뒷다리의 한 마디 정도가 잘려나가 있었다. 주인이 소홀히 다룬 것인지 혼자 돌아다니다가 다친 것인지 알 수 없었다.

다리도 치료할 겸, 적응도 시킬 겸 일단 우리가 아닌 진료실에서 키우기 시작했다. 다리 길이 자체는 동물원에서 살아가는 데 큰 지장이 되지는 않았다. 진짜 문제는 이 녀석이 통 먹지를 않는다는 것이었다. 야채며 밀웜이며 온갖 좋은 것을 다 대령해도 입을 벌리지 않았다. 밀웜은 갈색쌀거저리라는 곤충의 유충인데 도마뱀 먹이용으로 쓰이는, 말하자면 살아 있는 사료인 셈이다.

나는 녀석의 식욕을 자극할, 밀웜보다도 더 근사한 먹이가 무엇일까 고민했다. 그러다 떠오른 것이 메뚜기였다. 마침 계절은 늦봄이라 이제 막 메뚜기들이 동물원 여기저기서 뛰어다니고 있었다. 그날로 당장 메뚜기 사냥에 나섰다. 메뚜기를 잡는 것은 어릴 때 이후로 처음이었다. 곤충망도 없이 그냥 손으로 잡으려니 여름이 멀었는데도 땀이 뻘뻘 났다. 한참을 그렇게 동물원 곳곳을 돌아다닌 끝에 메뚜기 다섯 마리를 손에 넣을 수 있었다.

메뚜기 한 마리를 핀셋으로 집어 턱수염도마뱀의 입 앞에 내밀었다. 녀석은 처음에는 이리저리 피했다. 그러다 갑자기 빨갛고 기다란 혀를 빼더니 덥석 메뚜기를 채갔다. 그렇게 메뚜기 다섯 마리를 모두 우물우물 씹어 삼켰다. 내 입가에 흐뭇한 미소가 저절로 번졌다. 메뚜기가 턱수염도마뱀 입맛에 맞았던 것은 다행이긴 한데 그날 이후로 가을이 다 가기까지 나는 거의 매일 메뚜기를 잡아 녀석에게 바쳐야 했다.

다행히 지금은 진료실에서 파충류사로 옮겨져 잘 살고 있다. 야채나 밀웜도 가리지 않고 잘 먹는다. 아무래도 메뚜기가 보양식 역할을 톡톡히 했나 보다.

우파루파의 알을 부화시켜라

아홀로틀이라고도 불리는 우파루파는 남아메리카의 차가운 민물에 사는 도롱뇽의 일종이다. 아가미가 외부로 노출되어 얼굴 주변에 갈기를 이루고 있는 특이한 구조를 가지고 있어서 언뜻 미소 짓고 있는 어린아이처럼 보인다. 이런 귀여운 얼굴 때문에 최근 들어 우리나라에 애완용으로 수입되고 있다. 애호가들 사이에서는 '해피 도롱뇽'이라고도 통한다고 한다.

"우파루파 좀 데려가세요." 이렇게 전화를 걸어온 사람은 아파트에 사는 중년 아주머니였다. "아들 녀석이 세 마리를 키우다가 군대에 갔는데 아들이 없으니 저걸 어떻게 키워야 할지도 모르겠고요, 키우고 싶지도 않고요." 이렇게 반려 동물을 우치동물원에 기증하고 싶다는 연락이 종종 온다. 하지만 웬만하면 거절한다. 흔한 반려 동물은 이미 동물원에도 있는데 기증을 일일이 다 받아들일 수는 없지 않겠나. 하지만 반대로 우치동물원에 없는 종이라면 직접 찾아가서 받아오기도 한다. 우파루파는 후자의 경우였다.

집에 들어가보니 각각 하얀색, 노란색, 검은색을 띤 우파루파 세 마리가 있었다. 하얀색 우파루파는 다른 데서 본 적이 있지만 노란색과 검은색은 처음이었다. 녀석들은 25도 정도로 수온을 맞춘 어항에 살고 있었고 먹이는 냉동 크릴이라 했다. "아들이 군대 간 이후로 얘들이 밥도 잘 안 먹고 움직임도 둔해졌어요. 주인이 안 보인다고 시위하는 건지, 우리가 뭘 잘못했는지 모르겠네요. 하여튼 데려가세요." 우리는 그분에게 고맙다고 인사하고 우파루파를 우치동물원으로 옮겼다.

일 년 굶은 아나콘다를 살렸던 그 연륜 많은 파충류사 담당 사육사가 이번에도 나섰다. 사육사는 열심히 자료를 찾아보고는 수온을 25도에서 10도로 과감히 낮추었다. "원래 우파루파는 차가운 물에 산다더라고요." 또 크릴 대신 모기 유충인 냉동 장구벌레를 사다 넣어주었다. "민물에서 사는 동물이니까 바다 동물인 크릴보다는 장구벌레가 낫지 않겠어요?"

처음에는 일일이 입에 대고 먹여 주었지만 차츰 우파루파는 우치동물원에 완벽하게 적응해갔다. 그 증거를 보여주기라도 하겠다는 듯 어느 날 검은색 우파루파가 알을 한 무더기나 낳았다. 우파루파 알 부화시키기, 이것이 우리에게 주어진 다음 과제였다.

좁은 어항 안에 우파루파와 알을 그냥 함께 방치해두면 우파루파가 알을 먹어버릴 위험이 있었다. 그래서 우리는 우파루파 알을 다른 어항으로 옮겼다. 새가 낳은 알은 인공 부화기를 이용해 부화시키기도 하지만 도롱뇽 알을 위한 인공 부화기는 존재하지 않는다. 그러니 어항의 환경이 알에 맞도록 사람이 일일이 맞춰주는 수밖에 없었다. 성공적인 부화를 위해 필요한 요소는 여러 가지였다. 천적이 없을 것, 적절한 수온과 산소 양을 맞출 것, 물을 청결히 할 것, 주위가 조용할 것, 영양소가 풍부할 것. 이 마지막 요소가 특히 어려웠다. 다른 표현으로 하자면 물에 플랑크톤이 많아야 한다는 것인데 이를 위해 동물원 근

해피 도롱뇽이라고도 불리는 우파루파

40

처의 시냇물을 떠오기도 했다.

　원래 도롱뇽은 한꺼번에 수천수만 개의 알을 낳지만 그중 무사히 자라 어엿한 도롱뇽이 되는 수는 손에 꼽을 정도로 적다. 여러 번 실패한 끝에 이제 우치동물원에는 원래의 세 마리 외에도 여섯 마리의 우파루파가 더 생겼다. 그러니 이제는 우파루파를 기증하겠다는 전화가 와도 거절할 수밖에 없다. 우파루파를 기르고 있는 분들은 혹시라도 '안 되면 어디 동물원에 기증하면 되지.' 하고 쉽게 생각하지 마시고 끝까지 책임져주시길.

말 없는 앵무새의 말문을 트는 법

하양이는 아파트에서 사는 어느 가족이 키우다가 너무 시끄럽다고 동물원에 기증한 앵무새다. 주인 입장에서는 기증이지만 하양이 입장에서는 쫓겨난 꼴이었다. 하양이는 온갖 희한한 동물 소리에 익숙한 내가 듣기에도 끔찍한 까걱 소리만 낼 뿐, 사람 말은 하나도 따라 할 줄 몰랐다. 사람 말을 흉내 내지 못하는 앵무새는 반려 동물로서 실격이나 다름없다. 그래도 크고 하얀 생김새가 제법 준수해서 전시할 가치는 충분했다. 마침 원래 있던 앵무새 초롱이가 혼자 외로워하는 것 같아 친구를 만들어주고 싶기도 해서 데리고 오기로 했다.

　하양이를 진료실에서 데리고 있으면서 이참에 나도 앵무새에게 말을 가르쳐봐야겠다고 생각했다. 하지만 몇 번 시도하다가 포기하고는 차일피일 미루던 사이에 하양이를 진료실에서 조류사로 옮길 때가 되고 말았다. 조류사를 맡고 있는 여자 사육사가 "얘 말할 줄 아나?" 하고 묻기에 "아니요, 한마디도 못해요. 한번 가르쳐보시겠어요?" 하고 농담 반 진담 반으로 대답하면서 하양이를 넘겼다.

그러고는 하양이를 잊고 있었는데 어느 날 이 사육사가 "최 선생, 이리 좀 와봐." 하고 은근한 말투로 부르는 것이었다. 나를 이렇게 부를 때는 좋은 일 아니면 궂은 일 둘 중 하나다. 궂은 일이라면 새가 죽었을 때이고 좋은 일이라면 펠리컨이나 펭귄이 자기 말을 잘 따르는 모습을 보일 때다. 이번에는 무슨 일일까 궁금해하며 따라가보았다.

사육사가 나를 데려간 곳은 앵무새 두 마리, 하양이와 초롱이가 있는 곳이었다. 원래부터 있었던 초롱이는 처음부터 말을 잘했다. 다만 자기가 말하고 싶을 때만 하고 정작 해보라고 할 때는 거의 딴청을 피우는 것이 흠이었다. 그런데 사육사는 초롱이가 아니라 하양이에게 가서 "안녕하세요." 했다. 놀랍게도 하양이가 "안녕하세요." 하고 고개까지 숙이면서 대답했다. 혹시나 해서 나도 "안녕하세요." 해보았다. 이번에도 하양이는 똑같이 "안녕하세요." 했다. 내가 지레 포기했던 것을 이 사육사는 단기간에 성공한 것이다.

비결은 특별한 것이 아니었다. 사육사는 하양이도 말을 할 것이라 굳게 믿고 날마다 초롱이와 하양이에게 똑같이 "안녕하세요." 하고 인사하고는 10분 정도 말을 걸었다. 하양이는 말을 하지는 않았지만 옆에서 초롱이가 하는 말들을 유심히 듣는 듯했다고 한다. 그러던 어느 날 사육사가 청소를 하고 있는데 문득 "안녕하세요."라는 소리가 들려

앵무새 하양이

돌아보니 하양이가 인사를 하고 있더란다. 그 후로 이렇게 인사를 건네면 선배 초롱이는 가만히 있어도 하양이는 친근하게 따라 하게 되었다.

그렇게 말문이 트인 하양이는 "안녕."과 "안녕하세요."만큼은 능숙하게 말하게 되었다. 조금 지나자 말은 잘해도 내성적인 초롱이보다 말은 단순해도 곧잘 따라 해주는 하양이가 관람객들에게 인기가 더 많아졌다. 하양이의 말을 들으러 동물원을 다시 찾는 관람객도 있을 정도였다. 요즘 하양이는 말을 하나 더 배웠다. 이건 내가 가르친 말이다. 동물원에 와서 그 말을 직접 들어보시라. "사랑해!"

어느 추운 겨울날 한창 일하고 있는데 휴대폰이 울렸다. 사무실에서 온 것인데 누군가 찾아왔다고 했다. 내려가보니 한 가족이 와 있었다. 아버지로 보이는 분에게 "어떻게 오셨어요?" 했더니 한참 머뭇거리다 대답했다. "토끼를 기증하고 싶은데요. 3년을 키웠는데 가족 사정상 예전처럼 정성껏 돌봐주기도 어렵게 됐고 이제 많이 컸으니까 넓은 데로 보내줘야 할 것 같아서요."

토끼는 순하고 부드러운 이미지가 있어서 반려 동물로 키우는 사람이 많다. 하지만 지내다 보면 몸 크기가 엄청나게 커지고, 털갈이도 심하고, 사람을 그리 따르지도 않고, 결정적으로 오줌 냄새가 지독해서 웬만하면 실내에서 키우기가 힘들어진다. 말은 안 했지만 아마 토끼들이 아이들 앞에서 벌이는 교미 행동도 이별을 결심하게 된 배경 중 한 가지였으리라 짐작되었다.

그 가족이 데려온 토끼는 코코와 미미 두 마리였다. 코코는 하얀 바탕에 갈색 무늬, 미미는 하얀 바탕에 검정 무늬가 있었다. 둘 다 요즘 한창 애완용으로 각광받는 드워프 종의 라이언헤드였는데 이미 우리 동물원에서도 몇 마리를 키우고 있어서 추가로 더 들일 필요는 없었다. 하지만 어렵게 직접 찾아온 분들의 청을 거절하기도 뭣하고 무엇보다도 아이들의 눈빛이 너무나 간절해서 토끼를 받기로 했다.

얼마나 토끼를 안고 있었던지 그 식구들은 온몸에 새하얀 토끼털이 붙어 있었다. 나는 작업복을 입고 있으면서도 털이 묻을까 봐 팔을 길

토끼는 실내에서 키우기가 의외로 까다롭다.

게 뻗어서 토끼를 받아 얼른 상자에 넣었다. 아이들은 토끼와 헤어지는 것이 못내 서운해서 눈물을 흘렸다. 나는 토끼장을 보여주면서 공간이 넓고 친구들도 많으니까 코코와 미미가 살기에 더 좋을 거라고 달랬다.

코코와 미미는 마치 잘 길들인 개처럼 이름을 알아듣고 품에도 자연스레 안겼다. 얼마나 사랑받았으면 이럴까? 토끼는 길들이기 힘든 동물이라는 선입견이 그 가족 덕분에 깨졌다. 피치 못하게 키우던 동물을 떠나보내게 되었지만 아무 데나 적당히 방사하지 않고 굳이 동물원까지 찾아온 마음을 느낄 수 있었다.

반려 동물로 집에서 살던 토끼들이 졸지에 낯선 환경에 왔으니 잘 적응할까 걱정되었지만 그 걱정은 기우에 불과했다. 코코와 미미는 처음에는 조금 쫓겨 다니는가 싶더니 이내 다른 토끼들과 잘 어울려 지냈다.

시간이 흘러 여름. 잘 알려져 있듯이 토끼의 적은 습기다. 특히 장마철과 번식기가 겹치면 가뜩이나 힘든 몸이 전염병에 쉽게 감염될 수 있다. 면역력이 약한 새끼부터 병에 걸려 집단으로 번진다. 우리 동물원에서도 예외가 아니어서 토끼들이 새끼를 잘 낳고 키운다 싶다가도 어느 날 가보면 숫자가 확 줄어 있곤 했다. 코코와 미미가 왔던 여름도 그랬다. 얼마전에 태어났던 새끼 토끼들이 안 보이기에 "새끼를 어디 다른 곳에 두셨어요?" 하고 담당 사육사에게 물으니 한참 머뭇거리다 다 죽었다고 하는 것이었다.

다 큰 토끼들도 위험했다. 일단 남은 무리를 외부로 절대 방출하지 못하도록 조치한 뒤 습한 먹이인 배추 같은 것은 모두 배제하고 대신 신선한 물을 항상 채워주도록 했다. 그리고 토끼의 똥과 피를 가지고 진단실에서 검사해 보았다. 예상대로 똥 속에서 콕시듐이라는 장원충 기생충 알이 가득 발견되었다.

그런데 죽어가는 동료들 틈에서 마치 무슨 일이 있느냐는 듯 건강하게 지내는 토끼 두 마리가 있었다. 평소에 특별히 더 건강하거나 몸집이 큰 토끼도 아니었는데 말이다. '왜 쟤들만 건강할까?' 한참 고민한 뒤에 문득 답이 떠올랐다. 이 토끼들은 바로 한 집에서 3년 동안 애지중지 키워온 코코와 미미였다. 사랑을 듬뿍 받고 자란 덕분에 면역력도 그만큼 강했던 것이다.

이뿐이 아니었다. 어느 날 토끼장에서 이상한 느낌이 들어 자세히 보니 코코와 미미가 새끼를 여섯 마리나 낳아놓았다. 새끼들도 모두 건강하게 뛰어다니고 있었다. 나도 기뻤지만 나보다도 더 기뻐할 사람들이 있기에 급히 전화번호를 찾아 소식을 전해주었다.

다리 다친 무플론을 지켜라!

아무 탈 없이 하루가 지나가면 수의사가 심심해할까 봐 걱정이라도 되는 걸까? 예고도 일절 없이 엉뚱한 말썽을 부려서 내 정신을 쏙 빼놓는 동물들이 있다. 이러다 이 녀석이 다치는 것은 아닐까, 아니 오히려 내가 다치는 것은 아닐까 정신이 아찔해지는 순간들이 하루에도 몇 번씩 찾아온다.

공익요원들에게 달려든 낙타

어느 날 야생 산양의 일종인 무플론 한 마리가 뒷다리뼈가 부러지는 중상을 입었다. 번식 싸움 와중에 다른 무플론의 뿔에 받힌 것이다. 일단 치료를 하긴 했는데 그다음이 더 문제였다. 더 큰 피해를 막기 위해서는 무리로부터 격리시켜야 하지만 무플론을 혼자 두면 더 위험할 수도 있었다. 무리 동물인 무플론은 혼자 있는 것을 싫어해서 심하면 벽에 머리를 찧기까지 한다. 그래서 데려다 놓은 곳이 유라시아초식동물사였다. 말, 당나귀, 바버리양, 쌍봉낙타 등이 있는 이곳은 다른 우리보다 비교적 넓은 편인데다, 여러 종이 섞여 있다 보니 죽기 살기의 큰 싸움은 벌어지지 않아서 무플론이 쉬기에 안성맞춤이었다.

초식동물사로 옮긴 지 한 달 반 후 이제는 어느 정도 뼈도 붙었겠다 싶고 붕대도 새로 갈아주어야 하기에 가서 무플론을 잡으려 했다. 그런데 평소에는 얌전하던 무플론이 내가 마음먹고 잡으려고 하니까 마구 달아났다. 내 짧은 두 다리로 펄쩍펄쩍 뛰는 무플론의 네 다리를 쫓아가기는 무리였다.

다리로는 무플론의 속도를 당해낼 수 없으니 대신 마취를 시도하기로 했다. 그런데 문제는 양과에 속하는 동물들은 일반 마취제가 잘 듣지 않는다는 것이다. 그래도 요행수를 바라고 한번 해보았지만 역시나 제대로 될 리 없었다. 무플론은 마취약 기운에 주저앉아 있다가도 내가 다가가면 달아나고, 또 다가가면 또 달아나고 하는 상황이 계속되었다. 아픈 다리에 행여 무리라도 갈까 봐 오늘은 이쯤에서 그만두자고 마음먹고 철수했다.

그런데 잠시 후 한 관람객에게서 급한 전화가 걸려왔다. 유라시아초식동물사에서 낙타가 행패를 부리고 있다는 것이었다. 이게 웬 날벼락인가 하고 허둥지둥 달려가보니, 쌍봉낙타 녀석이 그 무플론을 물고 밀치며 난리를

양의 일종인 무플론은 야생 양 중 가장 몸집이 작다.

여러 동물이 함께 사는 유라시아초식동물사

치고 있었다.

여러 종이 함께 사는 이 우리 안에서 대장 역할은 쌍봉낙타가 맡고 있었다. 쌍봉낙타는 평소에도 무리 중에 긴장이 풀린 동물이 있으면 너 잘 걸렸다 하고 패악질을 부리곤 했다. 그런 쌍봉낙타의 눈에 마취 약 기운으로 해롱거리는 무플론은 딱 적당한 노리개였던 것이다.

빨리 무플론을 구해야 하는데 난감하게도 주위에 사육사가 한 명도 보이지 않고 오직 공익요원들뿐이었다. 우치동물원은 광주시 소속 시설이라 평소에 공익요원들이 배치되어 있다. 할 수 없이 공익요원들만 데리고 우리 안으로 들어갔다. 그러자 이번에는 쌍봉낙타의 화살이 공익요원들한테 쏠렸다. 동물 대하는 것에 미숙하다는 점을 귀

50

신같이 알아챘나 보다. 쌍봉낙타는 공익요원들을 쫓아다니며 앞다리를 들어 밟을 듯이 위협하고 공익요원들은 걸음아 날 살려라 하고 도망가는 촌극이 벌어졌다. 이 상황에서 나설 사람은 오직 나뿐이었다. 내가 앞을 가로막자 그제야 쌍봉낙타는 추격을 멈추었다. 마음먹으면 나 정도는 너끈히 눕힐 수 있지만 익숙한 사람이니까 봐준 것이다.

일단 해결은 됐으나 사람이 우리에서 나가면 쌍봉낙타가 또 무슨 짓을 할지 몰랐다. 나는 쌍봉낙타가 더 해코지하지 못하도록 무플론이 마취에서 완전히 깨어날 때까지 감시하기로 했다. 시간은 흘러 흘러 공익요원들이 모두 퇴근하고도 두세 시간이 지나가버렸다. 저녁을 제대로 먹지 못해 배 속에서는 연신 꼬르륵 소리가 났다. 게다가 가을이라 해가 지고 나니 부쩍 쌀쌀해졌다. 견디다 못해 낙엽을 긁어모아 불을 피워 추위를 달랬다. 억울한 마음이 들어 오늘 사건의 두 주범, 무플론과 쌍봉낙타를 노려보았다. 내가 그러거나 말거나 그 둘은 신경 쓰지도 않고 언제 소동이 있었느냐는 듯 평화로운 저녁을 즐길 뿐이었다. 괜히 일을 벌여서 이리 뛰고 저리 뛰기만 할 뿐 아무 성과도 내지 못한 하루가 그렇게 저물어갔다.

호랑이가 물에 빠진 날

호랑이, 사자, 표범, 곰 같은 맹수의 우리는 사방이 철창으로 되어 있거나 또는 주위에 일종의 함정인 모트가 파인 구조로 되어 있다. 전자는 안전하긴 하지만 너무 위압적이다. 후자는 자연친화적이긴 하지만 다소 불안전한 감이 있기 때문에 전방에 보일 듯 말 듯하게 전기 철책을 깔아놓기도 하고, 모트에 물을 채워두어 혹시 동물이 떨어지더라도 다치지 않도록 만든다. 우리 동물원의 맹수 우리도 후자의 방식으로 만들어져 있다.

그런데 어느 날 아침, 수호랑이 한 마리가 전기 철책을 뚫고 그대로 모트로 뛰어내리는 사건이 벌어졌다. 이 녀석이 왜 그랬는지 정확히는 알 수 없지만 그 전날 사자 두 마리가 새로 들어와 하루 종일 으르렁거린 일과 무관하지는 않은 것 같았다. 호랑이의 점프 능력은 최고 2미터 정도이고 모트의 깊이는 4미터 정도라서 다행히 녀석이 밖으로 뛰쳐나올 염려는 없었다. 하지만 때는 소풍철이라 관람객이 많은 시기였다. 재빨리 구출해내지 않으면 구설수에 오를 수도 있는 터라 동물원에서는 긴급 대책 회의를 열었다.

가장 먼저 나온 대책은 사다리를 놓고 자연스레 올라오도록 유도하자는 것. 그래서 즉시 철제 사다리를 설치했는데 우리가 봐도 워낙 가늘어서 호랑이가 올라올 성싶지 않았다. 역시 호랑이는 저런 건 장난감으로도 안 쳐준다는 듯 철제 사다리를 거들떠보지도 않았다. 이번에는 두꺼운 소나무 사다리를 직접 만들기로 했다. 서둘러 나무를 가져다 열심히 뚝딱거리자니 마치 임진왜란 때 성곽 공격이라도 준비하는 듯한 묘한 기분이 들었다. 하지만 그 노력도 수포로 돌아갔다. 소나무 사다리는 호랑이가 올라서자마자 200킬로그램이 넘는 호랑이 무게를 견디지 못하고 우지끈 부서져버렸기 때문이다.

3단계 작전은 마취. 하지만 이것도 문제가 있었다. 모트에 고인 물 때문에 자칫 마취된 호랑이가 익사할 수 있었다. 이런 위험에도 불구하고 다른 방법이 없어 일단 감행하기로 하고 평상시 단련된 나의 실력만을 무기로 마취제 두 방을 블로건으로 날렸다. 블로건은 마취제나 약을 입으로 불어 날리는 총이다. 다행히도 정확히 호랑이 어깨 부위에 주사기가 탁탁 꽂혔다. 10분 정도 지나니 호랑이가 주저앉았다. 나는 혼자서 사다리를 절반 정도 내려가 긴 장대로 호랑이 얼굴을 슬쩍 건드려보았다. 한 차례 어흥 하던 호랑이는 5분여가 지나자 차츰 고개를 숙였다. 경험상 이때다 싶어 그물을 들고 맨발로 물속에 뛰어들었다. 그리고 호랑이 얼굴에 그물을 씌워 손으로 받쳤다. 곧이어 다른 사람들도 들어와 호랑이를 위로 끌어올렸다. 그러는 동안에도 호랑이는 점점 깊은 잠에 빠져들었다. 타이밍을 제대로 맞추지 못했으면 큰일 날 뻔했던, 위험천만한 작전이었다. 지켜보던 사람들도 모두 가슴을 쓸어내렸다.

호랑이만 모트에 빠졌던 것은 아니다. '어리바리'라는 이름을 가진 불곰도 이름대로 어리바리하게 내실 모트에 빠진 적이 있다. 불곰 우리 안쪽에는 관람객의 눈길이 닿지 않는 내실이 있는데 내실의 유리창에 불곰이 직접 닿지 않도록 내실 모트가 파여 있다. 일반 모트보다는 얕지만 불곰 혼자 올라오기는 무리였다. 사람들은 호랑이 때처럼 마취를 해서 꺼내자고 했다. 하지만 나는 마취는 몸에 무리를 줄 수 있어 웬만하면 피하고 싶었다. 그래서 어리바리가 아직은 2년생이라 50킬로그램밖에 안 된다는 점을 믿고 철제 사다리를 놓아보았다. 어리

맹수의 우리에 있는 모트

바리는 사다리를 발견하고는 영민하게도 순식간에 타고 올라왔다. 그 덕분에 호랑이 때와는 달리 일이 아주 싱겁게 끝났다.

호랑이와 곰을 차례로 모트에서 구하고 나니 문득 단군신화가 떠올랐다. 이래서 단군신화에서도 호랑이가 아니라 곰이 사람이 될 수 있었던 걸까?

사슴이 낙법이라도 쓴 걸까?

사슴의 한 종인 바라싱가 여러 마리가 새로 들어왔을 때였다. 어느 우

54

리에 둘까 고민하다가 일단 면양 열 마리가 살고 있는 아프리카사 한 칸에 임시로 넣었다. 그곳은 원래 아프리카의 맹수들을 넣어두기 위해 만든 우리였는데 언제부터인가 초식 동물들 차지로 바뀌었다. 그러나 구조는 여전히 전형적인 맹수용이라서 주위에 커다란 모트가 파여 있다.

그런데 바로 다음 날 바라싱가 한 마리가 모트 안으로 뛰어내려 버렸다. 처음 연락을 받았을 때는 솔직히 안락사를 생각했다. 이 모트는 호랑이가 빠졌던 모트보다도 더 깊은 5미터인데다 바라싱가의 몸무게는 100킬로그램이나 나가기 때문에 틀림없이 다리가 부러졌을 거라고 지레짐작한 것이다. 다리가 부러진 사슴은 소생하기도 힘들고 고통도 엄청나서 안락사 시키는 것이 보통이다.

이런 생각을 하며 심각한 얼굴로 우리에 갔는데 막상 가보니 바라싱가는 네 다리로 튼튼하게 모트 안을 휘저으며 돌아다니고 있는 게 아닌가. 무슨 낙법이라도 이용해 뛰어내렸나 싶을 정도로 신기했다. 이건 정말 기적이나 다름없었다.

그러나 기쁨도 여기까지. 진짜 사고는 그다음에 일어났다. 바라싱가는 사다리를 타지도 못하기에 마취를 하기 위해 아래로 내려갔더니 이 녀석이 사자 우리 바로 아래로 도망가버렸다. 모트끼리 서로 연결되어 있었던 탓이다. 바라싱가가 나타나자 위에서는 사자들이 당장이라도 뛰어내릴 듯 난리가 났다. 바로 밑에 저렇게 탐스러운 사냥감이 돌아다니고 있으니 당연했다.

하지만 지금 바라싱가 걱정을 할 때가 아니었다. 나와 사육사 한 명도 이미 모트에 내려와 있었던 것이다! 만약 정말 사자가 뛰어내린다면 사슴보다 느린 우리가 먼저 당하게 생겼다. 그런데도 그 순간에는 그런 걱정은 안 들고 오직 사슴을 잡아야겠다는 생각만 가득했다. 우리가 그렇게 용감하게 사슴만 좇는 사이에 다행히 위에 있던 사람들이 곧 상황을 파악했다. 재빨리 먹이를 가져와 흥분한 사자들을 유인해 가두어주었다. 사람들이 안도의 한숨을 쉬는 사이에 나는 차분하게 바라싱가를 마취했다. 마취는 성공적이어서 바라싱가는 금세 잠들었고 우리는 무사히 바라싱가를 위로 끌어올렸다. 그런데 다 끝났다고 생각하고 각성제를 주사하자 바라싱가가 고함을 빽 지르면서 깨어나더니 모트 쪽으로 튀어나가는 것이 아닌가! 곧바로 잡았기에 망정이지 하마터면 하루에 바라싱가를 두 번이나 끌어올릴 뻔했다.

알고 보니 이 바라싱가는 자기보다 훨씬 작은 면양들이 한꺼번에 뛰자 깜짝 놀라서 무작정 아래로 뛰어내린 것이었다. 물론 이 소동이 벌어지는 동안 면양들은 아무 상관도 없다는 양 모른 척하고 있었다. 나는 "괘씸한 녀석들 같으니라고!" 하고 혼자 열을 내다가 제 풀에 식어버렸다. 하긴, 면양들이 무슨 죄가 있을까? 다 수의사가 불충한 탓이다.

호랑이 똥이 이렇게 귀할 줄이야

'똥이 무서워서 피하나, 더러워서 피하지.'라는 속담이 있다. 어떻게 보면 더러우니까 무섭기도 한 것 아닐까? 그만큼 사람들은 똥이라면 질색을 한다. 그러나 동물들은 다르다. 동물들에게 똥에 대해 인터뷰를 하면 아마 "똥, 그거 굉장히 유용하죠."라든가 심지어 "참 맛이 좋은데, 참 좋은데, 뭐라 표현할 방법이 없네!"라는 대답이 나올 것이다. 동물의 똥, 그 형언할 수 없이 오묘한 세계를 들여다보자.

똥 없이는 못살아

똥은 동물들에게 인식표 같은 구실을 한다. 똥에는 그 동물 특유의 채취가 가득 담겨 있기 때문이다. 동물들은 모르는 상대를 인식하는 정보를 주로 똥으로부터 얻는다. 말과 당나귀 수컷은 암컷의 오줌과 똥 냄새를 통해 생리 주기까지 알아내는 귀신 같은 후각을 가지고 있다. 하마는 연못을 똥통으로 만들곤 하는데 이것은 "여긴 내 자리야. 함부로 넘보지 마." 하고 자기 영역을 표시하려는 행동이다. 그래서 동물들은 똥을 봐도 더럽다고 피하기는커녕 일단 코로 확인해 보아야 직성이 풀린다. 똥은 종을 떠나 모든 동물에게 공통적으로 통용되는 만국어라고나 할까.

똥은 심지어 먹이도 된다. 사람에게는 난감해 보이는 일이지만 엄연한 사실이다. 호랑이, 사슴, 원숭이 등 많은 동물이 새끼의 똥을 먹어치운다. 어미가 갓 태어난 새끼의 항문을 자극해 똥을 누게 하고 그걸 전부 샅샅이 핥아 먹는다. 새끼를 깨끗이 하기 위해서, 그리고 새끼를 노리는 천적들에게 흔적을 남기지 않기 위해서다. 그거야 모성애 때문이라 치자. 당나귀, 말, 낙타, 토끼는 같은 종이 싼 똥을 즐겨 먹기까지 한다. 오후에 배가 출출하다 싶으면 바닥에 널린 똥을 날름날름 주워 먹는다. 안 그래도 똥이 마치 경단처럼 동글동글해서 먹음직스러울 것 같기도 하다. 물론 이 동물들에게도 나름대로 이유가 있다. 이런 동물들은 위와 장의 소화 기능이 완벽하지 않은 탓에 수분과 영양

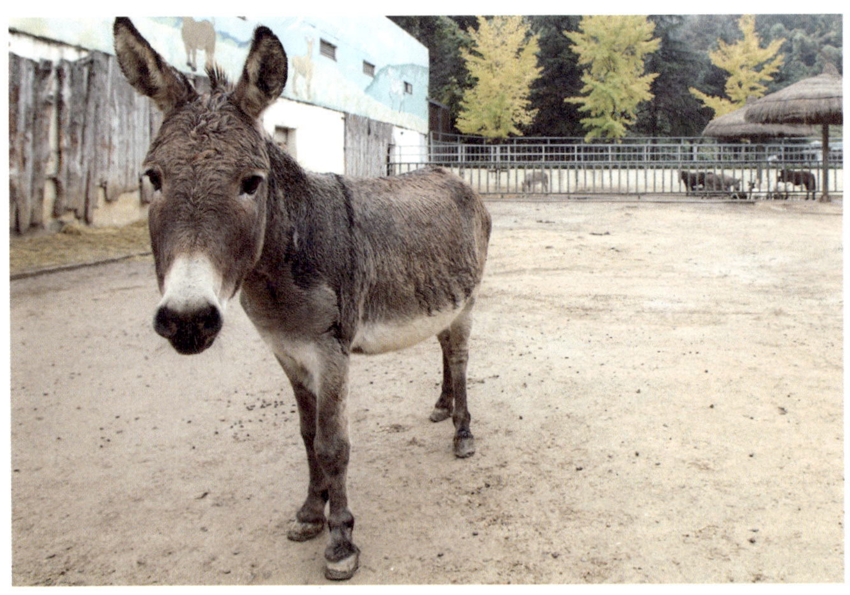

신이 장난으로 빚어놓은 듯 우스꽝스러운 외모로 사랑받는 당나귀

소가 꽤 남아 있는 똥을 배설한다. 그러니 똥이 제법 그럴싸한 먹이인 셈이다. 새끼에게는 똥을 먹는 것이 유산균 같은 장내 미생물을 빨리 정착시키는 중요한 수단이 되기도 한다. 그래도 그렇지, 당나귀는 다른 종의 똥까지 거침없이 먹어치운다. 그런 모습을 보면 당나귀는 좀 정신이 없는 동물인가 싶다.

똥을 치우는 일로 골머리를 앓다

동물들이야 이렇게 똥을 사랑하지만 동물원 입장에서 똥은 큰 골칫거리다. 제때 치우지 않으면 냄새가 지독하기 때문이다. 동물 키우는 사람에게서는 그 동물 특유의 냄새가 배어나는데 그 냄새의 주범이 바로 똥이다. 예전에 농촌에서 근무하는 수의사 선배가 있었는데 그 선배에게 찾아가 보면 항상 소나 돼지의 똥 냄새가 풍겨왔다. 그냥 풍기는 정도가 아니라 곁에 갈 수 없을 만큼 지독할 때도 있었다. 나도 이 똥 냄새 때문에 버스에서 곤란을 겪은 일이 있다. 대학 시절에 돼지 설사병이 발생한 농장에 갔다 올 때였다. 버스를 타고 돌아오는데 버스 안의 사람들이 슬금슬금 비키더니 어느새 내 주위가 텅 비고 말았다. 하루 종일 아픈 돼지들과 함께 있었던 탓에 나에게서 돼지 똥 냄새가 지독하게 났던 것이다.

그러니 수백 마리의 동물이 모여 사는 동물원은 오죽하랴. 뒤처리에 자칫 소홀했다가는 동물원 안에 온통 똥 냄새가 진동할 것이다.

　전에는 동물원에서 똥을 비닐봉지에 담아 쓰레기통에 두면 청소차가 와서 가져갔다. 그런데 '매립장 안에 진짜 쓰레기 외에는 반입을 금지한다.'는 규정이 생기는 바람에 청소차가 더는 동물 똥을 수거해 가지 않게 되었다. "동물 똥이 진짜 쓰레기가 아니면 뭡니까?"하고 항의하고 싶기도 했지만 사실 나도 똥을 무조건 묻어서 처리하는 것은 문제가 있다고 고심하던 터였다. 분뇨 처리 시설을 거치지 않고 그냥 묻으면 환경에 안 좋을 것이 뻔하기 때문이다. 이참에 똥을 처리하는 새로운 방법을 마련해야겠다고 마음먹었다. 하지만 막상 일이 닥치니 도무지 뾰족한 대책이 떠오르지 않았다.

　이러는 사이에도 매일매일 똥은 쌓여만 갔다. 하루에 나오는 양을 측정해 보니 거의 100킬로그램. 한 달이면 무려 3톤이라는 어마어마한 양의 똥이 쌓이게 된다. 고육지책으로 생각해낸 것이 정화조였다. 옛날 재래식 화장실에서 하던 식으로 정화조에 똥을 모아서 일주일 정도 삭혔다가 물과 섞어서 한 번씩 퍼가는 것이다. 물론 과거처럼 똥지게로 나르지 않고 커다란 분뇨 운반 차량이 와서 정화조에 관을 연결해 똥을 빨아들여 가져간다. 하지만 이 방법은 시작하자마자 처참한 실패로 돌아갔다. 육식 동물 똥은 사람 똥과 비슷해서 물과 섞이면 거의 희석되지만 초식 동물 똥은 섬유소와 덜 소화된 풀 등이 엉겨 있어 물에 잘 풀리지도 않는데다 풀끼리 서로 엉겨 점점 큰 덩어리가 되어 밑으로 가라앉았다. 관이 계속 초식 동물 똥에 막히는 바람에 결국 애꿎은 정화조만 날려버렸다.

　그러다 다행히 근처의 과수원에서 한 차례 똥을 대량으로 실어간 덕분에 일단 동물원 전체가 똥통이 되는 위기는 면했다. 동물 똥을 처리하는 가장 좋은 방법은 이처럼 농가에서 퇴비로 활용하는 것이다. 동물원에서 직접 퇴비를 만들 수도 있겠지만 그러자면 너무 냄새가 많이 난다는 단점이 있다. 대규모 농가에서야 괜찮겠지만 동물원 같은 유원지에는 어울리지 않는 방법이다. 비교적 냄새가 적은 퇴비화 기계가 있긴 하지만 기계로 처리하기에는 동물원에서 나오는 똥의 양이 워낙 많고 시설비와 운영비도 만만치 않다.

일이 잘 해결되어 지금은 퇴비 만드는 공장에서 정기적으로 와서 똥을 가져가고 있다. 물론 동물원이 똥 값을 받기는커녕 수송비와 처리비를 지불하고 있다. 동물원을 똥 천지로 만들지 않기 위해서라면 이 정도 비용쯤이야 기꺼이 감내하는 수밖에.

호랑이만큼 무서운 호랑이 똥?

그런가 하면 뜻하지 않은 방법으로 똥을 처리한 일도 있다. 어느 날 한 농부가 동물원에 찾아왔기에 무슨 일인가 했더니 "호랑이 똥을 좀 얻고 싶습니다." 하는 것이었다.

호랑이 똥 이야기가 나왔으니 말인데, 동물원에 있다 보니 이 호랑이 똥이 약으로 큰 인기를 누린다는 사실을 알게 되었다. 무엇에 쓰이는 약인지는 그때 그때 다르다. 가장 많이 찾는 이유는 바로 남편이 술병과 술버릇이 심해서 도저히 같이 못 살겠으니 호랑이 똥으로 환을 만들어 남편 몰래 먹이겠다는 것이다. 이 밖에 말기암 치료용으로, 심한 상처 치료용으로 쓴다는 사람도 있다. 도대체 이런 비책이 어디서 유래했는지 모르겠다. 수의사 입장으로서는 무슨 부작용이 있을지 모르는 호랑이 똥을 덜컥 줄 수 없는 노릇이라 "한의사의 처방전을 가져오시면 드릴게요." 하고 돌려보내곤 한다. 그러면 십중팔구는 다시 오지 않는다. 그까짓 똥 좀 가지고 치사하게 군다고 강짜를 놓는 사람도 있지만 내 입장은 단호하다.

그런데 이번 경우는 달랐다. 내가 으레 그렇지 하는 마음으로 "술병에 쓰시려는 거죠?" 하고 물었더니 농부는 단호하게 대답했다. "먹는 용도가 아닙니다." 사연인즉슨, 날마다 멧돼지가 출몰하여 고구마 밭을 망쳐놓아 고민하고 있었는데 동네 사람이 호랑이 똥을 구해보라고 했다는 것이다. 멧돼지의 대표적인 천적이 바로 호랑이인데 호랑이는 똥으로 영역을 표시하므로 호랑이 똥을 고구마 밭에 뿌리면 멧돼지가 얼씬도 하지 않을 거라는, 그 나름대로 과학적인 이유였다.

농부의 사정이 딱하기도 하고 어쩌면 재미난 실험이 될 것도 같아서 호랑이 똥을 주기로 했다. 그런데 호랑이는 이틀에 한 번꼴로 소량의 똥을 누기에 농부의 고구마 밭에 뿌리기에는 양이 모자랐다. 그래서 일주일 후에 다시 오시라고 농부를 돌려보냈다. 정확히 일주일 후 농부가 다시 찾아왔고 나는 살뜰히 모아둔 호랑이 똥을 건넸다.

그러고서 은근히 소식을 궁금해하고 있었는데 얼마 후 지방 신문에 그 농부 이야기가 실렸다. 우리 동물원에서 얻은 호랑이 똥을 밭에 골고루 뿌려놓았더니 매일 나타나던 멧돼지가 일주일 동안 얼씬도 하지

인도호랑이라고도 불리는 벵갈호랑이들

않아 이제 편안히 발 뻗고 잔다는 내용이었다. 이 일은 큰 화제가 되어 다른 신문과 방송에서도 '멧돼지 퇴치에는 호랑이 똥이 특효'라는 제목을 달고 소개되었다.

일이 커지자 우리도 나름대로 실험을 해봐야겠다 마음먹었다. 그래서 먹성 좋은 미니돼지에게 사료를 두 군데 주고 한 곳에는 호랑이 똥을 곁에 놓았다. 돼지는 우선 똥이 없는 곳으로 가서 사료를 금방 다 먹었다. 다음에는 호랑이 똥이 있는 곳으로 가까이 가는가 싶더니 중간에 멈추어 섰다. 한참을 머뭇거리다 우두머리 수컷이 다가가 냄새를 맡아보고는 고개를 설레설레 흔들며 물러났다. 암컷도 한번 다가가다가 똥 냄새에 화들짝 놀라 멀리 물러섰다. 그렇게 30분이 흐른 후 마침내 우두머리 수컷이 다시 슬슬 다가가 다짜고짜 호랑이 똥을 짓이겼다. 그리고 똥 부스러기를 코로 쓱쓱 밀어내더니 사료를 먹기 시작했다. 암컷과 새끼들도 합세했다. 배고픔이 두려움을 이긴 것이다.

사슴이나 양 같은 다른 초식 동물들에게 실험해도 결과는 똑같았다. 호랑이 똥에 적응하는 시간이 조금씩 차이가 날 뿐이었다. 당나귀는 금방 적응했고 양과 사슴은 조금 느렸다. 그래도 모두 1시간 이상은 걸리지 않았다.

그런데 왜 유독 멧돼지는 농부의 밭에 얼씬도 하지 않았을까? 내 짐작으로는 아마 냄새 때문이 아닐까 싶다. 호랑이 같은 육식 동물의 똥은 초식 동물의 똥보다 냄새가 훨씬 고약하다. 그러니까 멧돼지는 호랑이 똥이 무서워 피한다기보다 더러워서 피한 것이 맞는 듯하다. 아마 호랑이가 아닌 다른 육식 동물의 똥을 놓아둬도 같은 결과가 나왔을 것이다. 그래서인지 처음에 호랑이 똥으로 효과를 봤다던 그 농부는 다시 동물원에 나타나지 않았다.

그래도 한동안 전국의 동물원에는 호랑이 똥을 달라는 요구가 빗발쳤다. 아예 호랑이 똥을 상품화해야 한다는 주장까지 나왔다. 요즘도 간간이 멧돼지 퇴치용으로 호랑이 똥을 가져가는 사람들이 있지만 두 번 찾아오지는 않는 것을 보면 역시 그 효과가 오래 가지는 않는 모양이다. 그렇다 해도 똥까지 이렇게 특별한 대접을 받으니 호랑이는 과연 동물의 왕이라 할 만하지 않은가.

살기 위해 먹는지, 먹기 위해 사는지

동물원의 동물에게 먹는 것은 하루 일과 중에서 가장 중요한 행위다. 그 동물의 특성을 가장 잘 보여주는 것도, 동물원에서 최우선으로 신경 쓰는 것도 바로 먹이다. 그래서 동물원에서는 먹이를 둘러싸고 다양한 일이 벌어진다.

동물들도 아침밥이 보약

우리나라 사람들은 아침밥을 보약이라고도 표현하는데 동물원에서도 아침밥은 특히나 중요하다. 그도 그럴 것이 많은 동물들이 대개 아침밥 한 번으로 하루의 식사를 끝내기 때문이다. 몇몇 몸집이 큰 초식 동물들에게는 오후에 한 번 더 건초와 사료를 주기도 하고 육식 동물의 경우 저녁을 주기도 하지만 아침에 비해서는 적은 양이다.

그래서 아침이면 동물원 조리실이 무척 분주해진다. 먼저 각종 재료를 가득 실은 급식차가 도착한다. 자체적으로 급식을 조달하는 동물원도 있지만 우치동물원을 포함해 대부분의 동물원은 따로 민간업체와 공급 계약을 맺는다. 대개 이 민간업체는 일반 식당 납품을 겸하고 있다. 동물의 먹이는 사람의 먹거리보다 종류가 적기 때문에 일반 식당 납품용으로 장을 볼 때 동물원 납품용까지 같이 구입하는 것이다. 사람보다는 종류가 적지만 그래도 야채, 과일, 생선, 고구마, 과일 통조림, 메추리알, 닭고기, 소고기, 미꾸라지 등 약 20종이 넘는다.

급식차가 재료를 모두 내려놓고 떠나고 나면 이제 사육사가 나설 차례다. 동물원에는 조리사가 따로 없고 사육사가 조리사 역할까지 한다. 동물의 먹이가 사람의 밥과 가장 많이 다른 점이라면 조리 과정에서 익히거나 간을 맞추는 일이 별로 없다는 것이다. 식재료를 특별한 조리 없이 잘게 썰어 그대로 먹인다. 물론 이 일이 말처럼 그렇게 간단하지는 않다. 사육사들은 덩어리째 냉동되어 있는 것을 하나하나 떼어낸 뒤 각 동물들의 입 크기에 맞춰 자르느라 쉴 없이 칼질을 해야 한다. 과일 뷔페를 즐기는 과일박쥐 같은 경우는 다섯 가지 야채와 과일을 섞어 준다. 큰 동물보다 작은 동물의 먹이가, 알아서 골라 먹는 포유류보다 받는 대로 그냥 삼켜버리는 파충류의 먹이가 손이 더 많이 가는 편이다.

아침 식사를 준비할 때는 각 동물들의 사육사들이 한데 모여 일하다 보니 동물들에 대한 온갖 이야기가 오간다. 나 역시 사료 검사를 이유로 그 자리에 같이 있는데 사실 이 이야기를 듣기 위한 목적이 더 크다. 언뜻 사소하지만 중요한 정보를 얻을 수도 있기 때문이다. 한번은 "요즘 미어캣 한 마리가 밥을 잘 안 먹네. 아마 계절 탓이겠지?" 하는 말을 주워듣고 미어캣 우리에 가서 살펴보니, 한 마리가 싸우다 생긴 상처로 피부가 안쪽으로 곪아 고생하고 있었다. 바로 수술을 한 덕분

눈 밑 다크서클의 원조 미어캣.
미어캣이란 이름은 아프리카 말로
'태양의 천사'라는 뜻이다.

에 미어캣을 살려낼 수 있었다.

한 시간가량 손질하여 먹이가 준비되면 사육사들은 각자 맡은 동물들에게 먹이를 운반한다. 먹이 운반 방법에도 변천사가 있다. 처음에는 공사장 리어카가 쓰였다. 다음에는 공항 카트가 들어왔다. 그러다 한 5년쯤 전에 친환경적인 전기 골프카가 도입되었다. 힘을 쓰느라 낑낑댈 필요가 없으니 전기 골프카는 사육사들에게 인기 만점이다. 하지만 값이 비싸서 사육사 두 사람당 하나꼴로 갖추고 있다. 골프카를 배정받지 못한 사육사는 여전히 카트를 써야 해서 불만이 많다. 나도 나만의 골프카를 갖추고 진짜 구급차량처럼 동물원 안을 누비고 싶은 마음이 들긴 한다. 하지만 그 대신 응급 상황에서 어느 사육사의 골프카든 탈 수 있는 만능키로 일단은 만족하고 있다.

육식 동물들에게 가는 골프카나 카트에는 고기가 한가득 실려 있고, 초식 동물에게 가는 것에는 배추와 상추, 당근이 한가득 실려 있다. 육식 동물과 초식 동물을 모두 담당하는 사육사의 것에는 고기와 야채가 함께 실려 마치 커다란 생고기 비빔밥 같다. 물새장으로는 물이 쏟아질세라 조심스럽게 미꾸라지 물통을 나른다.

사육사가 먹이를 싣고 오는 기척이 먼발치서 느껴지면 동물들의 움직임이 금세 달라진다. 곰과 표범은 먹이가 들어올 문 앞에 떡하니 자리 잡은 채 대기하고 있거나, 뒷발을 받치고 몸을 일으켜 세워 반짝이는 눈빛으로 우리 밖을 내다본다. 코끼리와 하마는 문을 쾅쾅 두드려 빨리 밥 달라고 시위를 하기도 한다. 아침마다 반복되는 그 모습을 지켜보노라면 마치 덕수궁과 경복궁의 수문장 교대식이나 영국 버킹엄

궁전의 근위대 교대식처럼 어떤 엄숙한 의식을 보는 것 같기도 하다.

사육사는 우리 안으로 직접 들어가 눈앞에서 먹이를 주기도 하고, 아픈 녀석들에게는 직접 입에 넣어주기도 한다. 특별히 처방된 음식이 필요한 동물은 약을 골라 내버리지 않도록 먹이 속에 잘 감추어두어야 한다. 닭고기 근육 사이나 고등어 입속에 약을 끼워놓는 식이다.

동물들의 아침 식사 시간은 사육사들의 청소 시간이 되기도 한다. 맹수들이 내실에서 먹이를 먹느라 정신이 팔려 있는 사이에 얼른 우리 청소를 해치우는 것이다. 지금까지는 먹이가 시원찮다고 대신 사육사를 물어뜯었던 맹수가 한 마리도 없었던 것으로 보아 다행히 동물원의 먹이가 그럭저럭 먹을 만했던 모양이다.

풀 먹는 육식 동물, 고기 먹는 초식 동물

흔히 사람들은 육식 동물은 오직 고기만, 초식 동물은 오직 풀만 먹을 것이라고 굳게 믿는다. 하긴 이름부터가 그런 뜻을 담고 있으니 당연한 일이다. 그런데 알고 보면 그렇게 명확히 구분되지는 않는다. 육식 동물은 육식 위주로, 초식 동물은 초식 위주로 먹을 뿐이다.

여름이 되면 육식 동물 우리와 초식 동물 우리가 확실히 대조되긴 한다. 비슷한 땅인데도 초식 동물 우리는 사막처럼 황토 빛에 먼지가 풀풀 날리고 육식 동물 우리는 푸르른 빛으로 변한다. 육식 동물이 풀을 주식으로 하지 않기 때문에 땅에 풀이 남아도는 것이다. 하지만 사자와 호랑이도 분명히 풀을 뜯어 먹긴 먹는다. 그 증거는 똥이다. 아침에 청소할 때 보면 사자와 호랑이의 똥에 풀이 제법 섞여 있다. 육식 동물이 풀을 먹는 것은 풀을 먹을 때 딸려 들어가는 흙 속에서 미네랄을 얻을 수 있기 때문이다. 한마디로 웰빙을 위해 채식도 좀 하는 것이다. 자연 상태에서 육식 동물이 먹는 식물 중에는 구토나 설사를 유도하는 것도 있는데 이것은 배가 아플 때 속을 비우기 위해 일부러 먹는 것이다.

옛날 미국 인디언 주술사들은 고기만 먹을 것 같은 육식 동물이 일정한 장소를 찾아 땅을 핥는 것을 보고 암염이라는 소금을 발견했다고 전해진다. 또 육식 동물이 아플 때 찾아 먹는 특정 식물도 따라서 먹어보고 구충제나 항생제로 썼다고도 한다.

초식 동물은 어떨까? 암컷 초식 동물은 새끼를 낳고 나서 그 새끼와 함께 딸려 나온 태반을 말끔히 먹어치운다. 소는 태반의 무게가 20킬로그램이 넘는데도 소화시키는 데 아무 지장이 없다. 이런 행동은 영양분을 섭취하기 위한 것이자 새끼의 똥을 먹을 때와 마찬가지로 새끼의 흔적을 남기지 않으려는 생존 본능에 따른 것이다. 태반은 양수를 담고 있는 단순 조직이어서 대부분 물로 구성되어 있지만 태아를 성장시키고 임신을 유지시켜 주는 프로게스테론 등 호르몬 성분이 많이 함유되어 있다. 그래서 태반이 화장품과 의약품의 원료로 쓰이기도 하는 것이다.

그런가 하면 기린은 동물 뼈를 먹는다. 정확히 말하자면 뼈를 핥는다. 초식 동물은 땅에 난 풀을 뜯어 먹으면서 자연히 흙도 먹게 되는데 이를 통해 미네랄 성분을 섭취한다. 그런데 기린은 긴 목을 숙이기가 불편하다 보니 대신 뼈를 핥는 것이다. 뼈에는 미네랄이 농축되어 있다. 기린은 덩치가 큰 만큼 미네랄이 많이 필요하기 때문에 뼈를 자주 핥는다. 핥을 만한 것이 보이지 않으면 페인트가 칠해진 벽이나 기둥을 핥아대다가 납 중독에 빠지는 일도 생긴다. 그래서 우리 동물원에서는 뼈의 일종인 사슴뿔을 기린 우리 한쪽에 걸어놓았다. 서울대공원은 소뼈를 사서 둔다고 한다.

사람들이 흔히 잡식 동물이라고 생각하는 원숭이는 초식 동물에 훨씬 가깝다. 그리고 유인원인 고릴라나 오랑우탄은 거의 완전한 초식 동물이다. 침팬지나 비비원숭이는 아주 가끔 다른 원숭이나 새끼 초

소금과 약간의 미네랄이 들어 있는 미네랄블록. 한 번 매달아놓으면 두어 달 뒤에는 끈만 남는다.

식 동물을 잡아먹기도 하지만 여전히 주된 식사는 풀과 과일이다. 그 밖의 소형 원숭이류는 다람쥐와 거의 비슷한 식습관을 가지고 있고 부족한 단백질은 벌레나 새알로 보충한다.

　가끔 토끼는 물을 안 줘도 산다고 오해하고 있는 사람들이 있다. 그러나 이 세상에 물을 안 먹고 사는 동물은 하나도 없고 당연히 토끼도 예외가 아니다. 간단히 생각해도 동물 몸의 70퍼센트 이상이 물로 되어 있는데 왜 물이 필요하지 않겠는가. 토끼나 낙타 같은 동물이 다른 동물보다 물을 덜 마시긴 한다. 그래서 오줌이 워낙 농축되어 거의 까만색이고 냄새도 고약하다. 똥도 수분이 거의 없이 둥그스름하다. 야생 토끼라면 생풀에 수분이 많기 때문에 며칠 동안은 물을 안 먹고도 버틸 수 있을 것이다. 하지만 애완 토끼는 주로 건초와 사료를 먹기 때문에 물통이 반드시 있어야 살 수 있다.

하이에나의 특별식, 타조 알

매일 먹는 주식 외에 가끔 동물들에게 특별식을 주기도 한다. 한번은 텔레비전에서 동물 관련 프로그램을 보는데 아프리카 칼라하리 사막에서 하이에나들이 타조 알을 훔쳐 먹는 장면이 나왔다. 하이에나나 타조가 사막에 산다는 것이 의아하게 생각될지도 모르겠지만 사실 초원과 사막의 경계는 울타리로 확연히 구별되는 것이 아니어서 이런 경계 지대에는 여러 동물이 섞여 산다.

점박이하이에나. 사람의 귀에는 다 들리지 않지만
하이에나는 8가지 목소리를 낸다.

하여튼 그걸 보다가 재미있는 생각이 떠올랐다. 우리 동물원에도 타조와 하이에나가 있다. 타조는 알을 자연 부화하지 못해서 그 알을 그냥 버리거나 전시용으로만 활용한다. 하이에나는 닭고기 이외에 특별히 먹을거리가 없다. 그렇다면 하이에나에게 타조 알을 줘보면 어떨까?

다음 날 갓 낳은 타조 알 한 개를 들고 조심스럽게 하이에나 두 마리가 있는 우리 입구 앞에 가져다놓았다. 멀찌감치 떨어져서 지켜보고 있으니 한 마리가 살짝 냄새를 맡아보고는 덥석 물었다. 그리고 한 귀퉁이로 가져가 그 크고 단단한 타조 알을 단 한 번에 깨트려버리고는 둘이서 열심히 내용물을 핥아 먹었다. 5분 만에 다 먹어치운 하이에나들은 자기 발에 묻은 것까지 완벽하게 핥은 후에 또 없느냐는 듯 은근한 눈빛으로 나를 쳐다보았다. 그 모습을 지켜보면서 나는 이 녀석들이 여전히 야생성이 살아 있구나 하는 생각이 들어 무척 흐뭇했다.

여름에 입맛이 없어 하는 여우도 거위 알을 몇 개 가져다주었더니 허겁지겁 먹고 나서는 다른 음식에 대해서도 입맛이 살아났다. 새알에는 육식 동물을 끌어들이는 특별한 맛이 있나 보다.

새알만큼 특이한 것은 아니지만 육식 동물들을 위해 마련한 또 다른 특별식을 소개한다. 동물원의 육식 동물들은 평소에 주로 닭고기 위주의 식사를 한다. 소고기나 돼지고기도 잘 먹지만 경제적인 이유 때문에 충분히 주지 못한다. 이렇게 편식하면 건강에 이상이 생길까 늘 걱정되는 부분이다. 그런데 몇 년 전부터 광주의 각 구청에서 원산지 위반 같은 유통 단속에 걸린 깨끗한 소고기, 돼지고기를 폐기하는 대신 동물원에 제공해주고 있다. 이런 고기가 들어오면 며칠 동안 육식 동물들은 특별한 포식을 한다. 얼어붙은 냉동 고기긴 해도 혀로 살살 녹이며 맛나게 먹는다.

이벤트가 많은 사설 동물원에서는 새해 선물로 북극곰에게 커다란 얼음과자를, 면양에게 맛있는 사료 케이크를 만들어주기도 한다. 하지만 우리 동물원처럼 지자체에서 운영되는 대부분의 동물원은 이런 이벤트가 익숙하지도 않고 예산에도 한계가 있어서 그저 구경만 할 뿐이다. 그러니 가끔 이런 음식이라도 많이 챙겨주고 싶다.

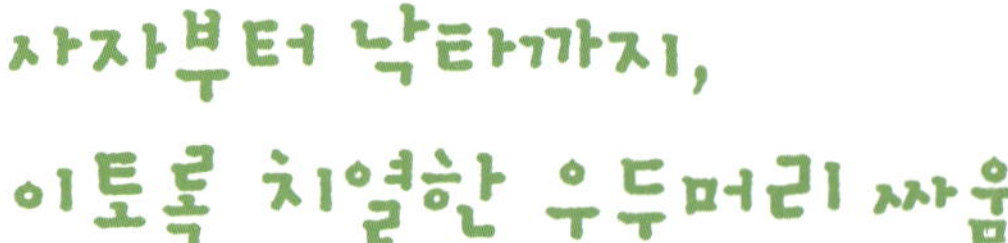

사자부터 낙타까지, 이토록 치열한 우두머리 싸움

어린아이들끼리 놀다 보면 자연스레 골목대장 노릇을 하는 아이가 하나 생기듯이 동물들 무리에도 우두머리가 있게 마련이다. 우두머리가 되려는 이유는 단순히 대장 역할이 좋아서가 아니다. 우두머리에게는 먹이와 신붓감을 가장 먼저 선택할 수 있는 권한이 주어진다. 하지만 동시에 외부로부터 자기 무리를 지키고 우두머리 자리를 노리는 도전자에게 맞서야 한다. 그래서 우두머리로 사는 것은 참 피곤한 일이기도 하다.

다마사슴 무리의 반란

동물 세계에서 우두머리가 되려면 무엇보다 힘이 세야 한다. 여러 종을 한 우리에 두면 가장 덩치가 큰 종의 대장 수컷이 다른 종까지 다스리곤 한다. 우리 동물원에는 꽃사슴과 다마사슴이 한 우리에 있다. 꽃사슴이 다마사슴에 비해 덩치가 조금 더 클 뿐더러, 꽃사슴의 뿔은 가시처럼 뾰족해서 위협적인 데 비해 다마사슴의 뿔은 순록의 뿔을 닮아 두껍고 끝이 부드럽다. 그렇다 보니 자연히 다마사슴은 꽃사슴을 두려워하게 되어 있다. 그래서 이 우리에서는 다마사슴 수가 훨씬 더 많은데도 8년생 꽃사슴이 우두머리로 군림해왔다.

그런데 얼마 전 그 8년생 꽃사슴이 마침내 왕좌에서 물러났다. 사슴은 한 살씩 나이를 먹을 때마다 뿔의 가지 수도 하나씩 늘어나는데 8년째가 되면 뿔의 성장에 한계가 온다. 그래도 아직 8년생이면 정정할 나이지만 이 꽃사슴은 한쪽 눈이 점점 백탁화되는 병을 앓고 있어서 그런지 실제 나이에 비해 노쇠한 편이었다. 왕좌를 지키기 위해 싸우려는 의지도 더 이상 없었다. 그래서 마치 평화로운 정권 교체처럼 자연스럽게 7년생 꽃사슴이 새로운 우두머리가 되었다.

그런데 이 와중에 다마사슴 무리에서는 반란을 모의하고 있었나 보다. 꽃사슴이 덩치가 크긴 하지만 다마사슴 무리에 성숙한 수컷이 더 많으니 한번 붙어볼 만하다고 판단했는지도 모르겠다. 어느 날 아침, 다마사슴 몇 마리의 얼굴에 상처가 나 있고 피가 묻어 있었다. 자기들끼리 치고 박고 툭탁거렸나 싶었는데 대장 꽃사슴을 보니 아예 뿔 한쪽이 떨어져나간 처참한 모습이었다. 우두머리로서의 위신이 땅에 떨어진 꼴이었다. 간밤의 대혈투를 짐작할 수 있었다.

이건 7년생 꽃사슴에게도 원인이 있었다. 비록 몸은 건강했지만 왕년의 8년생 꽃사슴만큼의 카리스마를 발휘하지 못했던 것이다. 한쪽 뿔이 떨어져나간 7년생 꽃사슴은 갓 뿔이 자라난 1년생 꽃사슴에게도 쫓겨 다니는 애처로운 신세로 전락해버렸다. 다마사슴들에게는 졌다 해도 2인자 노릇이라도 할 법한데 동물 무리에서는 그렇지가 않다. 한번 우두머리에서 물러나면 그 순위가 한참 아래로 밀리게 된다. 폐위

다마사슴 무리

되고 나면 모든 것을 빼앗기는 옛 임금처럼 말이다.

그날의 쿠데타 이후로 이 우리에서는 다마사슴 대장이 계속 우두머리다. 하지만 또 모를 일이다. 비록 수적으로 열세라 쉽지는 않겠지만 이번에는 꽃사슴이 쿠데타를 일으켜 우두머리가 바뀔지 누가 알겠는가? 지금쯤 꽃사슴 무리에서 한창 작전을 짜고 있을지도 모를 일이다.

어제의 친구가 오늘의 적

사자는 보통 무리 동물로 분류된다. 호랑이는 사파리 안에 아무리 많이 두어도 전부 개인 플레이만 하는데 사자는 옹기종기 어울려 산다. 그래서 사자는 고독을 즐기는 호랑이보다 다른 사자와 합치기가 훨씬 수월하다. 몇 해 전 우리 동물원에 다섯 살 암사자 두 마리가 새로 들어왔다. 다섯 살이면 사자로서는 한창 전성기다. 우리가 데리고 있던 사자는 열다섯 살의 늙은 암사자와 이제 갓 세 살에 접어든 젊은 수사자 이렇게 두 마리였다. 서로 힘의 균형이 맞아야 합사하기 수월한데 아무래도 새로운 사자들 쪽이 너무 우세할 것 같아 걱정되었다. 어느 한쪽의 힘이 더 세면 큰 싸움이 벌어지고 진 쪽은 완전히 의기소침해진다.

경험 많은 사육사들은 새로운 힘센 사자들이 적응해버리기 전에 얼떨결에 합사시키자고 주장했다. 그 말이 일리가 있어서 사자들을 데려온 바로 다음 날 오전과 오후에 각각 한 마리씩 차이를 두고 합사시키기로 했다.

합사 준비를 하고 일단 문을 여니 새 사자 한 마리가 튀어나왔다. 1 대 2의 상황이라 만만해 보였는지 원래 있던 사자들 중 늙은 암컷이 주축이 되어 바로 공격을 해댔다. 으르렁거리고 뒹구는 것이 사뭇 위협적이었다. 그래도 치명적인 상처는 입히지 않았다. 그런데 그 와중에 환기를 위해 살짝 열어놓은 틈 사이로 나머지 새 사자마저 나와버렸다. 구 사자 두 마리는 이미 싸움에 지쳐 있던 상태라 이 사자는 그야말로 무혈입성을 할 수 있었다.

무사히 합사를 시킨 뒤 잘 지내는지 궁금하여 오후에 다시 가보니 이상한 일이 벌어져 있었다. 서로 으르렁거리던 두 무리가 그사이 미팅이라도 한 듯 새로운 쌍을 이루고 있었다. 늙은 암사자와 새 사자, 젊은 수사자와 또 다른 새 사자 이렇게 말이다. 합사가 완벽하게 이루어졌다고 판단한 나는 내심 쾌재를 부르며 안심하고 퇴근했다.

그런데 다음 날 다시 사자 우리를 찾았더니 분명히 네 마리가 있어야 하건만 두 마리밖에 보이지 않았다. 이게 어찌된 일인가? 살펴보니 구 사자 두 마리가 내실에 틀어박힌 채 한 발자국도 못 나오고 있는 것이 아닌가! 새 사자들이 완벽하게 우리를 장악한 것이다. 굴러 온 돌이 박힌 돌을 뽑아버린 격이었다.

이 상황마저 오래 지속되지 않았다. 여기에 또 다른 어린 숫사자를 포함한 두 마리를 새로 데려다놓아서 총 여섯 마리를 두었는데 나머

한낮의 햇볕을 즐기는 사자 한 쌍

지 다섯 마리가 뭉쳐 터줏대감인 젊은 수사자를 물어 죽이고 말았다. 폭력을 행사한 무리 중에는 원래부터 함께 살던 늙은 암사자도 껴 있었다. 살아남기 위한 연장자의 고육지책이었는지는 몰라도 그 비정함에는 말을 잊을 지경이었다. 그 수사자는 죽어가면서 "늙은 암사자, 너마저!"라고 외치지 않았을까?

어쩌다 보니 모계 중심 사회

보통 일본원숭이 사회는 우두머리 수컷을 중심으로 결속이 강한 계급 사회를 이룬다. 그런데 유독 우리 동물원의 일본원숭이 무리에서는 수컷들은 거의 피동적인 반면 암컷들끼리는 싸움도 심하게 하면서 서로 지위를 형성하여 살았다. 그나마 명목상으로 자리를 지키고 있는 우두머리 아닌 우두머리 수컷도 암컷 우두머리가 독차지했다. 행여 다른 암컷이 가까이 하려 하면 가차 없이 응징을 가했다.

우리 동물원의 일본원숭이 사회가 이렇듯 비정상적으로 된 것은 사람이 인위적으로 간섭했기 때문이다. 원래는 늙은 우두머리 수컷이 중심을 잡고 젊은 수컷 두 마리가 이 수컷을 보좌하며 질서를 이루고 있었다. 그런데 자식들이 거의 성장하여 번식할 때가 되자 부모 자식 간에, 또 형제간에 근친의 위험이 높아진데다 우두머리 수컷은 너무 나이가 많아서 번식이 어려울 것 같았다. 그래서 다른 동물원과 빅딜을 추진해서 기존의 수컷들을 모두 내보내고 젊은 수컷 세 마리를 새로 들였다. 그런데 이것이 화근이 되었다. 새로 들어온 일본원숭이 수컷 세 마리 중 한 마리가 갑작스럽게 죽었다. 한밤중에 일어난 일이라 상황 파악이 잘 되지는 않지만 암컷 우두머리의 주도로 암컷들이 공모해서 완전 범죄를 벌인 것 같았다. 그 후 수컷 한 마리는 암컷에게 쫓겨 다닐 정도로 무력해서 항상 몸에 상처를 단 채 한구석에 몰려 있었고, 오직 한 마리 수컷만 성공적으로 적응하는 듯했다. 하지만 결국 이 두 녀석들도 오래 견디지 못했다.

부계 중심 사회에서 모계 중심 사회로 전환된 원숭이 사회는 끊임없이 싸움이 일어나는 불안한 사회가 되어버렸다. 암컷 우두머리가 제대로 카리스마를 발휘해 무리 전체를 휘어잡지 못했기 때문이었다. 그나마 다행인 것은 새끼만은 누구도 괴롭히지 않는다는 점이었다.

또 다시 수컷을 한 마리 구해 들여놓긴 했으나 모계 중심 사회 구도를 바꾸기에는 역부족이었다. 시간이 지나 암컷들이 줄줄이 임신을 하길래 한 시름 놓는가 싶었는데 암컷들 중 두 마리나 사산을 했다. 임신한 상태에서 스트레스를 받다 보니 그런 것 같았다. 사람은 여자가 대통령도 되고 왕도 되는 게 자연스러운 세상이지만 동물은 본성대로 사는 것이 가장 좋은 것 같다.

성질 사나운 쌍봉낙타 봉봉이

한편 다양한 초식 동물들이 모여 사는 유라시아초식동물사에서는 쌍

초식동물사의 우두머리로 군림했던 쌍봉낙타 봉봉이

봉낙타가 우두머리로 군림하고 있었다. 앞에서도 잠깐 언급했던 쌍봉낙타의 이름은 봉봉이다. 수컷인 봉봉이가 우리 동물원에 온 것은 한살이 갓 넘었을 때였다. 그전에는 단봉낙타만 세 마리가 있고 쌍봉낙타는 한 마리도 없었는데 마침 다른 동물원에서 교환 제안이 들어와서 새끼 단봉낙타와 새끼 쌍봉낙타를 맞바꾸게 되었다.

쌍봉낙타와 단봉낙타는 똑같이 낙타라는 이름을 달고 있어도 고향부터 다르다. 쌍봉낙타는 주로 고비 사막 같은 추운 사막에 살고 단봉낙타는 사하라 사막 같은 더운 사막에 산다. 또한 쌍봉낙타는 야생 형태로도 사는 반면 단봉낙타는 대부분 길들여져서 가축으로 이용된다. 그래서 그런가, 쌍봉낙타 봉봉이는 성질이 보통이 아니었다.

처음에는 얌전했다. 큰 덩치와 긴 다리를 가졌는데도 자기보다 작은 당나귀에게도 쫓겨 다녔다. 원래 유라시아초식동물사에서는 수탕나귀가 대장이었다. 그런데 한 달여의 탐색 기간이 끝나자 봉봉이가 본색을 드러냈다. 날이 갈수록 흉포해져서는 곁에 있는 동물에게 시비를 걸고 싸움을 하며 우리 안을 완전히 장악했다. 워낙 거칠게 나오니 당나귀로서는 얌전히 대장 자리를 내놓는 수밖에 달리 방법이 없었다.

대장이 된 봉봉이는 가장 맛있는 먹이와 양지바른 자리를 차지했다. 동네를 어슬렁거리며 학생들을 삥 뜯는 건달인 양 우리 안 여기저기에 침을 찍찍 뱉으며 군기를 잡았다. 이제 이 우리에서는 같은 종끼리 정상적인 생식 행위를 하더라도 봉봉이의 허락을 받아야 했다. 사람도 전혀 무서워하지 않아서 툭하면 달려들었다. 심심하다 싶으면 눈비를 막기 위해 만들어놓은 차양에서 볏짚을 한 움큼씩 빼냈다. 배가 고파서 먹는 것도 아니고 그냥 재미 삼아 어질러놓는 것이다.

자꾸 봉봉이 흉을 보고 있는 셈인데 사실 봉봉이 탓만 하기에는 나도 미안한 감이 있다. 유라시아초식동물사가 훨씬 넓다면 자연스레 동물들끼리 생활 영역이 나뉘어져 봉봉이가 다른 동물을 건드릴 일도 없었을 테니 말이다. 봉봉이가 "진짜 문제는 내가 아니라 동물원이라고요." 하고 항의해도 할 말이 없다.

이렇게 말썽부린 덕분에 지금은 봉봉이가 유라시아초식동물사를 혼자서 차지하고 있다. 그냥 뒀다가는 다른 동물들이 무사하지 못할 것 같아서 봉봉이만 빼고 모두 다른 곳으로 옮겼기 때문이다. 이제 유라시아초식동물사가 아니라 그냥 낙타 우리가 된 셈이다. 어쨌든 그 후 봉봉이의 말썽은 옛이야기가 되었다.

문제가 없어진 것은 다행이지만 혼자 남은 봉봉이를 보고 있으면 조금 안쓰러운 마음이 든다. 봉봉이는 어떤 기분일까? 눈에 거슬리는 것들이 없어졌다고 좋아하고 있을까, 아니면 자신의 행동을 후회하며 친구들을 그리워하고 있을까? 지금으로서 최선의 방법은 봉봉이에게 짝을 지어주는 것일지도 모르겠다.

헬기라도 빌릴까? 동물 수송 대작전!

우리 동물원의 모든 동물들이 태어나서 죽을 때까지 내내 여기서 사는 것은 아니다. 물론 그런 동물도 있지만 중간에 다른 동물원에서 이사 오는 동물, 다른 동물원으로 이사 가는 동물도 있다. 사람도 교육이다 투자다 이런저런 이유를 들어 이사하는 마당에 동물이 이사하는 것이 무슨 대수로운 일인가 싶을지도 모르겠다. 그런데 이게 동물들에게는 상상 이상으로 대수로운 일이다. 동물들의 목숨까지 좌우할 수 있기 때문이다.

내가 지금 뭘 싣고 가는 줄 알아?

과학의 발전으로 우리 생활이 편리해진 점을 하나 꼽으라면 많은 사람이 수송 기관을 말할 것이다. 예전에는 서울에서 부산까지 가려면 며칠씩 말을 타거나 그마저도 없는 사람은 하염없이 걸어가야 했지만 이제는 KTX로 몇 시간 만에 도착할 수 있다. 비행기만 타면 외국 어디로든 갈 수도 있다. 하지만 수송 기관이 모든 사람에게 편하기만 한 것은 아니다. 당장 나만 해도 버스나 배를 탔다 하면 멀미부터 한다. 영화 「해리가 샐리를 만났을 때」의 샐리나 만화 「노다메 칸타빌레」의 치아키처럼 비행 공포증을 가진 사람도 있다.

동물의 경우야 두말할 필요도 없다. 수송 기관을 평생 많아야 한두 번 경험할 뿐이니 차에 오르면 사람보다 훨씬 심한 수송 스트레스에 시달린다. 그나마 몸집이 큰 동물보다는 작은 동물이, 초식 동물보다는 육식 동물이, 갯과 동물보다는 고양잇과 동물이 수송을 잘 견디는 편이다. 그래서 나는 자동차에 반려 동물을 태울 때는 될 수 있으면 사람을 태우듯 옆 좌석에 앉히거나 품 안에 안고 타기를 권한다.

하지만 동물원 동물은 몸집이 작은 반려 동물과는 사정이 다른 법. 대개 이동 상자에 담아 트럭으로 수송하는데 수송 환경을 최대한 쾌적하게 해주려고 노력한다. 일단 전날부터 동물의 위장을 비우고, 상자 여러 곳에 구멍을 뚫어 환기가 용이하게 하고, 바닥에 부드러운 톱밥을 깔고, 특히 예민한 동물에게는 진정제도 놓는다. 이동할 때는 속도가 너무 빠르지 않게 맞추고 중간 중간 휴식도 취한다. 호랑이나 사자 같은 맹수는 이동 상자에 넣는 일 자체가 힘들기 때문에 우리 동물원에서는 아예 마취를 한다. 물론 마취 자체에도 위험성이 있기는 하지만 나는 차라리 그 편이 수송 스트레스가 덜하다고 생각한다.

수송 기관 안에서 무사했다 하더라도 뜻하지 않은 데서 문제가 터지기도 한다. 탄자니아에서 얼룩말 열 마리를 직수입했을 때였다. 동물원에 있던 얼룩말이 아니라 야생 얼룩말이었던 터라 적잖이 걱정되었다. 다행히 비행기 안에서는 별 탈이 없었다. 그런데 공항에서 검역을 하던 중 서류가 미비하다는 이유로 얼룩말들을 잡아두면서 좁은 시멘트 우리 안에 몰아넣었다. 한시라도 빨리 넓고 쾌적한 동물원에 풀어줘도 모자랄 판에 야생 얼룩말을 마치 잘 길들여진 가축처럼 취급한 것이다. 결국 열 마리 중 여섯 마리나 목숨을 잃었다.

　사정이 이렇다 보니 수송할 일이 생기면 해당 동물뿐 아니라 수송을 책임지는 나 자신도 멀미마저 잊을 정도로 무척 스트레스를 받는다. 이럴 때 외의로 큰 도움을 주시는 분들이 있다. 바로 운전기사다. 동물을 수송할 때는 대개 화물업체에서 트레일러나 카고 트럭을 빌리는데 그럴 때마다 운전기사들은 "호랑이 수송은 난생처음 해보는데 어쩌나.", "기린을 수송한다고요? 이거 부담스러워서 원." 하며 걱정한다. 그러면서도 동시에 한편으로는 뿌듯한지 틈이 나면 지인들에게 전화해서 "내가 지금 뭘 싣고 가고 있는지 알아?" 하고 자랑한다. 동물들을 챙기는 것도 수의사인 나 못지않다. 휴게소에 들를 때마다 내가 동물들 안부를 살펴보려고 하면 어느새 나보다 더 먼저 달려가 동물들이 무사한지 이리저리 살핀다. 운전하느라 피곤할 텐데도 동물이 새 집으로 무사히 들어가는 것까지 꼭 확인한 뒤에야 돌아간다. 그저 감사할 뿐이다.

망토개코원숭이를 보내던 날

수송 스트레스도 스트레스지만 우리 동물원에 있던 동물을 떠나보내는 날이면 이별의 슬픔이 무척 크다. 망토개코원숭이 '꼬마'처럼 불가피한 사정으로 보내야 할 때는 더 마음이 안 좋다. 우리 동물원에는 꼬마라는 이름의 원숭이 한 마리가 있었다. 꼬마는 동물원에서 인기가 참 많았다. 인기의 비결은 바로 땅콩 받아먹기 기술이었다. 사람이 땅

망토개코원숭이. 성숙한 수컷은 은회색의 갈기가 머리에서 어깨까지 자라나 마치 망토를 어깨에 걸친 것 같은 모양을 하고 있다.

콩을 던져주면 어느새 철창 앞에 쪼르르 달려와 착 달라붙어서는 한 손으로 잘도 받아먹었다. 어떤 공도 척척 받아내는 야구 선수를 보는 듯했다.

그런데 꼬마에게 문제가 생겼다. 우리 동물원의 망토개코원숭이 사회는 우두머리 수컷 한 마리, 암컷 세 마리 그리고 꼬마로 구성되어 있었다. 꼬마는 우두머리 수컷의 아들인데 어느새 일곱 살이 되어 덩치가 커지면서 아비에게 위협적인 존재가 되었다. 그 전해까지만 해도 아비가 군기를 잡으려고 꼬마의 얼굴에 생채기를 내곤 했는데 언젠가

부터 전세가 점점 역전되어 꼬마가 아비와 맞짱을 뜨려 했다. 이대로 두었다가는 부자 사이에 혈투가 일어날 것이 뻔했다. 만약 꼬마가 이긴다면 모자간 근친 문제도 생길 터였다. 결국 꼬마를 다른 동물원으로 분가시켜 보내기로 결정되었다.

수송 날짜가 닥쳤건만 꼬마는 자기 운명도 모른 채 여전히 사육사가 주는 땅콩을 받아먹는 데만 열심이었다. 땅콩을 많이 먹으면 멀미를 할 우려가 있어서 너무 많이 주지 말라고 했지만 담당 사육사는 좋아하는 것이라도 실컷 먹여 보내고 싶었던 모양이다. 그 마음이 이해가 되기에 나도 더는 뭐라 하지 못했다.

마침내 수송용 트럭이 도착했다. 나는 본격적인 마취 작업에 들어갔다. 사육사들과 세 개의 블로건을 들고 꼬마에게 다가갔다. 사실 실제로 마취약이 들어 있는 것은 셋 중 하나뿐이었다. 마취약은 일단 장전하면 다시 꺼내서 재활용할 수 없기 때문이다. 그런데 영리한 꼬마는 어느 것에 마취약이 들어 있는지 귀신같이 눈치채고는 사정거리 밖으로 피해버렸다. 결국 모든 블로건에 마취약을 장전하고서야 겨우 꼬마를 명중해 마취시킬 수 있었다. 마취약 기운에 해롱거리는 꼬마에게 나는 평소에는 주지 못한 영양제 주사와 기생충 예방 주사를 한 방씩 놓고 머리를 쓰다듬어주었다. 이것이 내가 꼬마에게 마지막으로 해줄 수 있는 전부였다.

마침내 꼬마가 담긴 수송 상자가 트럭에 실렸다. 꼬마를 책임지고 데려가기 위해 다른 동물원에서 온 사육사도 트럭에 탔다. 트럭은 붕 하고 금세 떠나버렸다. 한동안 재주꾼 꼬마가 없는 망토개코원숭이 우리가 무척 허전해 보였다.

기린이 들어가는 상자가 있을까?

아끼던 동물이 떠나는 날도 있지만 새로운 동물이 들어오는 날도 있
다. 이런 날은 무척 분주하면서도 마음이 설렌다. 특히 기린 같은 귀한
동물이 들어오는 날이면 더욱 그렇다. 사실 우리 동물원에는 원래 기
린이 한 마리 있었는데 심낭에 물이 차는 병인 심낭수종에 걸려 유명
을 달리하고 말았다. 그런 사정도 모르고 동물원을 찾는 사람들이 기
린의 안부를 자주 물어왔다. 워낙 키가 큰 동물이라 그만큼 존재감도
컸던 모양이다. 그런 사람들에게 기린이 죽었다고 대답하는 것이 참
곤혹스러웠다.

우리 동물원은 긴급히 동물 구입비 예산을 확보해 기린 확보 작전
에 돌입했다. 마침 에버랜드 사파리에서 2년생과 4년생 암수 한 쌍을
분양할 수 있다는 소식을 전해왔다. 그 즉시 에버랜드로 달려가 기린
들의 상태를 확인했다. 다행이 기린들이 건강해 보였다. 행여나 누가
채갈세라 그 자리에서 바로 구입 계약을 맺었다. 그러고 나니 먼저 있
던 기린이 죽은 뒤 마음 한편에 늘 자리 잡고 있던 부담감이 싹 씻기는
기분이었다.

이제 남은 문제는 수송이었다. 예전에 근무했던 사람들의 말을 들
어보니 기린을 수송할 때는 고속도로 장애물 높이를 미리 측정하고

트럭의 앞뒤로 호위할 차량들을 미리 대기시키는 등 엄청나게 복잡한 과정을 거쳤다고 한다. 듣기만 해도 더럭 겁이 났다. 여러 사람이 머리를 맞대고 기린 수송 작전을 짜기 시작했다. 조심스레 하나하나 과정을 그리다 보니 작전을 세우는 데만 무려 한 달이 걸렸다. 수송비도 천만 원이 넘을 것으로 예상되었다. 참고로 기린 가격은 그보다 열 배 이상이라고 생각하면 된다.

가장 큰 문제점은 당연히 기린의 키였다. 모두 알다시피 기린은 5미터가 넘는, 세상에서 가장 키가 큰 동물이 아닌가. 그 크기에 맞춘 우리 안에 싣고 가면 고속도로 톨게이트 같은 시설에 부딪히고 말 것이다. 국방부에 의뢰해서 헬기를 빌리자는 의견도 나왔지만 일개 동물원 일에 국방부가 나서줄 리 만무했다. 그러던 중 전주의 한 동물원에서 최근에 기린을 수송한 적이 있다는 이야기를 들었다. 부랴부랴 가보니 마침 기린 수송 상자가 아직 있었다. 그런데 높이가 겨우 3미터 정도로 목 부분만 앞으로 툭 튀어나오게 되어 있는, 뚱뚱한 ㄱ자 구조였다. 이 ㄱ자에서 오른쪽의 세로 부분에 기린의 몸통이 들어가고 위쪽의 가로 부분에 기린의 목이 들어가는 것이다. 그러니까 이 상자 안에서는 기린이 평소처럼 목을 세우고 있지 못하고 계속 목을 숙이거나 아니면 아예 앉아 있을 수밖에 없다. 기린이 그런 자세로 수송 시간 동안 견뎌줄 수 있을지 걱정은 되었지만 벌써 한 번 사용해 보았다 하니 믿고 쓰기로 했다.

차량은 우리나라에서 최고로 안전하다는 무진동 트레일러를 빌렸다. 호위 차량을 운전할 사람까지 포함해 총 여섯 명이 수송 전날 에버

에버랜드에서 온 기린, 밀레린과 아린. 흔히 기린은 눕거나 앉지 않는 동물로 묘사되는데 실제 기린은 앉을 수도 있고 앉은 채로 선잠을 자기도 한다.

랜드로 갔다. 기린 담당 사육사들은 이미 일주일 전부터 에버랜드에서 기린 관리 사항도 배우며 수송을 준비하고 있었다. 우리는 하루에 한 마리씩 총 이틀에 걸쳐 수송하기로 했다.

드디어 수송 첫째 날, 한사코 상자 속에 들어가지 않으려는 기린을 열 사람이 긴 대나무 장대를 들고 달라붙어 가까스로 넣었다. 미리 뜯어놓았던 상자의 천장 부분은 기린이 들어간 뒤에 다시 위에서부터 차례대로 천장을 붙이고 못을 박았다. 그리고 서둘러 출발했다. 기린이 지치면 곤란하니 한시라도 빨리 도착해야 했다.

본격적인 이동에 들어가자 방송사와 신문사에서 나온 기자들까지 따라붙어 거의 카퍼레이드를 방불케 했다. 처음에는 시속 80킬로미터를 유지하다가 나중에는 100킬로미터까지 속도를 높였다. 빨리 기린을 풀어줘야 한다는 생각에 조바심이 나서 휴게소에 들를 수도 없었다. 뒤따르는 차량과 10분에 한 번씩 연락하며 기린의 움직임을 살폈다. 다행히 기린은 잘 참는 것 같았다. 도중에 한 번 앉기는 했지만 대부분의 시간은 서서 견뎌주었다.

이렇게 논스톱으로 광주까지 달려 3시간 반 만에 동물원에 도착했다. 애초 예상했던 시간보다 1시간 반이나 빨리 도착한 것이다. 차를 세우자마자 뒤로 달려가 기린을 살펴봤다. 다행히 기린은 무사했다. 그런데 수송 상자의 문을 여는데 아랫부분부터 열어야 하는 것을 실수로 윗부분부터 열고 말았다. 앞이 보이자 기린이 뛰쳐나가려고 발버둥을 쳤다. 좁은 공간에서 그렇게 날뛰면 큰 상처를 입거나 다리가 부러질 수 있다. 다행히 경험 많은 사육사가 얼른 달려가 가리개로 윗

부분을 막자 금세 진정되었다. 다시 차례차례 순서대로 문을 열자 이번에는 제대로 기린이 힘차게 뛰어나왔다. 기다리던 동물원 사람들과 기자들은 모두 환호를 하며 사진을 찍어댔다. 첫 번째 기린이 성공하고 나니 다음 날 두 번째 기린은 몸집도 더 작아서 아주 수월하게 느껴졌다.

이렇게 힘든 과정을 거쳐 우리 동물원의 새로운 식구가 된 기린들이 바로 수컷 밀레린과 암컷 아린이다. 밀레린은 밀레니엄의 시작인 2000년에 태어나서 붙여진 이름이고 아린이는 아름다운 기린이라는 뜻이다. 에버랜드에서 새로운 밀레니엄을 맞아 이름 공모 이벤트를 통해 붙인 이름이라고 한다. 밀레린과 아린이는 이곳에 온 지 3년 만에 몸무게 45킬로그램, 키 150센티미터의 새끼 초롱이를 낳았다. 엄마 아빠를 쏙 빼닮은 초롱이는 건강하게 무럭무럭 자라고 있다.

아기 호랑이 삼남매, 한국시리즈 가다

야구의 인기가 해마다 치솟고 있다. 나도 야구라면 눈이 번쩍 뜨이는 야구 팬이다. 광주 사람이라서 과거 해태 타이거즈부터 지금의 기아 타이거즈까지 뚝심 있게 응원하고 있다. 우치동물원에는 나 같은 야구팬이 정말 많다. 그리고 야구와 특별한 인연을 가진 동물도 있다.

어흥! 호랑이 삼남매가 나가신다

2009년 6월 새끼 호랑이 세 마리가 세상에 나왔다. 아빠 호랑이 대한이와 엄마 호랑이 사랑이 사이에서 태어난 새끼들이다. 부모 둘 다 나이가 많아서 걱정했는데 다행히 세 마리 모두 건강했다. 마침 기아 타이거즈가 오랜 부진을 딛고 큰 활약을 펼치고 있어서 호랑이 삼남매의 이름을 각각 이렇게 지었다. '아이', '러브', '기아'. 아이와 기아는 수컷이고 러브는 암컷이다.

전에 새끼 호랑이들을 어미와 함께 두었다가 일이 잘못되어 목숨을 잃은 적이 있어서 이번에는 아예 처음부터 세 마리를 우리에서 꺼내 내가 돌보았다. 내가 특히 신경 쓴 것은 먹이였다. 영양을 충분히,

아기 호랑이 삼남매 아이, 러브, 기아

고르게 섭취하도록 칼슘과 필수 비타민을 초기에는 우유에, 나중에는 고기에 첨가해서 먹였다. 일주일 후에 호랑이 담당 사육사들에게 인계한 뒤에도 틈틈이 내가 먹이를 먹였다. 여기에 트림 시키기, 똥 싸기도 신경 써야 했다.

세 마리를 동시에 돌보려니 힘들기도 했지만 동물의 왕을 품고 있다는 기분이 무척이나 짜릿했다. 마음 같아서는 아예 집으로 데려가서 밤새도록 보살펴주고 싶기도 했다. 거기에 사육사들의 정성까지 더해지니 아이, 러브, 기아 삼남매는 별 탈을 일으키지 않고 무사히 커갔다.

3개월째에 새끼 호랑이 삼남매는 지방 신문에 대서특필되어 사람들의 관심을 받게 되었다. 아이, 러브, 기아라는 특별한 이름도 유명세에 한몫을 했다. 그 덕분에 삼남매는 영광스럽게도 무등구장에서 열리는 기아와 SK의 대망의 한국시리즈 개막전에 초대되었다. 개막전에서 기아 선수들과 함께 관중들에게 인사를 하게 된 것이다.

10월 16일 개막전 날, 나는 담당 사육사 두 명과 함께 말끔하게 단장한 호랑이들을 각각 한 마리씩 안고 그라운드로 들어갔다. 한 손으로는 머리를 잡고 다른 한 손으로는 엉덩이를 받친 채였다. 처음에는 개처럼 어깨끈을 묶어보았는데 녀석들이 맹수의 본능을 발휘해 다 물어뜯는 바람에 이렇게 한 것이다.

구장에는 1만 2000명의 관중들이 모여 있었다. 우리는 바람의 아들 이종범 선수 옆에 나란히 섰다. 장내 아나운서가 우리를 소개하자 대형 전광판에 새끼 호랑이들의 모습이 비추어졌다. 관중들의 시선이 일제히 호랑이들에게 쏟아지는 것이 느껴졌다. 함께 선 선수들도 모두 재미있어하는 표정으로 아이, 러브, 기아를 바라보았다. 이때까지는 호랑이 삼남매도 모두 얌전하게 있어주었다.

그런데 소개가 끝나자 애국가가 시작되었다. 애국가를 듣자마자 나는 속으로 아뿔싸 했다. 잠깐 서 있다가 나오는 줄로만 알고 있었는데 그게 아니었던 것이다. 그렇다고 애국가가 울려 퍼지는 엄숙한 분위기에서 나 홀로 움직일 수는 없는 일이었다. 나는 조마조마한 마음으로 애국가가 끝나기만을 기다렸다. 그날따라 애국가가 어찌나 길게 느껴지던지. 결국 호랑이들은 참지 못하고 투정을 부리기 시작했다. 손에서 내려오려고 이리 힘쓰고 저리 힘쓰며 버둥댔다. 그런 호랑이들을 아무렇지도 않은 척 안고 있느라 나와 사육사들은 진땀이 날 지경이 되었다. 그 와중에 막내 사육사가 나지막이 속삭였다. "형님, 저 호랑이 똥 받치고 있어요." 러브가 몸부림치다가 응가를 하자 차마 그걸 땅에 버릴 수 없어 손으로 움켜쥐고 있는 것이었다. 웃을 수도, 울

기아 타이거즈의 이종범 선수와 나란히 있는 아기 호랑이

수도 없는 상황이었다.

마침내 애국가가 끝났다. 한숨 돌리고 안으로 들어가려는데 러브가
기어이 일을 저질렀다. 사육사 손을 벗어나 운동장을 내달리면서 똥
을 시원하게 내갈겼다. 그걸로도 모자라 더그아웃에도 뛰어들어가 똥
을 누었다. 우리는 호랑이를 잡으러 뛰어다니고, 기아 선수들은 미안
하게도 손수 휴지를 들고 코를 막고 똥을 치우는 소란이 벌어졌다.

더 있다간 경기에 방해가 될세라 호랑이들을 붙잡자마자 우리는 부
랴부랴 차에 태워서 동물원으로 다시 데려갔다. 오자마자 바로 목욕
을 시키느라 정작 이날 야구 경기는 볼 수도 없었다. 나중에 들어보니
다행히 결과는 5 대 3으로 기아의 승리. 다음 날 스포츠 신문에는 호
랑이 삼남매 사진이 근사하게 한 면을 장식했다. 어느 신문에서는 멧
돼지도 근접 못한다는 강력한 호랑이 똥 효과로 기아가 승리한 것이
라는 그럴듯한 분석도 실어주었다.

호랑이랑 사자랑 싸우면 누가 이길까?

비록 경기장에서 큰 실례를 하긴 했지만 호랑이 삼남매는 그 뒤로도
기아 타이거즈와의 인연을 이어갔다. 한국시리즈에 초대되었던 그다
음 해는 또 마침 경인년 호랑이 해였는데 기아의 대표적인 호랑이띠
선수 이대진, 윤석민, 곽정철이 아이, 러브, 기아를 만나러 동물원으로
찾아왔다. 특히 잘생긴 윤석민 선수는 인기 만점이어서 동물원에 오

자마자 직원들이 너도나도 사인을 받았다.

그런데 막상 호랑이를 만난 선수들은 은근히 긴장한 표정이 되었다. 이제는 아이, 러브, 기아도 덩치가 제법 커졌기 때문이다. 우리는 선수들이 안심하도록 먼저 호랑이들을 어르고 달래서 얌전하게 해두었다. 그제야 선수들이 호랑이에게 조금씩 다가왔다. 하지만 그래도 맹수인 호랑이라 무서웠던지 한 마리씩 살짝 안고서 얼른 기념 사진만 찍고는 재빨리 내려놓았다.

사진은 그런대로 잘 나왔지만 호랑이 똥만큼의 효과는 없었는지 그해 기아는 우승은커녕 4강에도 들지 못했다. 그래도 호랑이들을 만진 선수들은 나름대로 활약을 펼쳤다.

그 뒤 아이, 러브, 기아 삼남매는 잘 자라 이제 어엿한 어른이 되었다. 물론 그 과정이 마냥 평온했던 것은 아니었다. 호랑이 삼남매를 사자들과 같은 우리에 두었더니 사자를 공격해서 다리를 부러뜨리는 사고를 치기도 했다. 이 일 때문에 호랑이와 사자는 다시 분리되고 그 사이에 담이 쳐졌다. 사람들이 동물들에 대해 가지는 궁금증 중 대표적인 것이 "호랑이와 사자가 맞붙으면 어느 쪽이 이길까?"인데 정확한 답은 알려져 있지 않지만 적어도 새끼 때는 호랑이가 더 강한 것 같다.

야구 열풍에 힘입어 광주에는 낡은 무등구장을 대신할 새로운 야구장이 건설되기 시작했다. 아이, 러브, 기아 삼남매가 또 새끼들을 낳아, 그 새끼 호랑이들이 새로 지은 근사한 야구장에서 열리는 기아의 한국시리즈 경기에 대를 이어 또 초대받을 날을 기대한다.

코끼리가 새끼를 낳았어요

사람에게 귀천이 없듯이 동물들도 제 나름대로 모두 특별한 존재다. 하지만 동물원 입장에서는 아무래도 사람들에게 인기가 많은 동물이 더 신경 쓰이는 것은 어쩔 수 없다. 동물원은 단순히 동물을 기르는 곳이 아니라 관람객도 드나드는 곳이기 때문이다. 그래서 어느 동물원에서든 많은 사람들이 좋아하는 코끼리, 기린, 사자, 호랑이는 꼭 갖춰야 할 필수 동물로 꼽힌다. 우치동물원에서는 이중에서도 코끼리가 가장 특별한 동물로 자리 잡고 있다. 그렇게 되기까지 우여곡절이 참 많았다.

코끼리를 향한 간절한 염원

원래 우치동물원에는 코끼리가 없었다. 하지만 코끼리 우리는 있었다. 예전에 어떤 부유한 사업가가 코끼리를 사서 기증하겠다고 호언장담을 해서 일단 거금을 들여 우리부터 만들어놓았다. 그런데 그 사람이 갑자기 말을 바꿔버리는 바람에 주인 없는 코끼리 우리만 덩그러니 남은 것이다.

그래서 동물원에서 직접 나서서 코끼리를 수입하기로 했다. 인도에서 코끼리 한 마리를 1억 원 정도에 데려오는 계획이 추진되었다. 그런데 인도코끼리는 멸종 위기에 있는 동물이라서 '멸종 위기에 처한 야생동식물의 국제 거래에 관한 협약(CITES)'에 따라 수출 규정이 엄청나게 까다로웠다. 인도 카르나타카 주정부는 우리나라의 기후, 동물원의 환경, 코끼리를 키울 수 있는 능력 등을 문제 삼았다. 어찌나 일을 철저히 하는지 우리 동물원에 몰래 사람을 보내 사전답사까지 했다. 그리고 날아온 최종 통보는 수출 불가. 우리 동물원이 너무 낡았고, 주로 시멘트와 철로 되어 있어 동물들에게 위험하며, 코끼리 전문가가 없다는 것이 이유였다. 화가 난다기보다는 부끄러웠고 동물들을 대하는 그들의 정성이 부럽기도 했다.

이렇게 계속 일이 틀어져 버리니 코끼리를 갖고 싶은 마음은 더욱 커져갔다. 다른 동물원에 가도 무조건 코끼리부터 찾게 되었다. 사파리를 구경하다가 울타리를 넘어 코끼리에게 다가가 만져보고 먹이를 주기도 했다. 물론 내가 이렇게 할 수 있었던 것은 동물원 사람들끼리는 서로 교류하며 지내기 때문이다. 코끼리 사육사에게도 질문 세례를 퍼부어 공부를 많이 해두었다. 코끼리는 무얼 얼마나 먹는지, 수컷의 발정기는 언제, 어떻게 오는지, 상아는 언제부터 나는지, 똥은 얼마나 싸는지 등. 언제가 될지는 모르겠지만 혹시라도 나중에 코끼리를 들일 때를 대비해서 미리 준비해두고 싶었기 때문이다.

우치동물원에 드디어 코끼리가 나타나다

나뿐만 아니라 우치동물원 사람들 모두가 오랫동안 코끼리를 기다렸다. 그런 바람 덕분인지 드디어 2008년 우치동물원에 코끼리가 들어

오게 되었다. 갑작스럽게 이루어진 일이었다. 코끼리월드라는 회사에서 임대 형식으로 코끼리들을 우치동물원에 보내주기로 한 것이다! 이 회사 이름은 생소하더라도 2005년의 코끼리 탈출 사건을 기억하는 사람들은 많을 것이다. 당시 서울 능동 어린이대공원에서 코끼리 여섯 마리가 탈출해 인근 도로를 돌아다녀 교통이 마비되었고, 급기야 그중 한 마리가 어느 식당에 들이닥쳐 손님들이 혼비백산해서 탈출하는 소란이 일어났다. 이 식당은 코끼리 사건으로 오히려 화제가 되어 그후 인기 식당이 되었다고 한다. 이 코끼리들을 맨 처음 동남아에서 한국에 들여온 회사가 바로 코끼리월드이고 우치동물원에 들어올 코끼리가 바로 이때 사고 친 녀석들이다.

코끼리월드를 세운 김 회장은 우연한 계기로 코끼리에 관심을 갖게 되어, 좀 더 정확하게 표현하자면 코끼리를 이용한 수익 사업에 관심을 갖게 되어 라오스에서 직접 코끼리 열 마리를 수입했다. 그리고 어린이대공원과 계약해 한국에서 코끼리 공연을 시작했다. 코끼리 공연은 꽤 인기를 끌었지만 탈출 사건으로 미운 털이 박혔는지 코끼리들은 결국 어린이대공원에서 쫓겨나게 되었다.

졸지에 갈 곳이 없어진 코끼리들이 머물 곳을 찾다가 마침내 우치동물원과 인연이 닿았다. 우치동물원에는 공연을 할 만한 부지가 없어서 코끼리 타기와 먹이 주기 체험장 정도만 해야 했다. 코끼리월드로서는 공연 수익을 포기해야 하니 썩 좋은 조건이라고 할 수는 없었지만 그때가 겨울이어서 당장 머물 곳이 시급했던 터라 전격적으로 계약이 성사되었다.

코끼리와 함께 현지에서 온 조련사들

　원래 라오스에서 들여온 열 마리에서 그사이 죽은 한 마리를 뺀 아홉 마리 모두가 우치동물원에 입성했다. 텅 비어 있던 코끼리 우리는 제 임자를 만나 활기에 가득 찼다. 사실 이 우리는 원래 세 마리 정도를 염두에 두고 만든 터라 아홉 마리에게는 너무 비좁았다. 그래도 겨울이라는 이유로 일단 아홉 마리 모두 한 우리에서 지내게 되었다. 조금씩 자리를 양보하고 체온을 나누면 오히려 추운 겨울이 더 따뜻할 수도 있을 테다. 인도 정부에서 우리 동물원에 했던 지적이 또 한 번 마음이 걸렸지만 사정상 어쩔 수 없었다.

　코끼리 우리는 열악해도 조련사만은 전문가였다. 코끼리마다 한 명의 조련사가 따라 붙었는데 이들은 태국이나 라오스에서부터 코끼리와 함께 건너온 현지 사람들이었다. 이 나라들에서는 반드시 자국 출신 조련사가 함께 가야 코끼리 수출을 허가하도록 되어 있다. 일종의 자국민 취업 정책인 셈이다. 코끼리 조련사들은 사육은 물론 치료, 장난감 제작에 이르기까지 그야말로 코끼리의 모든 것을 담당했다. 조련사 중 맏형이자 대변인 격인 서른 살 라오스 총각 캄텐은 한국 생활을 한 지 벌써 5년이나 되어 제법 한국말을 잘했다. 그의 집안은 대대로 코끼리를 키워왔다고 했다. 수의사인 나도 코끼리에 관련된 것이라면 조련사들에게 한 수 가르침을 받아야 했다.

드디어 코끼리를 식구로 맞았다는 기쁨에 우치동물원에서는 특별히 홍보 전단지까지 제작해서 뿌렸다. '우치동물원에서도 코끼리를 볼 수 있습니다.'라는 헤드카피를 단 전단지였다. 문구 그대로 이제 광주 시민들은 코끼리를 보러 굳이 다른 지역까지 가지 않아도 되었다. 코끼리는 금세 우리 동물원의 최고 인기 스타로 떠올랐다.

장님 코끼리 만지기 프로젝트

일단 우치동물원에 코끼리가 들어오자, 워낙 귀한 동물이어서인지 코끼리들은 특별한 행사에 초대받는 일이 종종 생겼다. 동물 관련 텔레비전 프로그램에 출연하는가 하면 연예인들이 직접 코끼리들을 보러 오기도 했다. 어떤 녀석은 영화와 광고에도 출연했다. 이런 여러 행사 중에서도 내 마음속에 가장 따뜻하게 남아 있는 것은 '장님 코끼리 만지기 프로젝트'이다.

'장님 코끼리 만지기' 우화에서 모티프를 얻은 이 프로젝트는 시각 장애 학생들이 말 그대로 코끼리를 만져보면서 얻은 느낌과 감정을 미술 작품으로 표현하는 것이었다. 시각 장애인들과 예술가들이 함께 하는 아트 프로그램 '우리들의 눈'의 회장이자 화가인 엄정순 씨가 기획했다.

이야기를 들어보니 멋진 기획이었는데도 시작은 쉽지 않았다고 한다. 전국의 여러 동물원에 연락해 프로젝트의 취지를 설명하고 협조를 구했지만 "안 돼요. 위험해요."라는 대답만 돌아올 뿐이었다. 심지어 시각 장애라는 말을 듣자마자 "장애인 할인 없습니다." 하고 끊어버린 곳도 있었다.

그러다 유일하게 긍정적인 반응을 보인 곳이 바로 우치동물원이라고 한다. 사실 처음에 엄정순 씨의 전화를 받고 설명을 들은 뒤에 나는 선선히 "네, 오세요." 하고 말했다. 안 될 이유가 없었다. 우리 동물원에 있는 코끼리는 아시아코끼리로 원래 성질이 온순하고 영리한 종이다. 관리만 잘하면 아시아코끼리가 사람을 해치는 일은 벌어지지 않는다. 몇 년 전 어린이대공원에서 탈출해 난동을 피웠다고는 하나 사실 그때도 코끼리는 사람이나 자동차를 직접 공격하지 않고 요리조리 피해서 돌아다녔다. 그러니 행사를 치르는 것이 크게 위험하지도 않거니와 이런 뜻깊은 프로젝트에 우치동물원의 코끼리가 함께한다면 오히려 영광이라고 생각했다.

이렇게 해서 서른세 명의 시각 장애 아이들이 멀리 인천에서 광주

를 찾아왔다. 그리고 따스한 6월의 어느 날, 코끼리 우리에서 아주 특
별한 행사가 시작되었다. 아이들 여러 명이 조련사들과 나의 안내에
따라 코끼리를 향해 손을 내밀었다. 처음에는 쭈뼛거리던 아이들이
이내 두 손의 모든 감각을 총동원해 코끼리의 몸을 느끼기 시작했다.
코, 귀, 배, 다리, 꼬리……. 아이들의 입에서 탄성이 터져나왔다.

물론 여러 사람의 손길이 동시에 몸 구석구석을 훑으니 코끼리로서
는 불편하지 않을 수 없었을 것이다. 그래서 조련사들이 연신 바나나
를 건네며 "아이들을 위해 참아주라. 옳지, 착하지." 하고 코끼리를 달
랬다. 다행히 어떤 코끼리도 소동을 부리지 않고 그 시간을 잘 참아주
었다.

'장님 코끼리 만지기' 행사에 참가한 학생들

　코끼리를 직접 만지는 일이 끝난 뒤에는 수의사인 나와 질의응답 시간을 가졌다. 동물원에 놀러온 아이들과 만남의 시간을 가지는 일은 종종 있지만 이 아이들은 훨씬 커다란 호기심으로 많은 질문을 쏟아내서 깜짝 놀랄 정도였다. 한 시간을 꽉 채우도록 이어지는 질문 세례를 받으며 나는 함께 신이 났다. 그중에 가장 기억에 남는 질문이 하나 있다. 한 아이가 이렇게 물었다. "동물도 장애가 있나요?" 나는 이렇게 대답했다. "물론 있죠. 자연에서 장애는 곧 죽음이에요. 하지만 이곳에서는 아닙니다. 우리 동물원에는 앞을 못 보는 물범도 있고, 어미 없는 새끼 사자도 있는데 저와 사육사들의 보살핌을 받기 때문에 잘 살아가고 있어요. 둘 다 우리 동물원에서 인기가 정말 많아요." 어찌 보면 동물원에 갇혀 사는 동물들도, 또 동물을 돌보는 일 외의 다른 일에는 서툰 나도 조금씩은 장애를 가지고 살아가는 것이 아닐까?

　우치동물원의 코끼리들을 마음에 품고 인천으로 돌아간 아이들은 코끼리들을 소재로 미술 작품을 만들었다. 나중에 완성된 작품을 보았는데 하나같이 근사한 작품들이었다. 나 같은 비장애인이 눈으로는 보지 못했던 코끼리의 특징과 개성이 놀랍도록 잘 드러나 있었다. '앞을 못 보는 아이들이 어떻게 미술 작품을 만들까?' 하는 궁금증이 말끔히 사라지면서 다시 한 번 큰 감동이 밀려오는 것을 느꼈다.

장님 코끼리 만지기 展

"요즘 저는 시오노 나나미의 『로마인 이야기』를
읽고 있는데 거기에 코끼리 부대 이야기가 나와
요. 굉장히 인상적이었어요. 전쟁터의 코끼리를
만들래요."

카르타고 전쟁에서 싸우는 코끼리 / 한성현, 서울맹학교 고1

"코끼리는 저의 상상 속 동물이었는데 만져
보니까, 아, 이렇게 생겼구나, 실제 만질 수
있었다는 게 신기하고, 그 느낌이 잊혀지질
않아요. 다리가 정말 굵더라고요. 어떻게
이런 몸을 지탱할 수 있는 다리가 있을까."

코끼리 / 원희승, 혜광학교 중3

장님 코끼리 만지기 展

"코끼리에게 다가갈 때 바나나를 가져갔는데
바나나를 내밀자마자 순식간에 채갔어요. 코
끼리 코는 손이라더니 정말 잘 움직여요."

배고픈 코끼리 / 박영준, 서울맹학교 고1

"한자문화권의 아시아 국가들은 象(상)이라고 쓰
고 각 나라 말로 부릅니다. 이처럼 많은 나라들
은 코끼리의 외형을 보고 이름을 지은 것 같습
니다. 우리나라만 코끼리라고 부르는데 끼리끼
리 모여 더불어 살아가는 코끼리의 본성을 담은
이름이지요."

서로 돕는 삶 / 김인의, 서울맹학교 고1

"코끼리 다리는 너무 굵고 커서 그 다리
는 건너는 다리도 되겠네요."

다리(bridge)처럼 생긴 코끼리 /
고다영, 서울맹학교 중1

코끼리가 우리 동물원에 있다는 사실만으로도 나는 언제나 가슴이 벅찼다. 그런데 코끼리들은 더 큰 감동을 주겠다고 결심이라도 한 듯 세상을 깜짝 놀라게 할 새로운 이벤트를 준비했다. 기록된 것으로 보면 우리나라 동물원 100년 역사상 두 번째로, 그리고 우치동물원에서는 처음으로 2010년 6월 새끼 코끼리를, 그것도 한 마리가 아닌 두 마리를 출산한 것이다.

2009년 8월경, 암컷 코끼리 쏘이와 봉이의 배와 가슴이 평소보다 부푼 것이 느껴졌다. 혹시 임신인가 싶었지만 단정 지을 수는 없었다. 코끼리는 몸무게가 3000킬로그램이나 될 만큼 덩치가 커서 겉모습만 봐서는 임신 여부를 확인하기가 쉽지 않다. 헷갈려하며 고심하던 와중에 그해 11월 SBS의 「TV 동물농장」에서 촬영을 나오게 되면서 우리는 사람 임신부를 대상으로 하는 3D 초음파 기기를 동원하게 되었다. 사람 임신부의 몇 배나 되는 코끼리의 배에 젤을 잔뜩 바르고 기계를 문질렀다. 검사 결과는 분명한 임신. 새끼의 갈비뼈와 등뼈가 선명하게 촬영된 것이다. 새끼에게서 나는 힘찬 심장 박동 소리도 분명하게 들려왔다.

코끼리의 임신 기간이 22~24개월이고 쏘이와 봉이가 우치동물원에 오기 반 년쯤 전에 수컷과 교미한 사실을 감안하면 출산 예정일이 임박해 있는 듯했다. 쏘이와 봉이는 즉각 특별 관리에 들어갔다. 무리와 떨어져 별도의 방에서 영양제를 맞고 고급 사료를 먹는 등 그야말로 우치동물원의 여왕마마들이 되었다. 임신을 축하해주는 사람도 많았다. 광주 시장까지 쏘이와 봉이를 보러 동물원을 찾아오기도 했다. 나와 코끼리 조련사 다섯 명은 매일매일 비상 대기 상태로 지내면서 외국에서 만든 코끼리 출산 비디오와 책을 보며 출산 시나리오를 짜서 연습했다. 분만 증세가 보이면 곧바로 출산실로 옮길 준비까지 마쳤다. 그런데 시간이 흘러도 정작 쏘이와 봉이는 새끼를 평생 배 속에 넣어두고 있기라도 할 듯 출산 기미를 보이지 않았다. 나는 점점 초조해지기 시작했다.

하지만 그날은 마침내 왔다. 먼저 징후를 보인 쪽은 쏘이였다. 어느 날 쏘이는 귀 뒤의 체온이 현저히 떨어지고 식욕이 없어지기 시작했다. 분만 증상으로 판단되었다. 사흘이 지나자 오후 2시경 갑자기 쏘이가 엎치락뒤치락하더니 다량의 점액성 회백색 물질을 아래로 분출했다. 임신 기간 동안 자궁을 막고 있던 마개 물질이었다. 이것은 본격적으로 분만이 시작된다는 신호였다. 즉시 쏘이를 내실로 옮기고 CCTV로 외부에서 모니터링을 시작했다. 그런데 쏘이는 진통이 멎었는지 갑자기 조용해지면서 풀까지 먹기 시작했다. 낮에 출산하는 것을 피하려는 코끼리의 전형적인 분만 지연 현상 같았다.

열두 시간을 넘게 지루하게 기다리고 있는데 새벽 3시 즈음에 다시 신호가 왔다. 진통이 재개되었는지 갑자기 쏘이가 넘어졌다 일어섰다 하더니 꼬리 아래 엉덩이 위가 불쑥 튀어올랐다. 새끼가 산도로 진입한 것이다. 코끼리는 수평으로 새끼를 낳는 다른 동물과 달리 복부에 외음부가 열려 있어 엉덩이를 따라 수직으로 새끼가 내려온다. 1분 간격으로 조금씩 새끼가 내려오는 모습이 마치 슬로 모션처럼 CCTV 화면에 잡혔다. 5분 후 산도에서 태반이 내비치기 시작했고 점점 풍선처럼 부풀더니 어느 순간 퍽 터지면서 새끼가 엉덩이부터 쏟아져 나왔다. 우리가 두 번째 진통을 인지한 지 채 10분 만이었다. 외국 자료에는 산도 진입 후 3~4시간에서 길게는 12시간 정도 걸린다고도 나와 있는데 쏘이의 분만은 그야말로 눈 깜짝할 새 일어났다.

조련사들은 즉시 새끼를 바깥으로 빼내고 어미 다리를 두 개 정도 묶었다. 새끼에 대한 해코지를 방지하기 위함이란다. 새끼는 10분 정도 지나자 혼자 잘 일어섰다. 쏘이는 5시간 후에 나머지 거대한 태반을 배출했다. 태반이 나오자 조련사들이 새끼를 어미 곁에 바짝 붙여서 코를 인위적으로 제쳐주고 새끼의 입과 어미의 젖을 맞춰주었다. 처음엔 새끼나 어미나 서로 피하려 하는 바람에 반나절 동안은 어미 젖을 짜서 새끼에게 먹이고 다시 둘을 붙이기를 1시간 간격으로 반복했다. 어느 순간 새끼가 스스로 젖을 빨기 시작했고 이윽고 어미도 차츰 모성 본능을 갖추기 시작했다. 출산 후 가장 큰 고민거리를 넘긴 벅찬 순간이었다.

이렇게 첫 번째 새끼 코끼리가 6월 5일 태어난 데 이어 열흘 뒤인 15일에는 봉이가 무사히 두 번째 새끼 코끼리를 낳았다. 수컷인 첫째에게는 우치, 암컷인 둘째에게는 우리라는 이름을 붙였다. 합해서 '우리 우치동물원'이라는 뜻이었다. 동물원 사람들은 태국식으로 새끼 코끼리 다리에 장수를 의미하는 무명실을 감고 물을 온몸에 뿌려주면서 천수를 다하기를 진심을 모아 축원했다.

우치동물원 사상 최초로 태어난 새끼 코끼리 우리와 우치

우치와 우리는 정성스러운 보살핌 속에 무럭무럭 자랐다. 누가 코끼리 아니랄까 봐 쑥쑥 크는 모습이 하루가 다를 정도였다. 네 다리는 금세 파르테논 신전의 기둥처럼 두꺼워졌고 코는 피노키오의 코처럼 늘어났다. 조련사들이 다가가면 장난을 걸 정도로 성격도 활발했다. 새끼 코끼리들의 재롱에 웃음을 터뜨리는 관람객들을 보고 있으면 절로 흐뭇한 미소가 나왔다.

우치동물원의 코끼리가 여러모로 화제가 되자 광주시에서는 임대 상태인 코끼리를 정식으로 구입하기로 결정했다. 모든 코끼리를 다 구입할 수 있는 예산은 없어서 그중 봉이와 우리 모녀만이 선택되었다. 우치는 우치동물원에서 처음 태어난 코끼리임에도 수컷은 암컷보다 다루기 힘들다는 이유로 제외되었다. 봉이와 우리는 광주시에 입적되었다. 일종의 명예시민 같은 것이랄까? 이제 봉이와 우리는 영원히 우치동물원의 가족이 된 것이다. 정식으로 동물원 식구가 되니 책임감이 더욱 강하게 느껴졌다. 그래서 한국인 사육사들이 본격적으로 라오스 출신 조련사들에게 코끼리 언어와 코끼리 다루는 기술을 전수받기 시작했다.

하지만 쏘이와 우치 모자는 전혀 다른 운명을 맞았다. 일본으로 보내지게 된 것이다. 코끼리월드는 봉이와 우리를 제외한 아홉 마리 코끼리를 후지 사파리파크에 매각했다. 오랜 경영난에 시달리던 코끼리월드로서는 어쩔 수 없는 결정이었다. 사실 김 회장은 코끼리들이 한

국에 남기를 간절히 바랐다. 하지만 한국에서는 우치동물원을 제외한 어떤 곳도 선뜻 제 값에 코끼리를 구입하겠다 나서지 않았다고 한다. 우치동물원에서 모두 구입하면 좋으련만, 예산 문제로 봉이와 우리 모녀 외에 코끼리를 더 사들일 여력이 없었다. 우치동물원과 코끼리월드 직원 모두 똑같이 안타까운 마음뿐이었다.

전국이 물난리로 떠들썩하던 2011년 7월 누구의 관심도 받지 못한 채 조용히 코끼리 수송이 이루어졌다. 거대한 수송 상자가 동물원에 도착했다. 쏘이와 우치 모자가 함께 들어갈 수송 상자는 그중에서도 특별히 더 컸다. 이번 수송을 위해 새로 제작된 것이다. 나는 두 코끼리의 건강을 체크했다. 모두 건강한 편이었지만 그래도 수송 중에는 과일, 야채 같은 연한 먹이만 주라는 등 조금 간섭을 했다. 섭섭한 마음 때문이었나 보다.

낯선 상자가 보이자 떠나는 코끼리도 남는 코끼리도 안절부절못하고 요란하게 울어대기 시작했다. 도저히 통제가 안 되는 상황이었다. 이래서는 우리에 싣는 것 자체가 불가능했다. 그 덕분에 내가 해야 할 일이 하나 더 생겼다. 나는 떠나는 코끼리들에게 부랴부랴 코끼리용 진정제를 놓았다. 그러고도 코끼리를 모두 우리 안에 넣는 데 2시간이 걸렸다. 이제 코끼리들은 일본에 도착하기까지 20시간 동안 그 비좁은 우리에서 버텨야 했다. 그걸 생각하니 떠나는 코끼리들이 더욱 안쓰럽기만 했다.

코끼리들이 떠난 다음 날 쓸쓸한 마음으로 봉이와 우리 모녀만 남은 코끼리 우리에 가보았다. 한국인 사육사 둘이서 부지런히 뒷정리를 하고 있었다. 한산해진 우리 안에서 봉이와 우리는 여전히 불안한지 제자리를 자꾸 돌았다. 당장은 조금 심란해하겠지만 두 모녀는 결국 둘만의 생활에 적응할 것이다. 그래도 가끔은 친구들을 그리워하지 않을까? 특히 같은 처지였던 쏘이와 우치 모자를 말이다. 나 역시 코끼리 출산이라는 경이로운 경험을 처음 하게 해준 쏘이와 우치를 영원히 잊지 못할 것이다. 어쩌면 너무 보고 싶은 나머지 언젠가 비행기를 타고 일본으로 훌쩍 날아가게 될지도 모른다. 마침 얼마 전에 코끼리들이 간 동물원인 후지 사파리파크에서 코끼리가 임신한 것 같으니 한 번 와달라는 연락을 받았다. 어쩌다 보니 내가 현재 우리나라와 일본 두 나라를 통틀어 코끼리 출산을 처음 경험한 수의사가 되었기 때문이다. 새끼 코끼리의 탄생을 또 한 번 볼 수 있을까?

2장.

동물들이 나에게 가르쳐준 것들

사람들은 동물원에 오면 살아 숨 쉬는 동물만 보지만
동물원에는 제 명을 다해 떠나가는 동물도 있게 마련이다.
동물원 수의사로 오랫동안 일하다 보니 자연스레
많은 동물의 죽음을 지켜보았다. 그럼에도 또 하나의
생명과 작별 인사를 할 때마다 가슴이 먹먹해지곤 하니,
나는 여전히 죽음에 익숙하지 않은가 보다.

동물원 동물이라 얕보지 마라! 그들만의 특별한 능력

인간은 만물의 영장이라 한다. 하지만 동물들과 지내다 보면 이 말이 얼마나 오만한 것인지 종종 느끼게 된다. 동물은 신체적인 능력은 물론이고 육감, 직감이 매우 뛰어나 때로는 초능력이 있는 것 같다는 생각마저 들기 때문이다. 동물원에 사는 동물이라고 해서 예외는 아니다. 우리 동물원에도 놀라운 능력을 보유한 동물들이 참 많다.

어떻게 알았을까? 동물들의 정확한 육감

동물원에서 일본원숭이가 새로 태어났을 때였다. 어미는 매정하게도 새끼를 낳자마자 우리 입구에 내다 버렸다. 나는 비정한 어미를 원망하며 새끼를 우리 집으로 데려갔다. 동물들은 동물원 안에서 돌보는 것이 원칙이지만 동물원 인력이 모자라니 가족들에게 기대기로 한 것이다. 고맙게도 아내와 아이들은 반색을 하며 새끼 원숭이를 맞아주었다. 아이들이야 아직 어리니 무슨 동물을 보든 즐거워하지만 사실 아내는 원래 동물을 그다지 좋아하지 않는다. 하지만 다행히 "새끼 원숭이는 꼭 진짜 사람 같네." 하며 귀여워했다.

가족들은 새끼 원숭이에게 다이고로라는 이름을 붙여주었다. 사지

갓 태어난 새끼 일본원숭이

가 기형으로 태어난 원숭이의 이야기를 다룬 수필집 『다이고로야, 고마워』라는 책에서 따온 이름이었다. 가족들은 귀엽고 앙증맞은 다이고로를 정성껏 돌보았다. 우유 먹이는 솜씨는 수의사인 나보다 나을 정도였다.

하지만 다이고로는 먹은 우유를 계속 토하기만 하더니 결국 일주일 만에 죽어버렸다. 가족들의 실망이 이만저만이 아니었다. 딸은 눈물을 펑펑 쏟기까지 했다. 그렇게 정성을 다했는데 대체 무슨 일일까? 죽음의 원인을 밝혀보려고 축 늘어진 다이고로를 다시 동물원으로 데려가 부검해보았다. 원숭이의 사인은 위와 장이 맞닿은 부위가 좁아져 있는 선천성 장관협착증이었다. 이런 경우에는 수술을 해주지 않으면 살지 못하는데 그나마도 새끼에게는 수술 자체가 굉장히 위험할 수 있다. 그러니까 다이고로의 어미는 새끼에게 문제가 있어서 오래 살지 못할 것을 육감적으로 알고 다이고로를 버렸던 것이다.

이런 현상은 동물에게서 종종 볼 수 있다. 겉으로 보기에는 멀쩡한 새끼라 사람이 안타까운 마음에 데려다 키워도 80~90퍼센트는 제 명

126

대로 살지 못하고 일찍 죽는다. 이런 새끼를 부검해보면 다이고로처럼 선천적인 기형이 발견되곤 한다.

물소의 경우는 더 놀라웠다. 예전에도 여러 번 새끼를 키워본 베테랑 어미 물소가 새로 새끼를 낳았는데 전혀 돌보지 않은 적이 있다. 돌보기는커녕 새끼가 따라다녀도 이리저리 피하기만 했다. 보다 못한 사육사가 6개월 동안 직접 우유를 먹이면서 정성스레 키웠다. 그런데 보통 물소는 6개월이면 다 성장하는 데 비해 이 녀석은 시간이 아무리 흘러도 새끼 티만 겨우 벗고는 거의 자라지 못했다. 그러면서 배만 볼록하게 튀어나와서 별명이 올챙이였다. 그러던 어느 날 이 물소가 영문도 모르게 갑자기 죽었다. 부검을 해보니 심장이 기형이었다. 정상이라면 흉강 안에 떠 있어야 하는 심장이 늑골에 꼭 붙어 있었다. 새끼 때는 그나마 괜찮았지만 시간이 지나면서 점점 심장 압박이 심해졌던 것이다. 6개월이나 키우면서도 사람은 전혀 눈치채지 못한 것을 어떻게 어미는 태어나자마자 깨달았을까?

어미만이 아니라 형제들 사이에서도 이런 일이 종종 일어난다. 벵갈호랑이 삼형제 중 하나가 식욕 부진과 호흡 곤란 증세를 보인 적이 있다. 사람 천식처럼 알레르기가 심하기에 기침을 하거나 헉헉거리는 고양이 천식이라고 짐작해서 대수롭지 않게 여겼다. 몸이 아프자 녀석은 성질이 사나워져서 먹잇감이 들어오면 다른 형제들이 얼씬도 못하게 으르렁거렸다. 그러면 형제들은 모른 척 슬슬 피해주었다. 아픈 동생을 배려한 형제애였다. 그래서 굳이 격리시키지는 않아도 되겠다 싶었는데 어느 날 형제들이 아픈 녀석의 꼬리를 물어뜯어 놓았다. 즉시 격리시켰지만 그 후유증이 겹쳐서인지 결국 녀석은 얼마 못 가서 죽고 말았다. 부검해보니 사인은 단순한 고양이 천식이 아니라 폐암이었다. 폐암을 확인하고 나니 형들의 돌발 행동에 무언가 이유가 있을 것 같다는 생각이 들었다. 동생의 폐암이 심해지면서 형제들이 죽음의 냄새를 맡은 것일까? 마치 엑스레이나 CT를 찍듯이 말이다. 그러니까 형들은 죽어가는 동생을 보다 못해 안락사를 시켜준 것일지도 모른다.

내 잠 한 조각만 가져가주렴!

이런 신비로운 육감도 놀랍지만 동물들의 능력 중에서 내가 가장 부러워하는 것은 따로 있다. 바로 잠을 안 자는 것이다. 많은 동물들이 사람처럼 푹 자지 않아도 멀쩡하니 정말 신기한 일이다. 동물원에 긴급한 일이 생겨서 밤이나 새벽에 달려가야 하는 날이면 잠이 부족해서 하루 종일 찌뿌듯하고 피곤하다. 그럴 때 나와 함께 꼬박 밤을 새웠으면서도 언제나 말똥말똥한 동물들을 보고 있으면 정말 한없이 부러울 뿐이다.

물론 동물이 전혀 자지 않는 것은 아니다. 새는 피곤하면 머리를 몸에 묻은 채 몇 시간씩 꼼짝하지 않는다. 사자는 태양 아래서는 거의 드러누워 지낸다. 곰도 천하태평으로 큰대자로 누워서 이리저리 뒤척이는 게 주요 일과이다. 집에서 키우는 고양이나 개도 졸리면 코도 골고

낮잠을 즐기는 캥거루. 동물들은 사람과 달라서 깊은 잠에 빠지지는 않는다.

머리를 끄덕끄덕하면서 잔다. 그런데 엄밀히 말하면 이것은 대개 휴식의 연장이지 정확히 잠이라고 부르기에는 힘든 감이 있다.

보통 인간의 잠은 감각 자극에 대한 민감성은 떨어지는 반면 체온은 그대로 유지되면서 특정한 수면 뇌파가 존재하는 것이다. 하지만 동물은 잠든 것 같다가도 부스럭 소리라도 나면 즉각 반응을 보인다. 돌고래가 잘 때 뇌파를 측정해보면 뇌 한쪽은 각성의 파장이, 또 한쪽은 수면의 파장이 측정된다고 한다. 즉 반쪽짜리 잠을 자는 것이다. 이런 것을 볼 때 동물은 진정한 형태의 잠을 자지 않는다고 할 수 있다.

그런데 재미있는 것은 동물도 유년기 때는 사람하고 비슷한 형태의 곤한 잠을 잔다는 것이다. 그러다 점점 자라면서 이런 잠과 멀어진다.

그렇다면 사람은 영원히 어린아이이여서 어린 시절의 잠을 평생 유지하는 것일까? 어쨌든 한밤중에 동물원에 남아서 일을 할 때면 또랑또랑한 동물들에게 "내 잠 한 조각만 가져가주겠니?" 하고 부탁하고픈 심정이 된다.

마취 없이 수술하는 소, 엄살쟁이 호랑이

동물에게 부러운 능력은 또 있다. 목장에서 일하기 시작했을 때 선배 수의사가 소를 수술하는 모습을 처음으로 보았다. 선배는 소에게 진정제만 놓고 생살에 칼을 댔다. 깜짝 놀라서 "마취 안 해도 되나요?" 하고 물었더니 초식 동물은 굳이 마취하지 않아도 되며, 오히려 마취했다가 부작용이 날 수 있다는 답이 돌아왔다. 대학에 다닐 때는 소 해부만 해보았을 뿐 이런 사실은 배우지 않았던 터라 나는 반신반의했다. 하지만 선배의 답은 사실이었다. 몸속에 칼이 들어오는데도 소는 잠깐 움찔했을 뿐, 앞에 놓인 풀만 열심히 씹어 삼켰다. 그 후로 나도 많은 소에게 위절개며 제왕절개까지 여러 수술을 했지만 역시 마취는 하지 않았다. 어쩌다 반항이 좀 심하다 싶은 녀석에게 국부 마취 정도만 했다. 동물원에서 일하고 있는 지금도 마찬가지다.

물론 모든 동물이 다 이런 것은 아니다. 주로 소 같은 초식 동물들에게 해당되는 이야기이고 육식 동물은 완전히 다르다. 명색이 동물의 왕이라는 호랑이만 보아도 정말 엄살이 심하다. 발바닥에 조그마

한 상처만 나도 절뚝거리고 핥고 뒤집으며 온갖 난리를 친다. 하루는 호랑이가 앞다리 하나를 들고 다니길래 부러졌거나 큰 염증이라도 생겼는지 걱정되어 마취를 하고 자세히 들여다보았다. 그랬더니 발바닥 가운데 살이 볼록하게 나와 있을 뿐이었다. 설마 이것 가지고 그렇게 괴로운 티를 냈나 의심스러웠지만 달리 특별한 증상을 찾을 수 없어서 마취를 한 뒤 살을 제거해주었다. 그랬더니 마취에서 깨어난 호랑이는 네 발을 땅에 디디고 잘도 뛰어다녔다.

초식 동물이 정말로 고통을 안 느끼는지 아니면 그저 참고 견디는 것인지는 확실하지 않다. 만일 사람과 똑같이 아픔을 느낀다면 나는 그동안 엄청난 동물 학대를 한 셈이다. 하지만 내 짐작으로는 초식 동물이 통증을 잘 못 느끼는 몸으로 진화한 것이 아닌가 한다. 육식 동물을 피해 달아나는 일이 많다 보니 어느 정도 상처를 입더라도 재빨리 위기를 벗어나도록 말이다. 나는 호랑이만큼 엄살쟁이는 아니지만 어쩌다 두통이나 복통이라도 있는 날에는 초식 동물의 이런 능력이 정말 부러워진다.

그래도 동물은 본능이 우선이다

이런 사례와는 반대로, 동물들의 능력이 실제보다 과대평가되는 경우도 있다. 대개는 사람들이 지나치게 확대해석하거나 특수한 사례를 과잉 일반화해서, 혹은 지나치게 감정 이입을 해서 나타나는 결과이다. 어느 텔레비전 프로그램에서 주인이 심장마비로 쓰러지는 것과 같은 위기 상황에 처했을 때 개들이 어떤 반응을 보이는지 알아보는 실험을 해보았다. 우리의 기대와는 다르게 대부분의 개들은 주인을 버리고 달아났다. 개의 충성심에 대한 환상이 여지없이 깨지는 순간이었다.

일본에서는 죽은 주인을 못 잊어 날마다 역 앞에 나와 기다리는 하치라는 개의 사연이 책과 영화로 나와 큰 인기를 끌었다. 많은 사람들이 하치의 충성심에 크게 감동했었는데 그 감동이 무색하게도 최근에 뒷이야기가 전해졌다. 하치는 역 앞에서 장사하는 풀빵 장수가 날마다 풀빵을 주기 때문에 나왔다는 것이다.

우리나라 사람들은 흔히 소가 도축장에 끌려갈 때 눈물을 흘린다고 알고 있다. 이것도 어쩌면 사람들이 감정 이입을 해서 그렇게 느낀 것이 아닌가 싶다. 대관령에서 일할 때 수많은 소를 직접 도축장에 데려가봤지만 한 번도 소의 슬픈 눈물방울을 본 적이 없다. 개장수가 오면 개들이 알아서 꼬리를 사리는 것 역시 개장수에게서 다른 개의 냄새와 좋지 않은 향취가 풍기기 때문이라고 보는 편이 정확하다.

사람들은 동물도 사람처럼 이성적으로 생각하거나 사람 같은 슬픔을 느낄 것이라고 기대한다. 하지만 동물은 엄연히 본능에 더 가까운 존재다. 본능이 워낙 발달해서 사람이 감지할 수 있는 것 이상을 알아내다 보니 사람 눈에는 마치 동물이 사람처럼 생각하는 것처럼 보일 뿐이다. 동물의 능력과 한계를 있는 그대로 인정하는 것이 진정으로 동물을 사랑하는 방법이 아닐까?

동물들의 가슴 찡한 모성애 그리고 부성애

동물원에 새끼가 태어나면 담당 사육사와 수의사는 마음이 분주해진다. 행여 잘못될 세라 전전긍긍하면서 먹이며 환경이며 각별히 신경 써서 보살펴준다. 하지만 아무리 그래도 진짜 어미의 마음만 하겠는가. 우리 동물원에는 새끼가 많은 만큼 어미도 많다. 어미들이 지극정성으로 새끼를 돌보는 모습을 보면 참 대단하다 싶다. 그중에서도 유난히 기억에 남아 있는 어미들이 있다.

새끼를 위해 죽음까지 미룬 바버리양

야생 산양 중에 털이 아래로 처진 바버리양이라는 종이 있다. 원래 우리 동물원에 없었는데 서울대공원에 암컷 바버리양이 남는다 해서 한 마리를 얻어올 기회가 생겼다. 반가운 마음에 한달음에 달려가 보니 듣던 대로 여러 마리가 돌아다니고 있었다. 공짜로 받는 마당에 이놈 달라 저놈 달라 고르기가 곤란해서 그냥 쫓아다니다가 우연히 잡은 녀석으로 데려가기로 했다. 그런데 잡고 나서 살펴보니 하필 가장 약골인 녀석이었다. 몸이 마르고 털도 부스스한 것이 썩 좋아 보이지 않았다. 동물원에서는 이런 경우를 '뒤처리한다'고 표현한다. 타지에서 온 약한 동물은 웬만큼 모질지 않고서는 살아남지 못하기 때문이다.

그래도 기왕 받은 것이니 잘 키워보자고 다짐하며 우리 동물원으로 데려왔다. 그런데 이 바버리양이 어느 날 아침 새끼를 한 마리 덜컥 낳았다. 전부터 배가 불룩하긴 했지만 너무 말라서 위장이 유난히 튀어나와 보이는 것인 줄만 알았는데 임신이었던 것이다. 임신 상태인 줄 알았으면 어미 건강이 그리 안 좋으니 제왕절개를 심각하게 고려했을 것이다. 다행히 새끼는 건강하게 태어난 것 같았다. 예상하지도 못한 새끼를 덤으로 얻었으니 우리 기쁨도 두 배였다.

그런데 새끼까지 낳은 것을 보니 바버리양이 있는 우리가 새삼 걱정되기 시작했다. 바버리양 어미와 새끼가 있는 곳은 당나귀와 제주말 같은 큰 동물도 섞여 있는 유라시아초식동물사였다. 동물들 틈바구니에서 안 그래도 약한 어미가 새끼를 보호하고 키운다는 게 여간 힘들어 보이지 않았다. 하지만 다른 데로 옮겨주고 싶어도 그럴 수가 없었다. 산양은 워낙 야생성이 강한 동물이라 살던 곳을 옮기면 엄청난 스트레스를 받을 것이 뻔했다. 그저 지켜보는 수밖에 달리 방도가 없었다. 아니나 다를까, 새끼를 낳은 후 어미의 몸이 급속도로 나빠지는 게 확연히 드러났다. 새끼의 수유를 강제로 떼야 할지 심각하게 고려했지만 떼어낸다 해서 더 잘 키울 자신도 없고 어미가 더 좋아지리라는 보장도 없어서 그냥 두었다. 틈틈이 영양제를 놔주는 게 내 일의 전부였다.

그런 상태에서도 어미는 새끼를 정말 잘 키웠다. 보통 동물들은 자기 몸 상태가 안 좋거나 혹은 새끼의 상태가 안 좋으면 새끼를 죽게 내버려두는 경우가 많다. 인간의 눈에는 비정하게 보이겠지만 동물 입장에서는 절박한 생존 방법이다. 그런데 이 바버리양은 새끼를 절대 포기하려 하지 않았다. 나는 어미 바버리양을 보며 제발 두 달만 버텨 주기를 바랐다. 초식 동물 새끼는 육식 동물보다 성장은 훨씬 빠르지 만 풀을 소화시킬 위가 충분히 발달해야 하기 때문에 최소 두 달은 족 히 젖을 먹어야 한다. 그 과정에서 어미의 장내 미생물을 받아 제1위 (반추위)에 정착시켜 그들로 하여금 소화를 담당하게 해야 비로소 하 나의 개체로 독립을 할 수 있다. 그래서 나는 두 달만 지나면 바로 새 끼를 독립시키고 어미의 짐을 덜어줄 작정이었다.

두 달을 하루 이틀 남겨둔, 유난히 비가 많이 오는 아침이었다. 어 미가 정신을 못 차리고 땅바닥에 눕더니 다시 일어나지 못했다. 직감

연약한 몸으로 큰 모성애를 발휘한 바버리양

적으로 올 것이 왔구나 싶었다. 새끼는 죽은 어미 곁에서 젖을 빨아보기도 하고 얼굴을 핥아보기도 하다가 그것도 지쳤는지 어미 몸에 기대어 편안히 쉬고 있었다. 그 어미에 그 자식이랄까, 보통 새끼들은 어미가 이런 상태로 누워 있으면 본능적으로 어미에게서 멀리 떨어지게 마련인데 이 새끼 바버리양은 유난히 어미 곁에 바짝 붙어 있으려고 했다. 내가 다가가면 조금 떨어졌다가도 잠시 자리를 비우면 얼른 어미 곁에 다시 다가왔다. 그런 새끼에게는 안타까운 일이었지만 죽은 동물을 그대로 방치할 수도 없어서 어미의 주검을 끌어내었다.

부검 결과 만성 폐렴이었는데 상태가 굉장히 심했다. 원래 만성 폐렴이었던 것이 분만 후 급성 폐렴으로 진행된 모양이었다. 그런데도 어미는 오직 새끼를 키우기 위해 초인 같은 힘으로 생명을 연장시켜 온 것이다. 아마 새끼가 없었으면 더 일찍 죽었을 것이 분명했다.

새끼는 그 이튿날까지 거의 망연자실한 채 한구석에 쪼그리고 있더니 셋째 날부터는 기운을 차리고 다른 동물들 사이에 끼어서 먹이를 먹기 시작했다. 다른 동물들도 새끼가 먹이를 찾을 수 있도록 자리를 양보해주었다. 어미 잃은 새끼가 측은하게 느껴졌나 보다.

그 일 이후로 새끼 바버리양이 있는 우리는 나에게 그냥 지나칠 수 없는 장소가 되었다. 눈으로나마 날마다 잘 있는 모습을 확인해야만 마음이 놓였다. 이 녀석은 나에게 이 지구상에 단 하나밖에 없는 바버리양이 된 것이다. 우리 앞에 서서 나는 녀석이 들을 수 없는 말을 중얼거리곤 한다. "이 녀석, 어미 몫까지 꼭 오래 살아야지. 내가 항상 지켜볼 거야."

사람들이 자살하는 이유는 너무 잘 발달한 대뇌 때문이라고도 할 수 있다. 엄청난 자극에 의해 한번 그 질서가 흐트러지면 아노미 상태가 되어 자살을 선택하는 것이다. 그러면 대뇌가 발달하지 않은 동물은 자살하지 않을까? 그게 또 그렇지가 않다. 내가 본 다람쥐원숭이의 경우가 그랬다.

우리 동물원에는 수컷 한 마리, 암컷 네 마리 해서 모두 다섯 마리의 다람쥐원숭이가 있었다. 그런데 수컷들이 영 부실한 탓인지, 아니면 암컷들이 통 의욕이 없는 탓인지 좀처럼 새끼를 낳을 생각을 안 했다.

몇 년을 그렇게 아무 소식 없이 보내다가 어느 해 겨우 새끼 한 마리가 태어났다. 귀하게 본 새끼라서 나도 정말 반가웠다.

보통 원숭이들은 새끼를 가슴에 안고 다니지만 다람쥐원숭이 같은 소형원숭이는 새끼를 등에 업고 다닌다. 보고 있으면 '저러다 어미 등에서 미끄러지기라도 하면 어쩌나?' 하는 생각이 들지만 이것은 어

새끼를 등에 업고 다니는 다람쥐원숭이. 말괄량이 삐삐가 키웠던 원숭이가 바로 이 다람쥐원숭이이다.

디까지나 사람의 기우이다. 새끼는 손아귀 힘이 대단해서 절대 떨어지지 않는다. 새로 태어난 새끼 다람쥐원숭이도 며칠 동안 어미 등에 잘 업혀 다녔다.

그런데 일주일째에 슬픈 일이 일어났다. 이상하게도 어미가 새끼를 가슴에 안고 있었다. 젖을 주는 것인가 하고 계속 바라보는데 아무래도 새끼의 모습이 심상치 않았다. 팔에 힘이 하나도 없이 축 늘어져 있었다. 안타깝지만 죽은 것이 확실했다.

이런 경우 보통은 어미를 쫓아서 새끼를 떨어뜨리게 하고는 사체를 치운다. 동물원은 관람객의 시선도 무시할 수 없기 때문이다. 그날 오후에도 나는 사육사와 함께 다람쥐원숭이 우리로 들어갔다. 그런데 어미 원숭이는 이미 죽은 새끼를 놓지 않으려고 기를 썼다. 나와 사육사 둘이 협심해서 긴 대나무 장대를 가지고 한참 씨름을 한 끝에 겨우 새끼를 빼앗을 수 있었다. 부검을 해보았지만 워낙 어린 새끼라 정확한 사망 원인을 알 수가 없었다. 새끼는 부검을 마치고 바로 화장시켰다.

이런 일이 있어도 보통 어미는 하루 정도 지나서 마음을

진료실에 같이 있다가 친해진 개코원숭이와 풍산개.
새끼 원숭이는 본능적으로 매달리는 힘을 타고난다.

정리하고 다시 정상으로 돌아온다. 그래서 어미 다람쥐원숭이에 대해서는 특별히 걱정하지 않았다. 그런데 이 어미는 그날부터 아예 전열기 옆에 들어앉아 꼼짝도 하지 않았다. 내가 가까이 다가가 만지고 주사를 놓아도 마찬가지였다. 그렇게 일주일 동안 내리 굶었다. 결국 망부석처럼 그 자리에서 앉은 모습 그대로 죽어버렸다.

부검 결과도 영양실조 이외에 다른 원인이 나오지 않았다. 이 어미의 죽음을 자살이라는 말 외에 달리 설명할 길이 없어서 진료부에도 '자살'이라고 기록했다.

무뚝뚝한 원숭이의 애틋한 부정

어미의 사랑을 이야기한다는 것이 어쩐지 너무 슬프고 비장한 쪽으로만 흐른 것 같다. 이번에는 분위기를 바꿔볼 겸 모정이 아니라 부정에 대해 이야기해보겠다.

원숭이는 본래 부정보다 모정이 강한 동물이다. 암컷은 자기 새끼뿐 아니라 남의 새끼도 잘 돌보지만 수컷은 상대적으로 새끼에게 무심하다. 새끼가 때리고 만지며 장난을 치는 것 정도는 너그러이 받아주지만 어미처럼 새끼를 안고 어루만지지는 않는다. 그런데 아주 재미있는 사건을 보고 아비 원숭이에 대한 시각을 좀 달리하게 되었다.

원숭이는 생후 2개월쯤 되면 차츰 어미 곁을 벗어나기 시작하고, 3개월 이상이 되면 꽤 먼 거리까지도 혼자 가서 먹이도 주워 먹고 다른 원숭이를 건드리기도 한다. 활발한 녀석은 철창 사이로 고개를 쑥 내미는 제법 위험한 장난을 치는데 우리 동물원에 있던 새끼 돼지꼬리원숭이가 여기에 맛을 들였나 보다. 매일같이 철창 사이로 얼굴 내밀기 놀이를 하는가 싶더니 어느 날 작은 사고를 치고 말았다. 회진을 돌다가 원숭이 우리 앞에 있는 관람객들이 유난히 소란스러워 다가가 보니 이 녀석이 철창 밖 땅에 떨어져 있었다. 저도 당황했는지 소리만 꽥꽥 지를 뿐 도로 집으로 들어가지는 못했다. 여기가 어디인지 분간이 안 되는 모양이었다. 나는 새끼를 집어서 철창 사이로 조심스레 넣어주었다.

그런데 재빠르게 받으러 올 줄 알았던 어미는 안 오고 거대한 아비가 다가왔다. 아비는 냉큼 새끼를 받아갔다. 이 아비는 평소에 워낙 과묵했던 터라 설마 새끼를 만질 줄은 정말 몰랐다. 그런데 더욱 놀랍게도 아비는 다짜고짜 암컷한테 가서 새끼를 건네주고는 암컷을 쥐어박고 꼬집으며 면박을 주는 것이었다. 마치 드라마에서 남편이 아내에게 아기 안 돌보고 어디 있었느냐고 나무라는 장면 같았다. 수컷과 워낙 덩치 차이가 많이 나기 때문인지 아니면 자기 잘못을 인정하는 것인지 암컷은 전혀 반항하는 기색이 없었다. 아비는 한 5분 동안 그러다가 다시 제자리로 돌아갔다. 그러고는 언제 그랬느냐는 듯 다시 무심한 눈빛으로 관람객만 바라보았다.

그 모습을 죽 지켜보고서 이제 원숭이 이야기를 할 때 부정이 없다는 말은 하지 말아야겠다고 결심했다. 아비 원숭이의 마음은 우리네 아버지들의 속 깊은 정을 닮았나 보다.

철창 밖 나들이를 즐긴 돼지꼬리원숭이 파피용과 그 어미

한편 그날 이후로 새끼 원숭이 녀석은 더욱 담대해져서는 능숙하게 철창 밖으로 나와 돌아다녔다. 그 모습을 본 동물원 식구들이 녀석에게 파피용이라는 이름을 붙여주었다. 하지만 그것도 잠시, 금세 덩치가 커져서 우리 밖으로 나가려야 나갈 수가 없게 되었다. 아비의 속 깊은 정 덕분인지 무사히 어른이 되었고 얼마 전에는 아내도 생겼다. 처음에는 아내 소중한 줄 모르고 괴롭히기만 하더니 차츰 구박이 눈에 띄게 줄어들고 있다. 파피용이 슬슬 그 특별했던 자기 아비를 닮은 아빠가 될 준비를 하고 있나 보다.

안데르센의 동화 「미운 오리 새끼」에서는 다른 오리 새끼들과는 너무나 다른, 볼품없는 백조 새끼 한 마리가 함께 태어나자 오리 무리로부터 갖은 구박을 받는다. 백조 새끼는 남의 가정에 입양된 설움을 톡톡히 치르는 것인데 실제 동물 세계에서는 입양된 남의 새끼라도 내치지 않고 지극정성으로 돌보는 부모가 적지 않다.

우리 동물원에서도 이런 일이 있었다. 그 주인공은 캐나다기러기다. 캐나다기러기는 북아메리카 대륙의 남북을 횡단하는 철새인데 영화 「아름다운 비행」으로 잘 알려져 있다. 물론 우치동물원의 캐나다기러기는 미안하지만 우리 안에서만 이곳저곳을 날아다니며 산다.

한번은 캐나다기러기 우리에 너구리가 자주 출몰해서 파수꾼 격으로 힘센 거위를 열 마리 넣은 적이 있다. 그런데 이 거위들은 워낙 가축화된 탓인지 봄에 알을 낳고도 통 품을 줄을 몰랐다. 알이 그저 귀찮기만 한 듯 여기저기 굴려두어 썩히기만 할 뿐이다. 그러자 알에 대한 애착이 강한 캐나다기러기는 거위 알마저 모아다 품기 시작했다. 실제로 거위 알은 기러기 알과 색깔과 크기가 매우 비슷하다.

한 달 후, 한 알에서 샛노란 새끼가 탄생했다. 경험 많은 사육사가 고개를 갸우뚱하며 말했다. "저거, 아무래도 거위 새끼 같은데." 거위가 뻐꾸기도 아닌데 설마 그런 일이 있을까 싶었지만 새끼는 자랄수록 거위의 모습을 띠는 것이 아닌가! 그래도 어미 기러기와 새끼 거위 사이에는 아무 문제가 없었다. 어미는 새끼를 정성껏 돌보았고 새끼

남의 알까지 품어 키운 캐나다기러기들

는 어미를 잘 따랐다. 기러기 무리도 새끼 거위를 조금도 구박하지 않았다. 새끼 거위가 어미 기러기를 따르는 것은 각인 현상 때문이니 이해가 되었다. 각인이란 갓 태어난 새끼가 눈앞에서 움직이는 대상을 무조건 엄마로 여기는 것이다. 하지만 캐나다기러기인 부모와 그 무리가 새끼 거위를 아무 거리낌 없이 한 식구로 받아들인 것은 어떻게 설명해야 할까?

새가 멍청해서 그랬다고 생각할 수도 있다. 하지만 내 생각은 다르다. 입양은 동물 사회에서 종종 일어나는 현상이다. 동물은 색깔이나 모양이 다르다 해서 한번 식구로 받아들인 새끼를 배척하는 일이 없다. 낳은 정도 강하지만 기른 정도 그에 못지않게, 아니 때로는 그보다도 더 강하다는 사실을 캐나다기러기가 여실히 보여준 것이다.

동물원에서 사랑을 외치다

유행가 가사 중에서 가장 흔한 것이 사랑, 사랑, 또 사랑이다. 사람들이 그만큼 사랑에 관심이 많다는 증거겠다. 동물들도 사람만큼이나 사랑에 관심이 많다. 사실 짝짓기만큼 동물들에게 중요한 것이 또 있을까? 동물원의 동물들은 야생의 동물에 비해 짝짓기에 대한 본능이 적은 경우도 없지는 않지만, 대부분의 동물들은 언제나 본능에 충실하다. 그래서 동물원에는 사랑을 쟁취하려는 동물들의 흥미진진한 이야기가 펼쳐지곤 한다.

춤을 추며 구애하는 황새

마음에 드는 짝을 차지하기 위해서는 자신을 뽐내야 한다. 한마디로 구애 행동을 해야 하는데 동물마다 구애 행동도 특징이 있다.

수컷 공작은 짝짓기를 하는 봄날 한때를 위해 1년 내내 그 화려한 깃을 기르고 가꾼다. 드디어 짝짓기 시기가 되면 암컷이 지나갈 때마다 사르르 깃을 펼치고 유혹한다. 암컷은 마치 명품 가방을 쇼핑하듯 이리저리 둘러보면서 그중 가장 마음에 드는 상대를 고른다. 대체로 깃털이 촘촘하지 않거나 색깔이 옅은 수공작은 몸도 약한 편이기 때문에 자연히 짝짓기에서 외톨이로 남는다.

공작처럼 수컷이 강하게 구애하는 동물이 많긴 하지만 그렇다고 구

웨딩드레스 같은 깃을 뽐내는 백공작. 흔히 공작 하면 붉은빛과 푸른빛이 섞인 화려한 청공작을
연상하지만 이런 순백의 백공작도 있다.

애 행동이 꼭 수컷의 전유물만은 아니다. 일본원숭이는 암컷이 수컷
보다 적극적이다. 마음에 드는 상대가 있으면 붉은 볼기짝을 얼굴 가
까이에 내밀거나 살갑게 털 고르기를 해준다. 그러면 수컷도 은근슬
쩍 구애를 받아들인다. 만일 이 수컷이 다른 암컷이라도 건드리는 날
에는 쫓고 쫓기는 제법 살벌한 부부싸움이 일어난다.

황새도 구애 행동에 암수 구별이 없는데 서로 마주 보면서 목을 뒤
로 젖히고 부리를 부딪치는가 하면 날개를 쫙 펴고 덩실덩실 우아한
춤을 추기도 한다. 황새는 평생 짝을 바꾸지 않고 날마다 이런 춤을 서
로 춰주면서 알콩달콩 살아간다.

같은 종의 암수가 한 우리 안에 있다고 해서 꼭 잘 지내지는 않는다. 서로 마음에 안 들면 평생을 남 보듯 하면서 지내기도 한다. 이상형이 아닌 상대와 짝이 되느니 차라리 독신을 택하는 것이다. 침팬지 대원이도 계속 독신을 고집하다 뒤늦게 짝을 찾은 경우이다.

대원이는 우리 동물원의 수컷 침팬지이다. 20대 중반의 우락부락한 침팬지 대원이를 보고 사람들은 "침팬지야, 고릴라야?" 하고 헷갈려 한다. 비교 대상인 고릴라가 있으면 구별하는 데에 도움이 되겠지만 우리 동물원에 고릴라가 없다 보니 그만큼 대원이의 덩치가 더 눈에 띄는 것이다. 이참에 침팬지와 고릴라의 차이를 구별하는 힌트를 조금 제시하자면 침팬지는 영화 「혹성탈출」의 주인공을, 고릴라는 「킹콩」의 주인공을 떠올리면 된다. 이렇게 덩치가 좋은 대원이도 처음에는 이성에 별로 관심을 보이지 않았다.

원래 대원이는 우리 동물원이 아닌, 서울대공원에서 태어났다. 그 뒤 대전동물원으로 팔려가 그곳에서 암컷 두 마리와 동거했다. 신랑의 임무를 잘 수행할 줄 알았던 대원이는 처음에는 암컷들한테 두들겨 맞았고 나중에는 암컷들을 두들겨 팼다. 그래서 결국 우리 동물원으로 옮겨지게 되었다. 그 대신 우리 동물원의 수컷 침팬지 판치가 대전동물원으로 갔다. 정략적인 신랑 바꾸기였던 것이다. 참고로 우리 동물원의 판치는 암컷이 살아 있을 때 격년으로 한 마리씩 새끼를 낳게 한 능력 있는 녀석이었다. 비록 벌써 나이 마흔이 넘어 과연 대전동물원에서도 제 구실을 해낼지는 미지수지만.

대원이는 우리 동물원으로 온 뒤 처음에는 혼자 살았다. 마음에 들지 않는 암컷들과의 애증 관계에서는 해방되었지만 대신 지독한 고독이라는 시련을 맞았다. 그러다 보니 외로운 침팬지가 흔히 보이는 행동들을 하기 시작했다. 턱을 괴고 하루 종일 사람들만 바라보는가 하면 음식물 찌꺼기로 둥그런 원을 만들었다. 나는 그 원을 미스터리 서클이라 부르곤 했다. 그중에 압권은 자기 똥을 받아 벽에 바르는 것이었다. 원래 똥 바르기는 수컷 침팬지에게 영역을 표시하는 일이긴 하지만 동물원의 침팬지는 반려 동물처럼 길들여져서 이런 행동을 거의 하지 않는다.

이런 대원이의 옆에 어느 날 암컷 원숭이 한 마리가 이사 왔다. 토토라는 이름의, 서울의 한 동물원에서 쇼를 하던 침팬지이다. 토토는 10대까지는 선풍적인 인기를 누렸다고 한다. 그러나 나이를 먹을수록 행동이 종잡을 수 없어지더니 결국 우리에만 갇혀 있는 신세가 되고 말았다. 조련사와 늘 붙어 다니던 녀석이 홀로 고립되었으니 모르긴 몰라도 한동안 꽤 혼란스러웠을 것이다. 그렇게 2~3년을 지내자 조련사도 곁에 못 갈 정도로 포악해졌고 결국 우리 동물원으로 팔려왔다.

이렇게 해서 한 동물원 안에 살게 된 두 침팬지, 토토와 대원이는 철창을 사이에 두고 서로 마주 보는 사이가 되었다. 첫 만남부터 둘은 적의보다는 호기심을 드러냈다. 토토가 등장한 다음부터 대원이는 내실에 들어가서 고독을 씹는 대신 격리창에 붙어 살았다. 똥 바르기도 횟수가 팍 줄었다. 토토도 대원이가 마음에 들었는지 기분이 좋아져서

뒤늦게 짝을 찾은 침팬지, 대원이

는 사람들을 향해 활발한 행동들을 다시 보이기 시작했다. 익숙한 사람에게는 맛있는 것을 달라고 서슴없이 손을 내밀기도 했다.

그렇게 서로 얼굴을 익힌 지 두 주 뒤에 이 둘의 합방을 시도해 보기로 했다. 손에 물총과 폭죽을 들고 한 우리에서 만남을 성사시켰다. 혹시라도 싸움이 일어나면 폭죽을 터뜨리거나 물총을 쏘아서 둘을 떨어뜨려 놓을 생각이었다. 하지만 다행히 토토와 대원이는 쭈뼛쭈뼛해하긴 했지만 딱히 싫은 티를 내지는 않았다. 폭죽도 물총도 필요 없었다. 오히려 폭죽이 있으니 어쩐지 결혼식 같기도 했다. 시간이 지나자 토토와 대원이는 상대방의 털을 골라주기도 하고 손을 잡기도 하며 제법 다정한 한 쌍이 되었다. 또 한 쌍의 커플이 이렇게 탄생했다.

성과 종을 뛰어넘은 사랑

동성애에 대한 관심이 높아지면서 동물들 사이에도 동성애가 있는지 궁금해하는 사람들이 많아졌다. 알고 보면 자연에도 동성애가 존재한다. 동물 중에서 사람과 가장 비슷한 성적 표현을 하는 보노보는 거리낌 없이 동성애를 하고 이를 통해 조직 사회의 평화를 유지해 나간다. 동성애가 서로 친근감을 쌓는 훌륭한 도구인 것이다. 우리에게 친숙한 소도 동성애를 한다. 목장에서는 우수한 품질을 생산하기 위해 자연 번식보다는 인공 번식을 선호하는데 그래서 자연 번식이 일어나지 않도록 수컷은 수컷끼리, 암컷은 암컷끼리 따로 키운다. 이런 목장에서는 한 달에 한 번씩 오는 발정기 때 암수 우리 안에서 각각 동성애를 연상시키는 행동이 벌어지곤 한다. 그런 행동을 마운팅이라고 부르는 데 발정의 징후로 삼는 중요한 지표다.

우리 동물원에는 흑표범이 대표적이다. 수컷 흑표범 두 마리가 서로 암수 역할을 번갈아 하는데 이 교미 행위가 상상을 능가한다. 서로 교태를 부리고, 할퀴고, 암컷 역할을 하는 수컷이 주저앉으면 다른 수 컷은 그 위에 올라타고 뒷목을 강하게 물어댄다. 흑표범은 상처 난 피 부에서 흰 털이 나는데 이 흑표범들은 몸에 군데군데 흰 털이 사라질 날이 없다. 마무리는 서로 성기를 비롯한 온몸을 핥는 것이다. 고양잇 과 동물은 암수 모두 생식기가 안으로 들어가 있기 때문에 실제 성교

흑표범

까지도 가능하리라고 짐작한다. 나는 그런 흑표범들을 보면서 한 번도 비정상적이라거나 불결하다고 생각해본 적이 없다. 내 눈에는 여전히 그저 흑표범일 뿐이다.

그런가 하면 아예 종의 경계를 넘어서버린 동물도 있다. 보통 사람들에게 잘 알려진 사례로는 수사자와 암호랑이 사이에서 나오는 라이거가 있다. 이와 반대로 암사자와 수호랑이 사이에서 타이곤이 태어나기도 한다.

우리 동물원에서도 비슷한 일이 벌어진 적이 있다. 코리데일 면양이 새끼를 낳았기에 보니 어딘가 조금 이상했다. 새끼의 털이 곱실곱실한 양털이 아니라 유난히 곧고 뻣뻣한 것이다. 성장하는 것을 지켜보는데 면양에게는 없는 뿔이 쑥 솟았다. 그러더니 뿔이 곧게 자라지 않고 안쪽으로 말려들어 갔다. 그러니까 "제 아빠는 무플론 산양이에요."라고 온몸으로 말하는 꼴이었다. 이 녀석을 대체 무슨 종이라 해야 할지 난감하기만 했다. 어쨌든 어미는 자식이 순종이건 잡종이건 상관하지 않고 정성스레 키웠다. 새끼는 무럭무럭 자라 어른이 되더니 다시 수컷 면양과 눈이 맞아 3대가 태어났다. 그런데 이번 새끼는 할아버지와 똑같은 완벽한 무플론의 모습이었다. 순종은 아닌데 잡종이라 하기도 뭐한 셈이었다.

이러한 이종 교배는 관람객 입장에서는 신기한 구경거리가 될 수 있겠지만 종족 보존 측면에서는 그다지 바람직한 것이 아니다. 여러 초식 동물을 한 우리에 두었기 때문에 발생하는 일이기 때문이다. 이런 방식은 실제 자연에서처럼 여러 종이 어울려 사는 모습을 볼 수 있다는 장점이 있지만 간혹 이런 잡종이 나오면 당혹스럽다. 하지만 자연에 반하는 것이었다면 처음부터 아예 임신이 되지 않았을 터이다. 어쨌든 이 세상에 존재한다는 사실 자체로 이 동물들은 자연의 당당한 일원이다.

이별은 언제나 눈물겹다

사람들은 동물원에 오면 살아 숨 쉬는 동물만 보지만 동물원에는 제 명을 다해 떠나가는 동물도 있게 마련이다. 동물원 수의사로 오랫동안 일하다 보니 자연스레 많은 동물의 죽음을 지켜보았다. 그럼에도 또 하나의 생명과 작별 인사를 할 때마다 가슴이 먹먹해지곤 하니, 나는 여전히 죽음에 익숙하지 않은가 보다. 익숙해질 날이 과연 오긴 올까?

새끼 호랑이 소망이와의 이별

모든 죽음이 슬프지만, 새끼 호랑이 소망이의 죽음은 유난히 가슴에 남아 있다. 소망이는 호랑이 삼형제 중 둘째로 태어난 녀석이었다. 그런데 위아래 형제들이 태어난 지 이틀 만에 모두 죽어버렸다. 원인은 미스터리였다. 한 마리는 종적조차 없으니 아무래도 어미가 사체를 먹은 것 같았다. 이런 위기 상황에서 마지막 남은 한 마리를 어미에게 맡겨둘 수는 없었다. 그래서 내가 소망이를 거두어 키우게 되었다. 어린 새끼는 환자나 다름없으니 수의사가 키운들 별로 이상한 일은 아니다. 하지만 호랑이 인공 포육은 우리 동물원 역사상 처음이라 꼭 살려야 한다는 부담감이 어깨를 짓눌렀다.

소망이에게 손가락을 물려보니 다행히 본능적으로 빠는 힘이 강했다. 호랑이 포육 경험이 많은 청주동물원에서 부랴부랴 호랑이 포육 매뉴얼과 호랑이 전용 분유를 빌렸다. 그 분유로 탄 우유를 빨리자 소망이는 힘차게 잘도 먹었다. 이 정도면 시작은 아주 좋은 편.

다음 단계는 트림하기. 사람 아기도 트림시키려면 꽤 애를 먹는데 호랑이도 마찬가지다. 거의 100번 정도 등을 가볍게 두드려야 크윽, 하고 트림을 한다.

그다음은 똥과 오줌 싸기. 야생에서 새끼 호랑이는 어미가 핥아주는 것에 자극받아 배변을 한다. 나는 혀를 쓸 수는 없으니 축축한 천이나 화장지로 열심히 아랫부분을 마사지해 주었다. 소망이는 오줌은 굉장히 많이 싸는데 똥은 하루에 한 번밖에 싸지 않았다. 그 한 번마저 못 싸면 나는 거의 미칠 지경이 되었다. 거의 똥과의 전쟁이었다. 그러다 뭉쳐 있던 걸쭉한 똥이 한 주먹쯤 나오면 내 배 속까지 시원해졌다.

태어난 지 한 달 후부터는 드디어 생고기를 갈아 이유식을 시작했다. 처음에는 닭고기나 소고기를 우유와 병행해서 조금씩 먹이다가 점차 고기의 양과 크기를 늘렸다. 이 무렵부터는 소망이가 자꾸 바깥으로 따라 나오려 해서 오전 오후로 한 시간씩 같이 산책을 다녔다. 처음에는 개나 고양이인 줄 알고 먼발치에서 쳐다보던 관람객들은 가까이 와서 보고 놀라워했다. 누가 "한 번 안아봐도 돼요?" 하고 묻기라도 하면 나는 자식 자랑하는 팔불출 아빠가 된 양 뿌듯해했다.

그런데 3개월이 지난 어느 날, 주말을 집에서 보낸 뒤 월요일 아침에 출근했는데 문소리만 듣고도 소리 지르며 난리 치던 소망이가 그

아기 호랑이 소망이

날따라 아무 소리가 없었다. "이 녀석, 그새 철들었니?" 하면서 빠끔히 문을 열어도 소망이는 멍하니 쳐다보기만 했다. "너 아빠 없다고 삐쳤구나? 그래, 산책 가자!" 하고 소망이를 안고 나가 길에 내려놓았더니 비척비척 따라왔다. 보통 때는 뛰어서 제가 먼저 앞서 가는데 말이다. 그마저도 얼마 못 가고 길 한가운데 그냥 주저앉아 버렸다. 그제야 나는 사태의 심각성을 깨달았다.

자세히 보니 소망이는 한쪽 앞발을 절고 있었다. 잠깐 만지려 해도 신음소리를 내면서 무척 아파했다. 아무래도 안 되겠다 싶어, 그날 오후 의학 협력기관인 전남대 동물병원으로 가서 정밀진단을 해보았다. 혈액 검사 결과는 다행히 정상이었지만 엑스레이에서 큰 문제가 발견되었다. 어깨를 구성하는 큰 뼈인 상완골이 완전히 부러진 상태였다. 네발동물들은 상완골이 몸속 깊숙한 곳에 있어서 잘 부러지지 않지만 일단 부러졌다 하면 깁스 자체가 어려워 수술을 해야 한다. 하지만 어린 동물은 마취를 잘 견뎌내지 못하기 때문에 수술을 하기가 곤란했다. 어쩔 수 없이 임시방편으로 일단 깁스만 하고 데려왔다. 그런 상태로 한 달만 잘 버텨준다면 자연치유도 기대할 수 있을 것 같았다.

하지만 문제는 더 있었다. 골밀도가 너무 낮게 나와서 대사성 장애를 우려했는데 그게 현실로 나타났다. 앞다리는 물론이고 점차 뒷다리까지 못 쓰게 되더니 아예 음식을 먹는 것조차 거부하기 시작했다. 야생 동물이 먹기를 포기하는 것은 스스로 몸을 회복시키기 위한 방안이거나 아니면 생명을 포기하고 조용히 끝나기를 기다리는 체념의 표현이다. 소망이는 명백히 후자였다. 시간이 지날수록 시들어가는 소망이를 지켜보는 내 심정은 정말 아프고 괴로웠다. 그렇게 고통스럽다면 차라리 빨리 끝나기를 속으로 바라기도 했다.

내 못된 바람 탓이었을까? 소망이는 다리골절 치료 후 일주일이 지난 어느 날 아침, 싸늘한 주검이 된 채 나를 맞았다. 3개월의 짧은 생애 동안 내게 즐거운 추억과 아픈 추억을 동시에 남겨놓은 채 소망이는 그렇게 홀로 떠나버렸다.

몇 달 후 어느 기자가 난데없이 소망이의 안부를 물어왔다. 전에 소망이에 관한 기사가 지역 언론에 난 적이 있었다. 그동안 무관심으로 일관하다가 이제야 새삼 안부를 묻는 게 조금 의아했지만 어쨌든 그동안의 전후 사정을 설명해주었다. 그런데 다음 날 신문에 '아비규

환 동물원', '죽음의 동물원' 등 각종 원색적인 제목으로 기사가 나서는 포탈 사이트에 도배되다시피 했다. 소망이의 죽음이 동물원의 관리 소홀 때문이라는 내용이었다. 기사에는 악플이 줄줄이 달리고 어떤 사람들은 전화를 걸어 온갖 욕설을 퍼붓기까지 했다. 이런저런 일들로 인해 소망이는 내 마음속에 아주 깊이 각인되었다.

그래도 소망이 덕분에 쌓은 노하우로 앞서 이야기한 호랑이 삼남매, 아이, 러브, 기아를 무사히 키울 수 있었으니 이것도 소망이가 남긴 선물이 아닐까.

백곰 화이트의 위엄 있는 죽음

동물원에서 여러 죽음을 보다 보면, 때로 죽음을 맞이하는 동물의 태도에서 큰 감명을 받기도 한다. 광주의 터줏대감이었던 백곰 화이트가 그랬다.

화이트는 근 30년 동안 광주 시민과 함께 살아온 곰이었다. 화이트가 광주로 오기 전에 어느 나라에서 태어났는지는 모르지만 어쨌든 추운 지방에 살아야 마땅한 곰이 광주처럼 따뜻한 곳에서 얼마나 고생이 많았을까? 그래서인지 화이트는 항상 똥이 정상적으로 덩어리지지 않고 물러져 있었다. 그래도 화이트는 늘 밝고 명랑해서 관람객에게 즐거움을 선사해주었다.

화이트의 죽음을 전혀 예감하지 못한 것은 아니었다. 죽음이 찾아

광주에서 35년 동안 살았던 백곰 화이트의 생전 모습

온 그해 여름부터 화이트는 유난히 밥을 잘 안 먹는가 싶더니 어느 순간부터는 아예 식음을 전폐해버렸다. 처음에는 그저 더위 탓이려니 했는데 계속 관찰해보니 아무래도 큰 병이 분명했다.

화이트를 치료하는 것은 순탄하지 않았다. 일단 뭐라도 먹어야 그 안에 약이라도 넣어줄 텐데 아무것도 입에 대지 않으니 허사였다. 주사를 놓자니 그 큰 덩치에 맞추려면 그만큼 많은 용량을, 그것도 블로건으로 쏘아야 하는데 그것은 화이트를 너무 괴롭히는 일 같았다. 차라리 그냥 편안히 내버려두는 것이 나을지도 몰랐다. 마취라도 해서 피검사를 해볼까 몇 번이나 고민했지만 이런 상태로 마취를 했다가는 바로 안락사로 이어질 것 같아 이것도 포기했다. 인간의 능력으로는

158

화이트에게 더 해줄 수 있는 것이 없는 것 같았다.

말기 암 환자는 죽기 전에 신기루처럼 잠시 반짝 좋아지는 순간이 있다 한다. 화이트도 그랬다. 매일 시름시름하던 화이트가 어느 날 갑자기 왕성하게 소고기를 먹기 시작했다. 마침 그날따라 어느 방송국의 동물 프로그램에서 촬영을 나와서 화이트가 마지막으로 생생하게 움직이는 모습을 고스란히 담아갔다.

하지만 그것도 찰나였을 뿐, 화이트는 다시 기운을 잃어갔다. 혹시나 했던 기대도 금세 절망으로 바뀌었다. 죽음은 거침없이 화이트에게 달려들었다. 죽음이 임박하자 화이트는 입을 크게 벌려 가쁜 숨을 내쉬기 시작했다. 그 모습을 지켜보면서 제발 마지막이 아니길 바랐지만 기적은 일어나지 않았고 화이트는 그대로 세상을 떠났다.

부검 결과는 간암이었다. 간 속에 마치 통마늘처럼 생긴 비정상적인 조직이 촘촘히 박혀 있었다. 미리 알았더라면 항암제라도 써보았을 텐데. 사람이라면 오랫동안 엄청난 고통 속에서 헤맸을 것이 분명한데 화이트는 마지막 2주 동안의 단식 기간을 빼면 그리 고통스러워 보이지 않았다는 사실이 그나마 다행이었다. 간암으로 망가진 간을 보며 화이트가 얼마나 위엄 있게 죽음을 맞았는지 새삼 알 수 있었다. 진정 동물원의 어르신다운 의연한 죽음이었다. 잘 가라, 화이트. 천국의 북극으로!

기린의 죽음 앞에서 무력함을 실감하다

화이트처럼 죽음의 기미를 미리 알게 되는 것도 괴롭지만, 어느 날 갑자기 찾아오는 죽음 또한 괴롭다. 아끼던 기린, 린이의 죽음이 그랬다.

앞에서 기린 한 쌍을 수송한 이야기를 하며 잠깐 언급했듯이 원래 우리 동물원에는 기린 한 마리가 홀로 살아왔다. 린이라는 이름의, 암컷 기린이었다. 린은 내가 일하기 전부터 우리 동물원에서 살아온 녀석으로 처음에는 한 쌍이 들어왔는데 수컷이 1년 만에 죽어버려서 과부로 10년을 보냈다.

그래도 사람들에게 인기가 무척 좋았으니 린은 많이 외롭지 않았을 것이다. 린에게 먹이려고 일부러 배추같이 린이 좋아하는 채소를 가져오는 분도 있었다. 그 당시 동물원에서 갓 일하기 시작한 나도 금세 린에게 정이 갔다. 내가 살짝 "린." 하고 부르면 린은 그 기다란 목을 굽혀 내 눈높이에 맞추고 반가워했다. 정말 착하고 예쁜 녀석이었다.

그런데 어느 날 사육사로부터 린이 이상하다는 전화를 받았다. 부리나케 올라가 보니 린은 몸을 가누지 못하고 벽에 목을 기대어 겨우 서 있었다. 거대한 동물이 그런 자세로 있으니 나는 정신이 하나도 없어져서 무엇부터 손을 써야 할지 막막했다. 일단 진료실에서 각성제와 영양제 주사를 챙겨 들고 다시 린에게 갔다. 그사이 린은 이미 바닥에 쓰러져 숨만 겨우 몰아쉬고 있었다. 정신없이 혈관을 찾아 겨우 주사를 놓았지만 생명의 불씨를 다시 살리기에는 역부족이었다. 린은 그대로 조용히 눈을 감았다. 그리고 다시는 깨어나지 않았다.

린과의 이별은 이렇게 너무나 갑작스러웠고 또한 순간적이었다. 나는 아무도 없는 조리실 뒤에서 실컷 울었다. 린의 죽음 앞에서 그토록 무기력했다는 사실이 부끄러웠다.

린의 죽음 이후 전남대 수의대 팀을 포함해 거의 스무 명의 사람들이 동원된 대단위 부검 작업이 실시되었다. 아마 수의대 창설 이래 최대의 부검 작업이었을 것이다. 린의 사인은 심장마비였다. 곰곰이 생각해보니 심장 근육이 잘 발달하지 못한 것이 원인 같았다. 동물원 우리는 린이 마음껏 운동을 하기에는 제한된 환경이었기 때문이다.

가끔 하늘나라에 있는 린을 상상한다. 그곳에서도 린은 가장 키 큰 동물이겠지. 신이 공평하다면 린은 맛있는 아카시아 잎을 배불리 따 먹으면서 멋진 수컷 기린과 함께 드넓은 초원을 마음껏 뛰어다니고 있을 것이다. 그렇게 이곳에서 못 누린 모든 것을 누리기를.

3장.

야생 동물 수의사로 산다는 것

나는 크고 거칠고 위험한 동물들이 좋다.
가축이 아닌 야생 동물에게는 나를 잡아끄는 강렬한 매력이 있다.
카우보이마냥 매일 소와 씨름하고 호랑이 똥을 주무르는 일은
몸이 더러워지긴 해도 내 체질에 딱 맞는다.
그렇게 목장에서, 동물원에서, 연구소에서 다양한 야생 동물들과
부대끼며 지난 지도 벌써 10여 년이 되었다.

청정 고원 대관령에서 첫걸음을 내딛다

사람들은 수의사들이 동물을 워낙 사랑해서 그 직업을 택했으리라고 생각한다. 하지만 내가 만나 본 수의사들 중에는 동물에 대한 애정보다는 유망 직종이라는 이유로 수의사가 된 사람이 더 많았다. 그럼 나는? 나도 처음부터 특별히 동물에 대한 애정이 강한 것은 아니었다. 다만 생물 과목이 좋았고 그것을 직업과 연결시키고 싶었다. 솔직히 이야기하자면 내성적인 성격이라 많은 사람과 접촉하는 직업을 피하고 싶은 마음도 있었다. KBS에서 일요일 아침에 하던 「대관령」이라는 드라마도 나의 선택에 일조했다. 지금은 줄거리도 거의 생각나지 않지만 어쨌든 그곳에 나오는 수의사는 일도 별로 안 하고 노래만 부르는 베짱이 스타일이었다. 어렴풋이나마 수의사란 꽤 괜찮은 직업인가 보다 하고 생각했다. 드라마의 영향 때문이었을까, 동물원 수의사가 되기 전 나는 실제로 대관령에서 몇 년을 보냈다.

초보 수의사, 무작정 대관령으로 가다

수의학과를 나오면 대개 공중위생을 담당하는 공무원이 되거나 동물 병원에서 반려 동물을 진료하는 길을 택하는 것이 일반적이다. 시골에 있는 동물 병원이라면 반려 동물 대신 가축을 진료할 것이다. 나도 처음에는 서울의 동물 병원에서 반 년 동안 인턴 생활을 했지만 하고 보니 영 적성에 맞지 않았다. 일할수록 비좁은 병원 울타리를 탈출하고 싶은 마음이 간절해져서 금세 나오고 말았다. 내가 초창기에 머물던 그 동물 병원이 지금은 서울에서 다섯 손가락 안에 드는 유명한 병원이 되었으니, 아무래도 나는 돈과는 영 인연이 없는가 보다.

그래서 대학교 4학년을 마친 뒤 국가고시를 보고 수의사 자격증을 따자마자 무작정 배낭 하나 달랑 메고 대관령 목장으로 향했다. 입사 지원서 같은 것도 준비하지 않았다. 그곳에 근무 중인 선배에게 전화 한 통 걸어서 "저 거기서 한 달쯤 있을게요."라고 말한 것이 전부였다. 실제로도 별다른 계획이 있지 않았다. 그냥 '큰 동물들 실습이나 한번 해볼까?' 하는 막연한 생각이었다.

대학생 신분을 갓 벗은 터라 현장 경험이 적은 나는 정식 수의사가 아니라 실습 수의사 자격이었다. 처음에는 목부들과 똑같이 일해야 했다. 새벽부터 우유 짜고, 청소하고, 진료 보조까지 온갖 허드렛일을 했다. 이 과정이 끝나기 전까지는 선배 수의사가 주사 바늘 한 번 쥐어 주지 않았다. 그러다 보니 내 겉모습은 똥 묻은 젖소들과 하등 다를 바 없었다.

그래도 대관령 생활은 그럭저럭 지낼 만했다. 대관령에 젖어들수록 도시의 평범한 일상으로 돌아가기가 싫어졌다. 한 달만 있으려던 계획은 슬그머니 사라지고 나는 대관령에 눌러앉게 되었다. 마침 6개월 후 선배 수의사가 개업을 하기 위해 도시로 나갔다. 나는 그동안의 노력을 인정받아 정식 대관령 수의사의 길을 걷기 시작했다. 그렇다고 지저분한 모습이 더 나아진 것도 아니었다. 이때부터는 똥이나 우유 대신 피나 양수를 더 자주 접해야 한다는 차이가 있을 뿐이었다.

사실 대관령 수의사로서 내가 하는 일의 대부분은 유방염에 걸린 젖소의 우유를 일일이 손으로 짜주고, 날뛰는 소를 붙들어 직장검사를 하는 것이었다. 직장검사는 소의 생리 주기나 임신 상태를 점검하는 것인데 소의 직장, 즉 항문과 창자 사이에 직접 손을 넣고 항문 아래쪽의 자궁이나 난소를 만져보아야 한다. 미리 앞치마를 두르긴 하지만 속이 거북한 소는 내가 손을 넣자마자 항문을 툴툴거리며 무른 똥을 분수처럼 쏟아내 옷을 흠뻑 적셨다. 물론 얼굴까지도. 마스크, 헬멧, 방역복을 동원해 완벽한 복장을 갖춰 입을 수도 있지만 매일매일 수백 마리의 소를 상대하다 보면 자연스레 거의 무장해제 내지 자포자기 상태가 되어버린다.

한번은 어머니가 아들도 만날 겸 나들이도 할 겸 대관령 목장을 찾았다가 내 꼴을 보고 기겁을 하셨다. 어머니가 지금까지 아들 앞에서 눈물을 보이신 것이 꼭 두 번이다. 첫 번째는 내가 강원도 전방에서 군 복무를 할 때 겨울에 면회 왔다가 아들 손이 마른 땅처럼 갈라진 것을 보고서였고, 두 번째는 이때 대관령에서 아들이 소똥에 절다시피 한 모습을 보고서였다. 전방 부대의 사병이 고생하는 거야 그렇다 치더라도 어엿한 수의사로서 자리 잡은 줄만 알았던 아들이 그런 몰골을 하고 있으니 어머니의 충격이 더욱 컸나 보다. 그날 어머니는 끝내 엉엉 울기만 하다 내려가셨다.

사람들은 왜 굳이 그 높고 추운 곳에서 젖소를 기르는지 궁금해한다. 젖소에게는 영하 10도와 영상 10도 사이가 가장 적합한 기온이다. 그래서 우리나라에서는 고랭지 기후인 대관령 같은 곳이 젖소를 대규모로 키우기에 최적지다. 그에 비해 한우는 영상 10도에서 20도 사이의 기온이 적합하기 때문에 온난한 해양성 기후인 서해안 쪽에서 키우는 것이다. 같은 소라도 이렇게 차이가 난다.

대관령에서 일하다 보니 대표적인 영양 식품인 우유를 책임진다는 사실에 자부심이 느껴졌다. 그리고 내게 의지하고 있는 2000마리의 생명이 있다는 것이 크나큰 뿌듯함을 안겨주었다. 젖소의 발바닥에 팬 상처는 내 발바닥의 상처처럼 여겨졌고 젖소가 소화불량에 걸리면 내 속도 불편해졌다. 하지만 생소한 질병 앞에서 헤매다가 치료 시기를 놓칠 때면 나는 쥐구멍에라도 들어갈 만큼 작아졌다.

가장 보람을 느낄 때는 인공 수정을 할 때였다. 인공 수정도 직장검사 때와 마찬가지로 소의 항문에 손을 넣어야 한다. 한 손은 항문에 넣어 어렵사리 자궁 경부의 위치를 확인하고, 다른 한 손으로는 자궁 경부에 인공 수정관을 주입한다. 말로야 간단하지만 소의 뒤꽁무니에서 몸을 숙인 채 두 손을 모두 소의 몸속에 넣고 있는 모습을 상상해 보라. 그렇게 낑낑대다가 마침내 동결 정자를 쏘아 넣는 순간이면 나도 모르게 정신이 멍해진다. 내 손으로 생명을 만들어냈다는 신비로운 감정에 휩싸인다. 이런 내 모습을 보고 사람들이 놀리곤 했다. 그때만 해도 나는 총각 수의사였기 때문이다.

젖소가 신비롭게 느껴질 때도 있었다. 봄이면 축사 안에 똥 냄새 대신 더덕 향기가 진동했다. 강원도에는 유난히 더덕이 많은데 젖소들이 방목지에 나가면 꼭 물오른 더덕을 찾아서 먹고 오는 모양이었다. 또 늦가을 무렵에는 젖소들이 방목지에만 가면 일제히 숲 속으로 들어갔다. 도대체 숲에 뭐가 있기에 저러나 싶어서 따라가 보았더니 여기저기서 우두둑우두둑 하는 소리가 들려왔다. 젖소가 도토리를 씹어 먹는 소리였다. 사실 소는 혀가 발달해서 미각이 뛰어난 편이다. 그런데도 쓰디쓴 도토리를 그렇게 열심히 먹는 것을 보면 몸에 좋은 것을 알아보는 눈이 있나 보다.

대관령은 도시처럼 사람이 복작대지 않으니 사람 사이도 그만큼 더 여유롭고 정이 있었다. 수의사 자격으로 갔지만 나는 목부들과 어울리며 소 다루는 노하우를 많이 배웠다. 혹독한 훈련을 거치고 나자 몸무게가 나보다 세 배 이상 되는 송아지 정도는 가볍게 목을 비틀어 눕힐 수 있게 되었고, 그보다 큰 소는 재빨리 목에 밧줄을 걸고 입에 재갈을 물려 기둥에 묶어놓을 수 있게 되었다.

대관령은 지역이 지역인지라 여성은 거의 없었다. 결혼한 여성 두엇과 미혼인 경리 직원 한 명이 전부였다. 반면에 총각은 나를 포함해 열 명이 넘었다. 다행인지 불행인지 이 경리 직원은 남자 두서넛 정도는 가볍게 제압할 수 있는 체구의 소유자인지라 누구도 감히 이성적으로 접근할 의도를 보이지 않았다. 하지만 술친구로는 인기 만점이었다. 나는 경리 직원과 대작해서 한 번도 이겨본 적이 없었다. 오히려 그때마다 떡이 되어서 경리 직원의 부축을 받으며 실려오곤 했다. 그래도 읍에서 목장까지 올라가는 그 새벽길은 내 쓰린 속을 달래주듯 참 아름다웠다.

멧돼지 가족과 마주친 순간

대관령 목장에 있을 때, 나는 오후가 되면 진돗개 두 마리와 목장을 산책하곤 했다. 목장이 워낙 넓어서 전체의 1/5도 돌기 힘들었다. 간밤에 눈이 많이 와서 온 세상이 설원이 된 어느 날이었다. 나는 산책을 하며 깊은 고민에 잠겨 있었다.

큰 목장은 색채로 계절을 말한다. 봄부터 여름까지는 싱그러운 풀의 초록, 짧은 가을 동안은 낙엽의 빛바랜 연한 밤색과 하늘의 진한 쪽빛, 그리고 길고 긴 겨울 동안은 눈의 하양이다. 너무나 하얗기에 찬란하기까지 한 이 색깔은 적어도 다음 해 5월까지는 이어진다. 대관령의 지독한 단순함 때문에 목장에 자리 잡는 사람도 있다. 하지만 나는 3년째가 되자 그 단순함을 견디기 힘들었다. 거의 매일 밤 허공으로 떨어지는 악몽을 꾸고 가위에 눌릴 정도였다. 낮에도 일이 손에 잡히지 않았다.

그런 자신에 대한 고민을 하며 산책하고 있는데 갑자기 어디선가 소리도 없이 멧돼지 한 무리가 2미터쯤 앞에 떡하니 나타났다. 족히 열 마리는 될 성싶은데 큰 놈이 서너 마리에 새끼가 일곱 마리 정도였다. 이곳에 멧돼지가 있다는 말은 들었지만 이렇게 직접 마주치기는 처음이었다. 내 머릿속에는 저돌적이고 사나운 멧돼지의 이미지가 박혀 있던 터라 얼른 숨어야 한다는 생각만 들었다. 하지만 이 허허벌판에서 도대체 어디로 숨는단 말인가. 나는 꼼짝도 못하고 몸만 수그리고 있었다.

그런데 이 철딱서니 없는 진돗개들이 멧돼지를 쫓기 시작했다. 자기 먹잇감이라도 되는 줄 알았나 보다. 맞붙으면 멧돼지 쪽이 충분히 승산이 있어 보이는데도 일단 멧돼지들은 그대로 대열을 유지하면서 천천히 언덕 위로 도망치기 시작했다. 진돗개들도 그다지 최선을 다해 추격하는 것 같지는 않았다.

그러다 언덕 중간쯤에서 갑자기 멧돼지들이 멈추더니 일제히 진돗개들 쪽으로 방향을 틀었다. 반격을 할 기세였다. 나는 '큰일 났다. 저놈의 개들 때문에 나만 죽게 생겼구나.' 하는 생각에 아예 눈벌판에 코를 박다시피 숨고서 눈만 살짝 들어 빠끔히 내다보았다. 진돗개들은 기세에 눌려 슬금슬금 뒷걸음질을 치다가 도망쳐 내려왔다. 운이 좋았는지, 하늘이 보살폈는지 멧돼지들은 더는 추격하지 않고 제 갈 길로 유유히 가버렸다. 단 5분 동안에 일어난 일이었지만 10년이 훌쩍 지난 지금도 생생히 떠오른다. 그 멧돼지 가족은 잘 살고 있을까?

꼭 멧돼지 때문은 아니지만 결국 나는 대관령에서 하산하게 되었다. 올라올 때와 마찬가지로 배낭 하나 메고 그대로 도망치듯 내려왔다. 잠시나마 이 역마살 낀 수의사를 보듬어준 대관령에 지금도 고마운 마음뿐이다.

수의사의 반려 동물을 소개합니다

수의사로서 가장 많이 받는 질문 중의 하나가 어떤 반려 동물을 기르느냐는 것이다. 아마 동물 전문가니까 그만큼 특이하거나 희귀한 반려 동물을 키우지 않을까 싶어서 이런 질문을 하는 것 같다. 사실 내게는 반려 동물이 없다. 하지만 동물원에서 일한다는 것을 구실로 이렇게 대답하곤 한다. "반려 동물 많죠. 코끼리부터 도마뱀까지 너무 많아요. 집에서 키우지 않을 뿐이죠." 한때는 내게도 진짜 반려 동물이 있었다. 나는 주로 개를 키웠는데 대부분 그 인연이 오래가지 않았다.

호랑이띠 아버지 때문에……

우리 집은 지금까지 30년 동안 열 마리의 개를 키웠다. 누가 들으면 유달리 개를 사랑해서 그런 줄 아는데 그게 아니라 개가 일찍 죽어나 갔기 때문이다. 그리고 나의 아버지는 호랑이띠다. 이 두 사실이 무슨 관계가 있느냐고? 주위 사람들이 유난히 우리 집에서 개들이 오래 버티지 못하는 것은 아버지가 호랑이띠이기 때문이라고들 했다. 호랑이와 개는 상극이라나. 물론 과학적으로는 전혀 근거가 없는 말이다. 그런데 우리 집에서 비실거리던 개가 친척집에 맡겨놓으면 왜 그리도 기운을 차리고 쑥쑥 잘 크는지. 그 모습을 보면 괜히 호랑이띠 아버지가 의심스럽기도 했다. 아버지는 내가 그러거나 말거나 그저 시큰둥하셨다.

그런 호랑이띠 아버지 밑에서 자란 내가 어찌하다 보니 수의사의 길을 걷게 되었다. 수의과 대학 3학년 때 우리 집에 또 한 마리의 새로운 반려견이 들어왔다. 내가 직접 들인 첫 번째 개였다. 친한 선배가 무상으로 분양해준 이 개는 디즈니 영화「101마리 달마티안」에 나오는 바로 그 달마티안 종이었다. 이름은 '달마'라고 붙였다. 단순하게 종 이름을 따서 지은 이름이었지만 짓고 보니 어쩐지 심오한 뜻이 담겨 있는 것 같아 혼자서 괜스레 뿌듯해했다.「달마가 동쪽으로 간 까닭은」이라는 영화도 있지 않은가. 반려견이라고 해보았자 똥개라 불리는 잡종 개가 대부분인 동네에 이렇게 멋진 반려견이 나타나자 가족은 물론이고 이웃들도 눈이 휘둥그레졌다.

그런데 3개월이 지나자 달마는 갑자기 뒷다리 관절이 뻣뻣해지더니 급기야 주저앉고 말았다. 나는 수의학 책을 두루 뒤져보았지만 달마의 병이 무엇인지 알 수가 없었다. 물론 그때야 고작 수의학과 학생이기는 했지만 세월이 흘러 이제 제법 베테랑 수의사가 된 지금도 달마의 병은 내게 미스터리로 남아 있다. 굳이 병명을 붙이자면 '자가면역 질환' 정도 될까? 이 질환은 몸속의 항체가 자기 몸을 남의 몸으로 착각해 공격하는 것이다.

달마는 그 자세로 겨우 한 달을 더 버티다가 숨을 거두었다. 달마의 주검 앞에서 나는 수의학도로서 깊은 절망감을 느꼈다. 더불어 호랑이띠 아버지에 대한 괜한 원망까지 다시금 스멀스멀 피어올랐다.

유기견 입양 부스에서 만난 칸

달마를 잃은 지 몇 달 후 학교에서 반려견 전시회가 열렸다. 앙증맞고 귀여운 강아지부터 늠름하고 듬직한 개까지 온갖 종의 개들이 모였다. 개들을 데려온 주인들은 하나같이 "우리 애 참 잘생겼죠?" 하는 표정을 짓고 있었다. 그 모습을 보니 몇 달 전 달마를 데리고 집에 갔을 때의 내 모습이 떠올라 쓸쓸했다.

화려한 반려견들 너머 한쪽 구석에는 유기견 입양 부스가 설치되어 있었다. 행사가 거의 끝나갈 무렵, 나는 별생각 없이 그곳으로 발길을 돌렸다. 그때 세상에서 가장 불쌍한 표정을 짓고 있는 스패니얼 종 개와 눈이 딱 마주쳤다. 그 순간 주변의 모든 사람과 애완견이 사라지고 나와 그 개만 남은 듯했다. 나는 저 개를 꼭 거두어야만 할 것 같은 의무감에 사로잡혔다. 그 길로 주저 없이 분양 절차를 마치고 개를 집으로 데려왔다.

개의 이름은 칸이었다. 누가 그런 이름을 붙였는지는 모르겠지만 혹시 칭기즈 칸에서 따왔을까? 하지만 그 호기로운 이름이 무색하게, 가족들은 달마가 잘생겨서 놀랐던 것과는 정반대로 이번에는 칸이 못생겨서 놀랐다. 그도 그럴 것이 칸은 온몸이 피부병투성이였다. 다른 사람 같으면 잘못 골랐다고 후회했을지도 모르지만 나는 오히려 수의학도로서 열정을 불태웠다. 지극정성으로 보살펴서 피부병을 모두 치료해주었고 포동포동 살이 오르도록 먹이도 잘 챙겨주고 털도 깔끔하게 다듬어주었다.

세상에서 가장 불쌍해 보이던 칸은 스패니얼 종다운 우아한 개로 재탄생했다. 칸은 이웃들이 부러워하는 우리 집의 자랑거리가 되었다. "역시 수의사가 키우니 다르네." 하는 이웃들의 평가는 나를 으쓱하게 만들었다. 내가 살려냈다는 느낌 때문인지 칸은 이전에 길렀던 개들보다 좀 너 각별하게 느껴졌다. 나는 내 손으로 끝까지 칸을 지키겠다고 다짐했다.

칸, 산책 가자!

우리는 날마다 함께 산책을 나갔다. 칸은 산책을 무척 좋아했다. 하루 중 이 시간만을 오매불망 기다리는 것은 아닌가 싶을 정도로 산책 시간이 가까워지면 눈빛이 밥 먹을 때보다도 더 반짝반짝 빛났다. 책에서도 대부분의 개는 밥 주는 사람보다 산책시켜 주는 사람을 훨씬 더 좋아한다는 말을 읽은 적이 있는데 정말 그랬다.

칸은 산책하는 도중에 곳곳에 널린 고양이 똥이나 각종 야생 동물 똥을 즐겨 먹어서 스스로 똥개의 반열에 오르곤 했다. 나는 칸에게 구충제를 먹였으니 저래도 기생충에 감염되지는 않겠거니 싶어서 슬쩍

눈감아 주었다.

정말 추운 겨울에는 산책을 못 나가는 날도 있었다. 어느 겨울엔가는 기록적으로 많이 내려서 며칠 동안 산책을 나갈 엄두조차 내지 못한 적이 있었다. 이런 사정을 알 리 없는 칸은 어찌나 서운해하는 티를 내는지 내가 다 미안할 지경이었다. 많이 쓰다듬어주긴 했지만 그래 보았자 한 번의 산책만 못하다는 사실을 나도 알고 칸도 알았다.

그래서 눈이 어느 정도 녹은 날, 나는 칸과의 산책을 위해 목이 긴 털장화까지 한 켤레 장만했다. 성능을 시험하려고 일부러 눈이 많이 쌓인 곳을 철벅철벅 걸어보니 눈 한 조각도 감히 이 장화를 뚫고 들어오지 못했다. 나는 부리나케 칸에게 달려갔다. "칸, 산책할 시간이다!" 데리고 나가서 개 끈을 풀어주자 칸은 기쁨을 주체하지 못하고 앞뒤로 내달리고 구르고 난리도 아니었다. 한참 그렇게 원맨쇼를 하더니 자기가 잘 아는 길로 먼저 달려갔다. 멀찌감치 가서는 나를 돌아보고 "빨리 좀 와요, 빨리!" 하고 재촉하듯 제자리 뛰기를 하기도 했다.

본격적으로 산마루에 접어드니 아직 눈이 많이 쌓여 있었다. 발걸음이 느려지긴 했지만 대신 하얀 벌판과 나무들이 우리를 싱그럽게 맞이했다. 가끔 눈에 남겨진 꿩이나 토끼 발자국도 유달리 신비로웠다. 장화 때문에 어색한 내 걸음걸이를 놀려대듯 칸은 깡충깡충 잘도 뛰었다.

그런데 산책이 막바지에 이를 무렵, 경치에 취해 있다가 문득 정신을 차리고 보니 칸이 어디에도 보이지 않았다. 나는 칸을 찾아 한참 두리번거렸다. 찾고 보니 칸은 언덕 중턱에서 헤매고 있었다. 내가 큰 소

내 마지막 반려견이 된 칸

리로 불러도 칸은 들은 척 만 척했다. 은근히 화가 치밀어서 "너 이 녀석!" 하고 다가갔는데 칸은 반가워하기는커녕 무언가에 홀린 듯 이상한 행동을 했다. 멍한 표정으로 제자리만 빙빙 돌았다. 나는 칸에게 목줄을 묶어서 간신히 집으로 끌고 내려갔다. 그런데 다음 날 아침에 칸은 무슨 일이 있었느냐는 듯 평소와 똑같아져 있었다.

혹시 병에 걸렸나 걱정되어 선배 수의사에게 전화를 걸었다. 한참 자초지종을 설명했더니 "코가 얼어서 그런 게 아닌가 싶은데." 하는 대답이 돌아왔다. 개들은 시각보다는 주로 후각에 의존하는데 코에 감각이 없어지면 마치 사람이 갑자기 눈앞이 안 보일 때와 유사한 행동을 보일 수도 있다는 의견이었다. 그 말을 들으면서 퍼뜩 털장화가 떠올랐다. 나는 털장화를 신고 있어서 시린 느낌을 전혀 받지 못했지만 칸은 깊은 눈 속에 코를 박으며 걷다 보니 코의 감각에 이상이 왔던 것이다. 그 후로 나는 한겨울에 칸과 산책할 때 털장화를 신지 않았다. 산책하다 발이 너무 시리면 "칸, 너 코 얼기 전에 집에 가야지." 하고 부르기 위해.

칸까지 이어진 끈질긴 악연

칸은 고양이도 아니면서 쥐잡기를 무척 좋아했다. 아침에 마당에 나가 보면 가끔 칸이 잡아놓은 쥐가 한 마리씩 놓여 있곤 했다. 주인에게 솜씨를 자랑하고 싶었나 보다.

그런데 어느 날 아침, 여느 때처럼 "칸!" 하고 부르며 현관을 나서는데 당연히 부리나케 달려들어야 할 칸이 전혀 반응이 없었다. 불안감을 품고 가만히 칸의 집에 가까이 가니 칸이 살짝 얼굴을 내밀고 누워 있었다. 나는 직감적으로 칸이 죽었음을 깨달았다. 멎어버린 칸의 심장과는 반대로 내 심장은 세차게 쿵쾅거렸다.

더 가까이 다가가 칸을 살펴보았다. 입에서 피가 흘러 나와 있고, 눈이며 잇몸이 아주 창백했다. 바로 얼마 전에 학교에서 배운 쿠마린 중독, 쉽게 말해 쥐약 중독 같았다. 쥐약은 내출혈을 일으켜 빈혈로 서서히 죽이는 작용을 한다. 이 약이 묻은 쥐와 많이 접촉한 동물에게도 똑같은 증상이 나타날 수 있다. 그러고 보니 옆집에서 쥐가 너무 많아 쥐약을 놓았다는 소리를 들은 것이 기억났다. 아뿔싸 하고 후회했지만 이미 일은 벌어진 뒤였다. 뒤늦은 후회가 칸의 생명을 되돌려 놓을 리 만무했다.

옆집에서도 개를 키우고 있었는데 정작 그 개는 중독은커녕 멀쩡하기만 했다. 어째서 하필 우리 칸에게만 이런 일이 일어난 것일까? 그때 내 머릿속에 떠오른 사람은 바로 호랑이띠 아버지. 나는 칸에게까지 이어진, 우리 집과 개들의 끈질긴 악연 앞에 "제가 졌습니다. 앞으로는 집 안에서 절대 개를 키우지 않겠습니다." 하고 무릎을 꿇을 수밖에 없었다.

칸을 우리가 자주 다니던 산책길에 묻어주었다. 칸의 무덤에는 봉분도 비석도 없다. 무덤을 나타내는 어떤 표시도 남겨두지 않아서 오직 나만 그 자리를 알고 있다. 그런데 어느 날 보니 칸이 묻힌 곳 옆에 또 다른 무덤이 생겼다. 그 무덤에는 '내 친구 달래의 묘'라고 적혀 있고 십자가가 세워져 있다. 어느 누군가에게 많은 사랑을 받던 또 다른 동물이 그 안에 있나 보다. 그 동물도 칸처럼 개였는지는 모르겠지만 옆에 친구가 생겼으니 칸이 조금은 덜 외롭겠구나 싶다.

그날의 맹세 이후 나는 집에 어떤 동물도 들이지 않는다. 그 대신 이웃의 모든 개가 다 내 개가 되었다. 내 직업을 아는 동네 사람들이 전화로 이런저런 증상을 물어오기도 하고 우리 집으로 직접 개를 데려오기도 한다. 그러면 나는 간단한 치료도 해주고 예방 주사도 놓아준다. 그럴 때마다 칸이 떠오른다.

고등학교 때 학급 시화전을 위해서 시 같지 않은 시를 급조해 쓴 적이 있다. 문학 소년과는 거리가 멀었던 터라 좀 어설프긴 하지만 그래도 선생님께 꽤 칭찬을 받은 기억이 난다. 이 시를 칸에게 바친다. 아마도 칸은 "나 때린 적 없잖아요?" 하고 고개를 갸우뚱하겠지만 그만큼 내가 칸에게 진심으로 미안해하고 있다는 것을 알려주고 싶다.

나는 개를 때렸다.

나는 개를 때렸다. 반갑다고 달려와 옷을 더럽혔다고
나는 개를 때렸다. 맨날 멍하니 앉아 하늘만 쳐다본다고
나는 개를 때렸다. 자기 털 하나 간수 못하고 여기저기 날린다고
나는 개를 때렸다. 자존심도 없이 사람만 보면 꼬리를 흔든다고
나는 또 개를 때렸다. 아무 죄도 없이 나한테 맨날 맞는 그런 모습이 싫어서

마취제부터 비옷까지, 나만의 독특한 연장들

목수에게는 톱이 있어야 하고 대장장이에게는 망치가 있어야 하듯이 수의사에게도 나름의 연장들이 필요하다. 어쩌다 동물 병원에 들르면 이 수의사는 무슨 연장을 쓰나 궁금해서 약장과 기구부터 둘러보게 된다. 흔히 쓰이는 약은 서로 엇비슷하지만 그래도 그중 일부에서 수의사의 개성이 드러난다. 여기 내가 수의사로서 자주 쓰는 연장들을 모아보았다.

마취제를 둘러싼 골치 아픈 상황

내가 가장 자주 사용하는 약은 마취제다. 동물원에서 동물 마취는 여러 사람 앞에서 수의사로서 존재감을 과시할 수 있는 일이기도 하다. 사람에게 마취제는 고통을 줄이기 위해 사용하지만 동물에게 사용할 때는 목적이 조금 달라진다. 고통 경감보다는 보정을 위해 쓰이는 경우가 훨씬 많다. 수의사들 사이에서 흔히 하는 말이 있다. "동물을 치료할 때는 보정이 80퍼센트요, 치료가 20퍼센트다." 이게 무슨 말인고 하니, 동물은 실제 치료에 들어가기 전에 치료가 가능한 안정적인 상태까지 이르게 하는 것이 전체 치료 과정 중의 80퍼센트를 차지한다는 것이다. 그만큼 동물을 보정하는 일이 어렵고 또 중요하다. 나도 치료에 앞서 항상 이 점을 고민한다. 수의사가 힘으로 제압하면 가장 이상적이겠지만 덩치 큰 동물은 불가능한 경우가 많다. 치료하겠다고 나섰다가 치료는커녕 도망다니는 동물을 쫓아다니는데 기력을 다 써버리는 수의사를 누가 믿을 수 있겠는가. 이런 경우에 마취제는 요긴하게 쓰인다. 물론 마취가 잘 이루어진다면 말이다. 잘못되면 가장 난감한 일이 또 마취다. 혹시 잘못 마취해 동물이 깨나지 않고 그대로 죽기라도 해서 바라보던 사람들의 수군거림이 귓전에 대포처럼 쿵쿵 떨어지면 정말 당혹스럽기 짝이 없다.

문제는 마취제가 대부분 사람을 중심으로 만들어진다는 점이다. 동물 마취제는 사람에 비해 많이 쓰이지도 않을 뿐더러 동물마다 개성에 맞춰서 만들려면 수지타산이 맞지 않기 때문에 제약회사에서 개발을 꺼린다. 그나마 개와 고양이는 반려 동물로서 그 수가 많으니까 여러 마취제가 나와 있지만 나 같은 야생 동물 수의사는 고충이 이만저만이 아니다. 적절한 마취약이 있으면 마취가 손쉽게 되느냐 하면 그런 것도 아니다. 동물들의 생리 상태에 따라서 그리고 계절에 따라서 마취 용량을 다르게 조절해야 하는 경우가 많다. 그런데 이런 정보가 확실하게 정리되어 있지도 않아서 항상 위험 부담이 따른다. 우리 동물원도 허용된 열 종 이상의 마취제를 구비해 놓고 다른 동물원과 정보를 교환하며 그때 그때 최적의 마취제를 조합하려고 노력하지만 여전히 부족함을 느낀다.

한번은 물범을 마취해야 할 일이 있었다. 안구 속 염증이 심해져서 안압이 상승되는 바람에 눈이 거의 튀어나올 듯했다. 각막을 절제해

잔점박이물범. 보통의 물범은 얼음으로 덮인 북반구의 해안에 살지만 잔점박이물범은 온난한 해안에 산다.

눈동자에 고인 물을 빼는 수술을 해야 했다. 간단한 수술이라서 마취 없이 그냥 해보려고 했는데 이 녀석이 워낙 날뛰고 흥분하는 바람에 도저히 누구보고 잡고 있으라고 할 수가 없었다. 마취를 하기로 하고 문헌을 찾아보니 개를 마취하는 데 쓰는 케타민이라는 마취제로 간단히 해결할 수 있을 것 같았다. 그래도 만일에 대비해 다른 동물원들에 전화해 혹시 물범을 마취해 보았는지 물어보았다. 그런데 뜻밖의 이야기를 들었다. 물범은 아니지만 물개를 그런 식으로 마취했다가 다시 깨어난 경우가 지금까지 한 번도 없었다는 것이었다. 물개와 물범은 종은 다르지만 기본적인 몸의 구조가 비슷해서 만약 물개에게 마취가 실패한다면 물범에게도 실패할 것이 뻔했다.

놀라서 다시 문헌을 보니 그저 용량에 따라 다소 위험한 경우도 있다고만 적혀 있었다. 그 길로 도서관에 틀어박혀 물개 관련 자료를 모조리 찾아보다가 한 외국 서적에서 '아픈 물개를 수술하려 하는데 물개는 마취하면 호흡이 멈추어버린다.'는 짤막한 구절을 발견했다. 이것이 그 죽음의 해답이었던 셈이다. 다행히 우리 동물원의 물범은 염증이 저절로 터져서 마취는 없던 일이 되었다.

그런데 요즘 들어 동물 마취제가 범죄에 악용되는 사건이 종종 일어나고 있다. 또 동물 마취제를 환각제로 이용하는 범죄자도 있다. 의학적인 관점으로 보면 인체에 대한 안정성이 입증되지 않은 동물 마취제를 사람에게 적용하는 것은 거의 살인 미수나 다름없다. 이런 사건이 일어나는 것은 우리나라 동물 의료 체계의 문제 때문이다. 동물에 대해 배우지 않은 약사가 동물 약품 판매권을 가지는가 하면, 일반인들도 아무런 처방전 없이 원하는 대로 동물 약품을 살 수 있었다. 그런데 이런 근본적인 문제를 개선할 생각은 안 하고 정부에서는 동물 마취제 판매를 아예 허용하지 않는 방식으로 문제를 덮으려 했다. 그 바람에 외국에서 널리 쓰이고 있는 동물 마취제가 우리나라에서는 금지되어 있는 경우가 여럿 있다. 아픈 동물들만 엉뚱하게 피해를 보고 있으니 정말 기가 찰 노릇이다. 다행히 조만간 동물 진료에서도 처방전이 도입된다고 하니 상황이 나아지기를 기대해본다.

마취로든 무엇으로든 보정에 성공했으면 이제 본격적인 치료에 들어
갈 차례다. 이제 마취제는 한 발 물러나고 치료약들이 제 역할을 하러
나선다.

자주 애용되는 것은 호르몬제이다. 그중에서도 소위 돼지 흥분제라
고 알려진 호르몬제 PGF는 어찌나 효과가 좋은지 난소의 주기를 변화
시켜 수태 조절까지 가능한 위대한 약이다. 그 밖에 아트로핀은 금방
흘리던 침을 멎게 하고, 옥시토신은 놓자마자 젖이 줄줄 흘러나오게
하며 때로는 잃어버린 모성 본능을 깨워주기도 한다. 그러니 이 어찌
멋진 약들이 아닐쏘냐? 덕분에 수의사는 기를 바짝 세울 수 있다. 이
호르몬을 합성한 생화학자들에게 경의를 표한다.

기생충 약도 빼놓을 수 없다. 땅을 가까이 하는 동물에게는 유난히
기생충이 창궐하기 때문에 정기적인 구충은 필수다. 기생충 약의 결
과는 하루만 지나면 바로 알 수 있다. 굵디굵은 회충들이 쏟아질 때,
십이지장충에 의한 빈혈이 멈출 때, 콕시듐으로 인한 피똥이 사그러
들 때 수의사는 굉장한 카타르시스를 느낀다.

눈에 직접 뿌릴 수 있는 소독용 블루 스프레이도 만병통치약이라
부를 정도로 애용한다. 이 약에는 색깔이 있어서 효과를 눈으로 확인
할 수 있다. 색깔이 지워지면 다시 뿌리면 되니까 매우 유용하다.

참, 항생제를 이야기하지 않으면 섭섭하다. 항생제는 적절하게만
쓰면 기적의 약과 다름없다. 동물 질병의 절반은 세균이 원인이기 때

문이다. 그런데 우리나라에서는 항생제가 남용되고 있어서 문제다.

동물 약의 발전은 사람 약의 발전을 그대로 따라간다. 하지만 그 속
도는 사람 약보다 느리다. 개발 과정에서는 동물 실험을 먼저 거치면
서 정작 동물 약은 사람 약 다음에 만들어지니 아이러니한 일이다. 그
마저도 개발하는 곳이 주로 바이엘, 화이자 등 몇몇 다국적 제약 회사
에 한정되어 있다. 동물 복지 차원에서 좀 더 많은 연구가 이뤄졌으면
하는 바람이다.

수의사의 수술복은 비옷?

마지막으로 소개할 연장은 엉뚱하게도 옷이다. 그것도 무슨 거창한
수술복 같은 것이냐 하면 그게 아니라 헌 옷이다. 늘 동물들과 생활하
는 나는 사람에게 특별히 잘 보일 일이 없으니 낡고 편안한 옷을 선호
한다. 일반 의사들은 의사 나름대로 상징과 권위가 필요하고 사람들
에게 깨끗한 인상도 남겨야 하기 때문에 병원에 일상 가운, 수술복 등
여러 옷을 갖추어놓는다. 하지만 수의사는 그런 필요가 적어서 동물
과 비슷하게 적당히 지저분한 복장이 더 어울리는 것 같다.

수의사다운 가운이 없는 것은 아니다. 가끔 방송국에서 촬영을 나
오면 내게 가운을 입어달라고 부탁한다. 그래야 텔레비전 화면에 더
그럴듯하게 나오나 보다. 그럴 때는 나도 가운을 입고 일하지만 촬영
이 끝나자마자 바로 벗어버리곤 한다. 가운은 실내에서 일하는 사람

동물 냄새가 밴 헌 옷을 입어야 동물들이 편하게 다가온다.

에겐 편리할지 모르지만 나처럼 바깥에서 일하는 사람에겐 불편하기 그지없는 옷이다. 첫째, 남의 눈에 확 띈다. 그런 효과 때문에 일부러 입는 수의사도 있지만 나의 경우는 괜히 주목받는 게 영 어색하기만 하다. 둘째, 동물을 상대하기 곤란하다. 흰색 가운은 조금이라도 잡티가 묻으면 금세 더러워져서 세탁해야 하기 때문에 동물 냄새가 밸 여유가 없다. 냄새가 자연스레 배어야 동물들이 익숙해하는데 말이다. 또 일부 가운은 흰색을 돋보이게 하기 위해 합성섬유를 많이 쓰다 보니 나같이 피부가 건조한 사람은 정전기로 고생할 수밖에 없다.

그래서 나는 집에서 입던 헌 옷을 대충 골라서 입는다. 돈 들이지 않아도 되니 경제적이고 평상복이라 사람들 눈에 띄지도 않는다. 안 빨았다고 흠 잡힐 리도 없다. 동물 냄새가 배서 동물들과 친해지는 데도 한몫을 한다.

그리고 동물의 분만 때는 특별한 옷을 하나 더 입는다. 바로 비옷이다. 비옷은 분만 과정에서 무수히 뿜어져 나오는 양수와 피와, 심지어 똥까지도 막아주기 때문에 정말 유용하다. 요즘은 구제역이다 뭐다 하여 정부에서 지원받은 일회용 방역복도 유용하게 쓰고 있다. 입으면 텔레토비같이 우스꽝스러워 보이기는 하지만.

아침에 출근해서 냄새 나는 작업복으로 무장하면 그리 편안할 수가 없고 무슨 일이든지 할 각오가 불끈불끈 솟아난다. 혹시 동물원에 왔다가 냄새나는 헌 옷을 입고 어슬렁어슬렁 다니는 남자를 보면 수의사인가 보다 하고 생각하시길.

출산, 수의사로 사는 가장 커다란 보람

앞서 코끼리 이야기를 하면서 새끼 코끼리 분만 과정을 적었는데 이런 동물의 출산에 대해 좀 더 이야기하고 싶다. 동물원에서 가장 가슴 벅찰 때가 새 생명을 만날 때이기 때문이다. 수의사로서 동물들의 분만 과정은 수도 없이 지켜보았지만 그래도 볼 때마다 혹시나 잘못될까 조마조마하고, 새끼가 무사히 자라나는 모습을 보노라면 내 자식을 보는 듯 뿌듯하다.

낙타는 혼자서도 잘해요

동물원 안에 육식 동물보다 초식 동물이 더 많다 보니 초식 동물의 분만을 더 자주 보게 된다. 그중에서도 때가 되면 어김없이 새끼 소식을 전해주는 녀석이 있으니 바로 단봉낙타 낙순이다. 낙타는 임신 기간이 400일 정도이기 때문에 보통 2년 터울로 새끼를 낳는다. 낙순이 역시 2년 간격으로 봄만 되면 새끼를 낳아 벌써 세 마리나 낳았다. 그리고 이번에 네 번째 출산을 지켜보게 되었다.

코끼리 출산 때는 초음파 기기까지 동원해서 임신을 확인했지만 그것은 특수한 경우다. 보통은 겉으로 살펴보아 배가 불러오고 젖이 부풀어 오르면 출산이 가까워졌나 보다 하고 짐작할 뿐이다. 하지만 워낙 기대를 저버린 적이 없는 녀석이라 나는 임신을 한 치도 의심하지 않았다.

내 믿음은 정확했다. 아침부터 급한 전화가 날아왔다. 낙순이가 밥을 잘 먹지 않고 자꾸 운다고 하는 것으로 보아 분만 징후가 확실했다. 잽싸게 달려가 보니 낙순이가 막 새끼를 낳는 중이었다. 이미 새끼의 코끝이 살짝 나오고 있는 것이 보였다. 코끼리와 마찬가지로 태막 일부가 먼저 나왔겠지만 내가 도착하기 전에 이미 터진 모양이었다.

앞다리 두 개가 나란히 무릎까지 나오면서 드디어 얼굴이 보이기 시작했다. 수의사들은 이런 것을 일명 '슈퍼맨 나는 자세'라고 부르는데 태아가 정상 체위로 있어야 이 자세로 나온다. 어미는 진통으로 괴로워하다가 이마 부분을 겨우 밀어냈다. 낙타 같은 초식 동물은 새끼의 크기가 큰데 특히 머리 부분이 나오는 이때가 출산에서 가장 힘든 순간이다.

고비를 넘기자 그다음으로 어깨, 가슴, 배, 뒷다리가 스르르 빠져나왔다. 새끼가 완전히 빠져나올 때도 어미 낙타는 그냥 서 있는 자세다. 새끼는 탯줄 덕택에 급격한 추락을 면하고 새끼가 떨어지면서 탯줄은 끊어진다. 이번에도 모든 것이 순리대로 진행되었다.

드디어 세상에 나온 새끼는 잠깐 숨을 돌리고서는 일어서려고 버둥거렸다. 그러더니 단 10분 만에 네 다리로 벌떡 섰다. 원래 낙타는 임신 기간이 길어서 새끼도 털과 이빨을 고루 갖춘 꽤 성숙한 모습으로 태어나고 성장 속도도 다른 초식 동물에 비해 두 배 정도 빠르다. 사막이라는 척박한 환경에 적응한 결과가 아닐까 싶다.

'슈퍼맨 나는 자세'로 태어나는 새끼 단봉낙타

제 발로 선 새끼는 어미젖도 잘 찾아서 물었다. 이제는 완전히 안심이었다. 나는 낙순이와 새끼가 둘만의 시간을 가지도록 자리를 비켜주었다. 새끼도 제 어미처럼 튼튼하고 믿음직한 낙타로 자라기를 빌며. 이날 수의사의 역할은 한 시간 동안 출산을 지켜본 것이 전부였다.

로프와 도르래로 물소의 출산을 돕다

낙순이처럼 편안하게 출산을 지켜보는 경우도 있지만 수의사와 사육사가 분만을 돕기 위해 여러 가지로 애를 써야 할 때도 많다. 물소가 출산할 때가 그랬다. 퇴근하고 집에 돌아와 아이들을 모두 재우고 텔레비전을 볼까, 책을 볼까 행복한 고민에 빠져 있던 자정에 갑자기 전화벨이 울렸다. 이 시간에 걸려오는 전화는 가끔 축구 시합을 보다가 골이 터졌다고 전화하는 아버지를 제외하고는 십중팔구 동물원에서 오는 것이다. 숙직 중이던 사육사가 물소가 벌써 두 시간째 산고를 앓고 있는데 어떻게 해야 하느냐고 물었다. 직접적으로 말하진 않지만 그냥 "당장 오세요!"라는 뜻이다. 나는 부랴부랴 옷을 입고 동물원으로 향했다. 그래도 두 시간이나 여유를 준 것이 감사했다. 대개는 낳는 시늉만 시작해도 전화가 오기 때문이다.

30분 후 동물원에 도착해서 물소의 상태를 보니 이미 태막과 양막이 다 터졌고 새끼의 앞발 두 개가 조금 보였다. 다행히 새끼가 거꾸로 나오는 것은 아닌데 몸집이 커서 잘 나오지 못하는 듯했다. 분만 예정

일이 벌써 일주일이나 지났으니 당연한 결과였다. 어미는 분만이 길어져 많이 지쳐 보였다.

일단 새끼의 다리 두 개를 로프로 엮어서 체인블록에 연결했다. 이 체인블록이란 기계는 도르래 같은 것으로 열 사람 이상의 힘을 발휘한다. 사육사에게 체인블록을 맡기고 나는 물소의 생식기 앞에 자세를 잡았다. 체인블록 때문에 생기는 마찰로부터 어미를 내 손으로 보호해주기 위해서였다. 양손을 억지로 산도에 집어넣어 새끼의 머리를 최대한 아래로 내리누른 후 "당겨!" 하고 외쳤다. 사육사는 나보다 나이가 한참 위지만 이런 상황에서 반말은 기계에 내린 명령처럼 자연스레 이해된다. 손에 엄청난 힘이 가해짐을 느끼는 순간, 드디어 새끼의 머리가 빠져나왔다. 자칫 큰일로 이어질 수도 있었던 분만은 성공적으로 끝났다. 내 손은 거의 무감각 상태였다. 나는 피곤하다기보다는 멍했다. 뒤처리는 사육사에게 맡기고 나는 그곳을 나왔다. 집으로 향할까 하다가 동물원 안쪽으로 발길을 돌렸다. 동물들이 한밤중에 뭘 하고 있나 살펴볼 겸, 다른 동물들에게 새 가족의 탄생도 알려줄 겸. 그날따라 달이 참 고왔다.

갓 태어난 새끼 불곰을 납치당하다

출산을 무사히 마쳤더라도 마음을 놓을 수는 없다. 출산한 뒤에도 새끼의 생명을 위협하는 다양한 사건들이 벌어지기 때문이다. 새끼 불곰 우미가 그랬다. 우미가 우리 곁에 온 과정은 지금 생각해도 신기하다. 그 전해 5월에 수컷 불곰이 대장암으로 죽었기 때문이다. 곰은 원래 6, 7월에 교미하고 11월에 새끼가 자궁에 착상해 자라기 시작하여 1월에 출산한다. 교미 시기와 착상 시기가 이렇게 차이 나는 것은 수정란이 자궁 안에서 떠돌다가 특정한 시기가 되어야 자궁벽에 착상하는 착상 지연 현상 때문이다. 엄마 곰이 예년과 마찬가지로 교미했다면 애초에 우미는 엄마 배 속에 생겨날 수도 없었을 것이다. 하지만 아빠 곰의 마지막 소원이었는지 교미가 빨리 이루어졌나 보다. 이렇게 아무도 예상하지 못한 가운데 새끼 불곰 세 마리가 탄생했다. 우미도 그중 하나였다.

그런데 새끼 곰들은 태어나자마자 커다란 위기를 맞았다. 같은 우리에 있던 이모 불곰이 새끼 불곰들을 납치해간 것이다. 자기가 키우고 싶었나 보다. 곰이나 원숭이의 암컷에게서 가끔 이런 현상이 나타나곤 한다. 하지만 제 자식이 납치당했는데 가만히 있을 엄마가 어디 있겠는가. 당연히 어미 불곰은 새끼 불곰들을 되찾아오기 위해 나섰고 그 과정에서 큰 싸움이 일어났다. 그 난리 통에 새끼 두 마리만 희생되고 말았다. 경사가 일주일 만에 비극으로 바뀌어버린 것이다.

유일하게 살아남은 우미도 오른쪽 뒷다리의 발가락 두 개가 부러져 나가는 큰 부상을 입은 상태였다. 우미를 그 위험한 곳에 둘 수가 없어 바로 다음 날 빼냈다. 이것은 납치가 아니라 엄연히 '아동 보호'의 차원이다. 우미는 털이 하나도 없는 빨간 피부에 눈도 뜨지 못했다. 그렇지만 우유를 빠는 힘 하나는 정말 대단했다. 하루에 네 번씩 공익요원

갓 태어난 새끼 불곰 세 마리

들과 내가 우유를 먹여 주었는데 꿀꺽꿀꺽 잘도 삼켰다. 잠은 진료실 한쪽에 마련된 따뜻한 바구니 안에서 잤다. 우리는 어미 못지않게 우미에게 많은 관심을 쏟아주었다.

애지중지 보살핀 지 한 달. 우미도 제법 곰 티가 나기 시작했다. 우유병을 들고 가면 엉거주춤 뒷발로 서서는 거의 빼앗다시피 해서 우유병을 붙들고 먹었다. 한 번에 한 병씩만 먹던 것이 어느새 두 병 반을 줘도 모자랄 지경이었다. 어찌나 식탐을 부리는지 우유를 더 달라고 악을 쓰며 소리를 꽥꽥 지르면서도 빈 우유병을 놓지 않아서, 물을 채운 우유병을 건네주고 나서야 빈 병을 돌려받을 수 있었다.

4개월 무렵이 되자 우미는 이제 도저히 사람의 힘으로 주체할 수 없을 정도로 커졌다. 제 딴에는 장난친다고 입으로 물고 발톱으로 잡는데 당하는 우리는 온몸에 밴드나 파스를 붙이고 다녀야 할 지경이었다. 한번 달아나면 얼마나 빨리 달리는지 따라잡을 수도 없었다. 게다가 아무 사무실이나 문을 열고 들어가는 통에 사람들은 우미가 나갈 때까지 모두 구석으로 내몰려야 했다. 더는 이대로 둘 수 없어 우미를 엄마에게 되돌려주기로 결정했다.

4개월만의 모녀 상봉 날, 처음에 우미는 어미라도 어색했는지 멀찌 감치 떨어져 있었다. 하지만 어미가 다가와 열심히 냄새를 맡고 핥아주니까 우미도 마음을 풀고 마침내 엄마 젖을 찾아 빨기 시작했다. 그 후 이삼 일이 지나자 둘은 더욱 가까워졌다. 우미는 일광욕하기, 나무 타기, 목욕하기, 서서 걷기 등 곰으로서 알아야 할 기본적인 행동들을 하나하나 배우기 시작했다. 사람들은 절대로 가르쳐줄 수 없는 것들, 오직 어미 곰만이 가르쳐줄 수 있는 것들을 말이다.

여학생들 앞에서 출산한 염소

대낮에 출산하는 동물은 때로 의도치 않게 출산 과정을 관객들에게 고스란히 보여주게 될 때도 있다. 이런 때를 잘 맞추면 관객들로서는 정말 귀한 경험을 하게 된다. 우리 동물원에도 우연히 놀러왔다가 염소의 출산을 목격하는 행운을 얻은 사람들이 있다. 마침 봄소풍이 한창이던 시기라서 동물원 안에 사람이 참 많을 때였다.

한 떼의 여학생이 염소 칸에 모여서 연신 "어머, 어머! 저거 봐!"를 외치고 있었다. 평소 같으면 염소는 그다지 인기 있는 동물이 아니기에 무슨 일인가 싶어 다가가 보았더니 염소가 새끼를 낳고 있었다. 이미 분만이 많이 진행되어서 풍선처럼 나온 하얀 태막이 보였다. 여학생들 눈에는 그게 무척이나 신기해 보였던 것이다. 나는 여학생들에게 "저건 태막이란다. 새끼를 감싸고 있는 이중막 중에서 바깥막이야. 지금부터 30분 후면 새끼가 나올 거다."라고 말해주고 같이 분만 과정을 지켜보았다.

드디어 태막이 터지면서 바람 빠진 풍선처럼 축 처지고 새끼의 다리가 얇은 양막 사이로 드러났다. 이때부터 어미는 앉았다 일어섰다 하며 애처롭게 매애애 매애애 울었다. 그리고 마침내 자리를 잡고 앉아 배에 잔뜩 힘을 주었다. 잠시 후 양막이 터지면서 새끼의 머리가 살짝 보이기 시작했다. 모든 과정이 정상이라서 괜히 도와주려 하면 오히려 방해가 될 것 같아 열심히 지켜보기만 했다. 여학생들도 숨죽여 바라보았다. 그런데 작은 문제가 생겼다. 어미의 진통은 점점 거세지는데도 새끼는 좀체 나올 줄을 몰랐다. 안 되겠다 싶어 안으로 들어가 어미 옆에 앉았다. 손으로 새끼의 머리를 살며시 눌러주고 동시에 다리를 가볍게 잡아당기자 무사히 머리가 빠져나왔다. 나는 새끼의 얼굴에 묻은 양수를 닦아주고 다시 밖으로 나왔다.

어미는 이제 마지막 진통을 하려고 일어서서 뱅뱅 돌았다. 마침내 새끼가 쑥 튀어나왔다. 동시에 새끼의 입에서도 매애애 하고 어미와 똑같은 울음소리가 나왔다. 여학생들은 손뼉을 치며 좋아했다.

어미는 아팠던 것은 벌써 잊었는지 새끼의 몸에 묻은 양수를 핥았다. 그러자 새끼의 털이 보송보송하게 살아났다. 어미의 정성 덕분에 새끼는 겨우 10분밖에 안 지났는데도 비틀비틀 일어서서 곧장 어미의 배 밑으로 들어가 젖을 빨았다. 그걸 보며 또 여학생들은 "귀엽다!", "대박!"을 연발했다.

이참에 동물원 자랑을 좀 해야겠다. 우리 동물원은 지은 지 오래되어 시설이 아주 최신식은 아니지만 해마다 탄생하는 새 생명의 수로만 따지면 우리나라 동물원 중에서 첫 손가락에 꼽힌다. 그 비결은 이렇다. 우리 동물원은 관람객의 즐거움도 중요하지만 그보다는 동물의 편의를 최우선 순위로 둔다. 그렇다 보니 호랑이같이 인기 있는 동물이든 박쥐같이 인기 없는 동물이든 차별하지 않는다. 일단 우리 동물원에 들어온 동물은 모두 제 수명을 다할 수 있도록 끝까지 보살핀다. 그만큼 우리 동물원 사람들이 열과 성을 다하고 있는 것이다. 물론 수의사인 나도 포함해서 말이다.

그러니 새끼 동물들의 모습이 궁금한 분들은 우치동물원으로 오시라. 이 운 좋은 여학생들처럼 분만 과정까지 볼 수 있다고 장담하진 못하겠지만 앙증맞은 새끼 동물들을 늘 만날 수 있을 것이다.

생명을 살리는 나만의 노하우들

수의사로서 가장 큰 자부심을 느낄 때는 목숨이 위태로운 생명을 살려낼 때이다. 국내에는 야생 동물과 관련한 정보가 많지 않고 경험과 노하우가 풍부한 수의사도 드물어서 600여 종이 넘는 동물원의 동물들을 모두 보살피자면 여간 어려운 것이 아니다. 수의사로서 한계를 느낄 때도 적지 않다. 하지만 열악한 환경에서 생명을 살리겠다고 갖은 애를 쓰다 보니, 이제는 나만의 노하우가 적잖게 쌓이기도 했다.

새끼 과나코를 살린 '밀가루 반죽법'

어느 초여름 무렵, 과나코가 새끼를 낳았다. 그전에 두 번이나 약한 새끼를 낳아서 금방 잃고 만 과나코였기 때문에 출산 소식을 듣자마자 걱정이 앞섰다. 그런데 조심스럽게 지켜보니 다행히 세 번째 낳은 새끼는 태어나자마자 벌떡 일어섰고 눈도 또랑또랑했다. 어미도 젖을 잘 먹이는 듯했다. 그래서 다른 수단을 쓰지 않고 하루를 더 지켜보기로 했다. 공익요원들과 함께 하루 종일 새끼 과나코의 행동과 젖을 빠는 횟수를 낱낱이 기록했다. 아니나 다를까, 태어났을 때와 달리 새끼는 점점 비실비실해지더니 눈도 졸린 듯 가느다랗게 뜨면서 하루 종일 앉아 있기만 했다. 어미 젖을 빠는 것은 겨우 하루에 한 번, 그것도 아주 짧은 시간 동안이었다.

사람들 간에 의견이 둘로 나뉘었다. 계속 지켜보자는 주장과 인공 포유에 들어가자는 주장. 결국 나와 담당 사육사의 의견대로 새끼 과나코를 우리에서 끌어내 진료실로 옮겼다. 하지만 녀석은 진료실에서도 우유병을 빨 생각을 안 했다. 우유병이 낯설어서인 것 같았다. 일단 영양제 주사를 꾸준히 놓기는 했지만 이것만으로는 버티기 힘들다는 사실이 너무도 분명했다.

그렇다고 포기할 수는 없는 일. 세 번째 새끼마저 잃을세라 전전긍긍하고 있는데 머릿속에 한 가지 묘책이 떠올랐다. 내가 대관령 목장에서 일하던 시절에 자체적으로 개발해서 쓰던, 일명 '밀가루 반죽법'이 그것이다. 실제로 밀가루를 넣는 것은 아니고, 동물용 분유에 물을 적정량보다 적게 타서 밀가루처럼 걸쭉하게 반죽한 것이다. 원래 소에게 약을 먹일 때는 물과 약을 혼합해 큰 소주병 같은 데에 넣어서 입 안 깊숙이 찔러넣는다. 하지만 이런 방식은 가끔 액체가 폐로 넘어가 오연성 폐렴이라는 치명적인 손상을 입힐 위험이 있다. 이 점이 항상 두려웠던 나는 약을 병에 넣어주는 대신 죽처럼 진득하게 반죽해 소의 입 전체에다 페인트처럼 발라주었다. 그러면 소는 알아서 약을 핥아 먹었다. 동물은 자기 콧물까지 빨아먹을 만큼 항상 혀로 입 주변에 묻은 것을 먹으려고 하는 본성이 있기 때문이다. 실제로 소의 입에 허옇게 묻어 있던 약은 10분이면 감쪽같이 사라졌다.

문제는 새끼 과나코의 기력이 너무 약해서 입 주변을 핥기조차 힘들 정도라는 점이었다. 그래서 나는 손가락을 써보기로 했다. 손가락을 새끼 과나코의 입안에 넣어 입천장에다 반죽한 분유를 잔뜩 발라 주었다. 그러자 과나코가 혀를 움직이기 시작하더니 이내 입천장에 묻은 것을 핥아서 삼켰다. 그렇게 서너 번 반복하니 금방 분유를 다 먹일 수 있었다. 한번 먹고 나니 녀석은 분유에 맛을 들였는지 사나흘 후부터는 우유병에도 잘 적응했다. 내가 우유병을 들고 나타나면 졸졸 따라다니다가 우유가 입에 닿기만 하면 한입에 꿀꺽 삼켰다. 그러기를 한 달쯤 하자, 새끼 과나코는 건강하게 자라서 무사히 어미 곁으로 돌아갔다.

비록 거창한 진료 기구는 아니지만 새끼 과나코를 살려낸 일등 공신이므로 나는 지금도 이 '밀가루 반죽법'에 큰 자부심을 갖고 있다.

한의학 책에서 힌트를 얻다

동물들을 치료할 때 한의학 지식들이 큰 도움이 될 때가 있다. 수의사와 한의학이라니, 어울리지 않는다고 생각할 수도 있지만 사실 전통 수의학은 한의학에 토대를 두고 있다. 일제강점기와 6·25 전쟁을 거치며 전통 수의학의 맥이 끊어지기는 했지만 최근 몇몇 뜻있는 사람들이 수의 침구학과 수의 한의학의 부흥을 주창하면서 새롭게 태동하고 있다. 나도 이 움직임에 힘을 보태고 있는데 실제로 동물원에서 한의학에 바탕을 둔 약초로 동물들을 치료해 효과를 보기도 했다.

주기적으로 만성 설사에 시달리는 암컷 낙타에게 양약만 써오다가

낙타사 주변에 있는 매실을 따다 일주일 정도 복용시켰더니 설사가
잡혔다. 또 제주 조랑말이 설사병에 시달릴 때 양약을 써도 듣지 않기
에 주변의 개망초, 쑥, 칡덩굴을 지속적으로 뜯어다 먹였더니 말끔히
나았다.

이렇게 생풀로 치료할 때는 일부러 통상적으로 쓰는 항생제나 지사
제를 쓰지 않았다. 상식적으로 생각해도 이 풀들은 생약적인 지사 효
과가 있는데다 동물들의 원래 주식 중 하나이기 때문이다. 늘 건초나
사료만 먹는 녀석들이니 이런 신선한 풀은 미각적으로 탁월했음은 물
론 손상된 장이 새로운 음식의 자극에 의해 새롭게 재편되는 효과도
있었으리라 믿고 있다. 이런 임상 경험까지 쌓이고 나니, 동물들의 치
료가 여의치 않을 때는 한의학 책을 뒤적이곤 한다.

한의학으로 가장 큰 효과를 본 것은 타이완원숭이의 입에 난 돌기
를 치료할 때였다. 원숭이는 대개 (사람으로 치면) B형 피를 가지고 있
다고 전해진다. 그런데 나처럼 A형인가 싶을 정도로 내성적인 타이완
원숭이가 한 마리 있었다. 커다란 송곳니를 가졌는데도 성격은 무척
얌전했다. 물론 가끔 성질을 부릴 때면 굉장히 사납긴 했지만.

어느 날 이 타이완원숭이의 입안에 문제가 생겼다. 언제부턴가 잇
몸에 조그만 돌기들이 돋아나기 시작하더니 입안 전체를 뒤덮어버린
것이다. 계속 길어지다가는 입 밖으로 튀어나올 지경이었다. 얼굴이
흉해지는 것은 그렇다 치더라도 먹이를 먹는 데 큰 지장이 있었다.

처음에는 길어진 조직들을 모두 잘라냈다. 이 방법은 깔끔하긴 하
지만 시간이 많이 걸리고 또 출혈도 많았다. 환자도 고통스러운지 수

한국의 토종 명마, 제주마

술 부위를 자꾸 긁어댔다. 그러다 보니 6개월쯤 지나면 어김없이 재발했다. 이 방법을 계속 쓰기는 무리가 있었다. 어떻게 하면 말끔히 치료할 수 있을지 여간 고민되는 것이 아니었다.

조직검사를 해보았더니 섬유치은종으로 나왔다. 섬유치은종은 양성종양의 일종으로 개나 사람에게도 흔하다고 알려져 있다. 원인은 아직 확실하진 않지만 사료 위주의 편식 때문이 아닐까 싶다. 그런데 관련 자료를 찾다가 우연히 어느 한의학 문헌에서 치핵 돌기를 실로 묶어 피가 안 통하게 하는 방법을 치질 치료에 이용했다는 내용을 보았다. 나도 목장에서 일할 때 우유가 잘 나오지 않는 젖소 젖꼭지를 영원히 없애기 위해 젖꼭지 중간을 고무줄로 묶어 잘라낸 적이 있다. 시간은 걸리지만 비교적 안전한 방법이다. 잘하면 타이완원숭이의 돌기 치료에도 효과가 있을 것 같았다. 더구나 이 종양의 형태는 버섯을 닮아서 줄기만 꽉 묶어주면 혈관과 산소 공급을 깔끔하게 차단할 수 있을 것 같았다.

일단 타이완원숭이를 마취시키고 기다란 돌기들을 실로 일일이 꽉 묶어주었다. 조금 번거롭긴 했지만 수술 시간이 20분 정도밖에 걸리지 않을 정도로 비교적 간단하게 끝났다. 게다가 마취에서 깨어난 타이완원숭이를 살펴보니 그다지 고통스러워 보이지 않았다. 나는 시험 성적을 기다리는 수험생의 마음으로 수술 결과가 어떻게 나올지 지켜보았다.

이틀 후, 놀랍게도 돌기들이 모두 떨어져 나갔다! 종양이 질식해서 말라 떨어진 셈이었다. 수술 경과도 좋아서 그 후 1년 동안 다시 자라지 않았다. 나는 쾌재를 불렀다. 입안이 깨끗해지자 타이완원숭이는 다시 열심히 밥을 먹었다. 밥맛이 유난히 더 좋지 않았을까?

얼룩말이 설사를 한다고요? 잘됐네요!

한 가지 증세에 꼭 하나의 치료법만 쓰는 것은 아니다. 동물들은 사람처럼 어디가 어떻게 아프다 하고 구체적으로 설명할 수 있는 게 아니어서 처음부터 정확한 원인을 찾아 치료하기가 쉽지 않다. 그저 가장 유력한 원인을 생각해서 치료를 해본 뒤 낫지 않으면 다른 치료를 해

보며 계속 살펴보는 수밖에 없다. 그런데 동물 중에는 유난히 병이 잘 낫지 않아 애를 먹이는 동물들이 있다. 얼룩말도 그중 하나다.

얼룩말은 참 까다로운 동물이다. 아무리 잘해주려 해도 가까이 오지 않고 때로는 물거나 발차기 공격까지 해대니 도무지 예뻐해 줄 수가 없다. 아마 야생의 본능이 여전히 강력하게 살아 있기 때문일 테다. 이런 성격 때문에 사육사들 사이에서 얼룩말은 기피 대상 1호로 낙인이 찍혀 있다. 수의사 입장에서도 얼룩말은 이래저래 난감하다. 자주 뜬금없이 아픈데다, 무슨 치료를 하든 힘으로 제압이 안 되니 블로건을 쏘아 주사를 놓을 수밖에 없다. 그래서 얼룩말이 아플 때마다 다른 동물들보다 더 신경이 많이 쓰인다.

끝내주게 더웠던 어느 여름날, 얼룩말이 갑자기 식음을 전폐해버렸다. 우선 자연 치료가 될까 싶어 한나절 동안 쭉 관찰해 보았다. 그러나 호전될 기미가 전혀 안 보였다. 오히려 한쪽 배가 불룩해지더니 아예 바닥에 뒹굴기까지 했다. 말의 전형적인 배앓이 증상이었다. 소화불량으로 위나 장 운동이 멈춰서 음식물이 정체되고 물과 가스가 차는 소화기 무력증인 것 같았다. 이때 가스가 심하게 차면 장까지 꼬이게 된다. 말이 뒹구는 것은 장의 위치를 바꾸어 가스를 빼려는 노력인 셈이다. 하지만 그런 노력만으로는 회복되기 쉽지 않다. 이때가 내가 개입해야 하는 시점이다.

다행히 말의 배앓이에 잘 듣는 약이 있다. 부스코판이라는 것인데 사람에게도 위장염, 생리통, 멀미약 등으로 널리 쓰이는 약이다. 이 약도 역시나 블로건을 이용해야 했다. 그런데 부스코판은 20밀리리터

'검은 바탕에 흰 무늬냐, 흰 바탕에 검은 무늬냐?' 의견이 분분하지만 중요한 것은 이 흑백의 조화가 얼룩말이 질주할 때 육식 동물들의 눈을 현혹시키는 역할을 한다는 것이다.

정도를 주사해야 효과를 보는데 블로건 총알 하나에 최대한 들어갈 수 있는 양은 5밀리리터밖에 안 되었다. 그렇다면 최소 네 번은 쏘아야 한다는 말인데 이게 생각처럼 간단하지 않다. 첫 한 방이야 성공했지만 그다음부터는 얼룩말이 눈치채고 멀찌감치 달아나버렸다. 말과 부단히 신경전을 벌이다 보니 정조준이 어려웠다. 열 번이나 쏘고서야 겨우 목표치를 채울 수 있었다.

이런 노력에도 불구하고 다음 날도 얼룩말은 별로 나아지지 않았다. 배는 더 불러오고 귀를 기울여 보니 배 속에서 꿀렁꿀렁하는 물소리까지 났다. 배 속에 물과 가스가 오래 차 있으면 이런 소리가 난다. 안 되겠다 싶어 이번에는 칼슘제를 준비했다. 칼슘 부족에 의해서도 장 무력증이 올 수 있기 때문에 잘만 활용하면 칼슘은 동물에게 마법의 치료제가 될 수 있다. 혹시 움직이다 오히려 장이 더 꼬이지 않을까 걱정은 되었지만 그래도 치료가 우선이니 20밀리리터를 주사했다.

이틀째에 출근하자마자 얼룩말에게 갔더니 사육사가 반가운 이야기를 했다. 얼룩말이 드디어 똥을 쌌다는 것이다. 그동안 안 먹는 것도 걱정이었지만 똥을 안 싸는 것은 더욱 걱정이었던 터라 무척 기뻤다. 똥을 살펴보니 쾌변이기보다는 숙변 덩어리였다. 그동안 안에서 굳어 있었던 것이다. 원래 얼룩말의 똥은 조약돌만큼 작은데 이건 주먹만큼 커다랬다.

숙변을 눈 것이 효과를 발휘했는지 얼룩말은 조금씩 먹이에 관심을 보이기 시작했다. 바닥에 떨어진 부스러기를 조금씩 주워 먹는 정도였지만 그 정도라도 일단은 청신호였다. 하지만 여전히 얼룩말은 기운이 없어 보였고 배 속에서는 계속 물소리가 났다. 그날은 스트레스를 더 주고 싶지 않아서 특별한 치료는 하지 않고 두고 보기로 했다.

사흘째 되던 날, 아침부터 전화가 걸려왔다. 긴장된 마음으로 받아보니 사육사의 수심 가득한 목소리가 들려왔다. "얼룩말이 설사를 시작했네요. 이거 어떡하죠?" 그 말에 나는 이렇게 반응했다. "설사를 한다고요? 그것 참 잘됐네요!" 뜻밖의 대답에 사육사는 좀 당황한 것 같았다. 대개 설사 하면 나쁜 것으로 생각하지만 이 상황에서는 설사가 유일한 희망이다. 장이 완전히 뚫렸다는 증거이기 때문이다. 역시나 설사를 하고 난 얼룩말은 먹이에 강한 집착을 보이기 시작했다. 그리고 빠르게 식욕을 회복해 예전 모습으로 완벽히 돌아왔다.

습관적으로 '회복'이라고 말하긴 했지만 야생 동물을 치료할 때는 '회복'이란 말을 쓰기가 참 힘들다. 일단 근본 원인이 불분명하고 여러 가지 치료법을 썼을 경우 무엇이 치료에 주효했는지도 여전히 미궁이기 때문이다. 다시 같은 상황이 반복되었을 때 똑같은 치료법을 적용한다고 해서 이번처럼 나으리란 보장은 없다. 그래서 보통은 '상황 종료'라고 표현한다. 아무렴 어떠랴. 이렇게 얼룩말 사건 하나는 '상황 종료'되었다.

프렌치 키스 치료법

단순한 뽀뽀가 아닌 진한 입맞춤을 프렌치 키스라 한다. 프렌치 키스는 아마도 '이 순간만은 당신이 세상의 전부예요.'라는 의미가 실린 아름다운 몸짓이 아닐까? 우리 가족에게도 숨겨왔던 비밀 하나를 고백하자면 나는 가끔 치료를 위해 동물들에게 프렌치 키스를 퍼붓는다. 그런데 동물에게 하는 프렌치 키스는 그렇게 낭만적이지는 않다.

프렌치 키스 치료법은 내가 스스로 터득한 것은 아니다. 수의사로서 인턴 시절을 보낸, 어느 작은 동물 병원에서 처음 배웠다. 그 병원 원장님은 제왕절개로 나온 새끼가 숨을 못 쉬자 새끼의 입을 서슴없이 자기 입으로 가져가 빨아댔다. 새끼의 목에 걸린 양수를 제거하기 위한 것이었다. 그러자 새끼는 발그레해지며 깽깽 소리를 질렀다. 햇병아리 수의사였던 나는 그 모습을 보고 큰 감동을 받았다. 수의사로서 할 수 있는 위대한 행위로 보였다. 그 후로 나 역시, 수술 후 그 원장이 건네준 강아지를 서슴없이 쪽쪽 빨았다. 빨면 빨수록 마치 내 목에 걸린 양수를 시원하게 제거하는 듯한 느낌이 들어서 더욱 세게 빨았다.

나의 프렌치 키스는 대관령 목장에서도 계속되었다. 이곳의 선배 수의사들 역시 양수를 먹은 송아지 코를 입으로 빠는 데 한 치의 주저함도 없었다. 이미 동물 병원에서 경험한 적도 있는데다 앞에서 선배가 빠는데 후배 입장에서 가만히 쳐다볼 수만은 없었다. 조금 남아 있던 부담감은 어느새 사라지고 프렌치 키스는 나의 중요한 치료법으로 자리 잡았다.

동물원에서도 프렌치 키스 치료법을 종종 사용한다. 한번은 우리 동물원의 새끼 염소가 태반을 둘러쓰고 태어나는 바람에 양수를 들이켜서 입만 벙긋거리고 있던 적이 있다. 그걸 보고는 이것 저것 잴 겨를 없이 즉시 염소의 코를 입에 넣고 힘껏 양수를 빨아올렸다. 양수의 짭짜름한 맛과 비린내가 입안에 확 몰려 들어왔다. 입을 막고 있던 양수를 빨아내 주자 새끼는 기운을 차리며 매애애 울음을 터트렸다. 새끼의 울음소리에 안도하며 나도 입에 있던 양수를 뱉어내었다. 그러고 나서 돌아보니 사육사들이 넋이 나가 나를 쳐다보고 있었다.

이 모습을 처음 본 사람들은 대개 혐오스럽다는 반응을 보인다. "그 더러운 걸 입으로 빨다가 병균이라도 옮으면 어떡해요?" 이런 염려는 충분히 일리 있다. 양수는 어미의 분비물이 묻어 있어 대장균으로 꽤 오염되어 있다. 하지만 그렇다 해도 평상시 우리 손에 묻어 있는 것보다 조금 많은 정도일 뿐이다. 좀 더 지식이 있는 사람들은 유산을 일으키는 인수 공동 전염병인 브루셀라의 감염을 걱정한다. 하지만 새끼가 완벽하게 자라서 출산했다는 것은 곧 유산을 겪지 않았다는 것이므로 이 문제는 안심해도 된다. 물론 내가 이런 것까지 일일이 계산하고 프렌치 키스를 하는 것은 아니다. 나는 수의사로서 최선을 다하는 것이고 나머지는 하늘의 뜻에 맡길 뿐이다.

마취제로도 치료가 된다고?

때로는 봉사 문고리 잡듯 아주 우연히, 혹은 내 머리로는 도저히 이해할 수 없는 방법으로 치료에 성공하기도 한다. 그래서 수의학과는 전혀 관련 없는 사람들의 이야기도 함부로 간과할 수 없고, 다른 대안이 없어 시험 삼아 따르다 보면 치료의 실마리를 얻기도 한다.

북극곰의 발바닥에 습진이 생겨 빨갛게 달아오르고 피가 날 때였다. 절룩거리는 곰을 보고 '저걸 어쩌나?' 하고 속으로 잔뜩 고심하고 있는데 담당 사육사가 소금을 들고 가는 것이 보였다. "형님, 그 소금은 어디다 쓸 거예요?" 하고 물어보니 곰 사육장 안에 뿌려줄 거라고 한다. 북극곰에게 주기적으로 이런 일이 일어났고 그때마다 소금을 뿌려주었단다. 수족관 같은 데서 질병이 발생하면 때로 염도를 조절하여 치료하기는 하지만 설마 소금이 곰의 습진에도 효과가 있을까, 굵은 소금이 괜히 상처에 달라붙어 더 자극이 되지는 않을까 걱정이 되었다. 하지만 과거 항생제가 없던 시절, 된장을 상처에 발라 응급처치를 했던 것처럼 소금도 궁여지책의 처방이 될 수 있겠다는 생각에 더는 간섭하지 않았다.

그런데 다음 날 가보니 놀랍게도 북극곰은 발바닥의 염증이 상당히 가라앉아 정상적으로 걸어 다니고 있었다. 담당 사육사는 마치 나 들으라는 듯 "역시 소금이야."라며 한 번 더 강조했다. 잠자코 지켜보지 않고 괜히 아는 척했으면 큰일 날 뻔했다. 동물 치료에 있어서는 지식보다 경험이 앞선다는 평범한 교훈을 다시금 되새겼던 순간이었다.

불곰사에서 이와 비슷한 경험을 한 번 더 했다. 불곰들을 새끼 때문에 겨우내 내실에 가두어 두었더니 엉덩이에 습진이 생겼는데 불곰들이 그 부분을 자꾸 핥아서 상처를 키웠던 적이 있다. 엉덩이에 출혈이 있어 자세히 보니 커다란 상처 자국까지 보였다. 이대로 놓아두면 더 큰일이 나겠다 싶어 고심 끝에 마취를 하여 치료하기로 했다.

곰이나 멧돼지는 뱀에 물려도 잘 독이 퍼지지 않는 동물들인지라 마취제도 쉽게 듣지 않는다. 아주 비싸고 특이한 마취제를 써야만 겨우 마취가 된다. 그래서 이때도 한 번에 10만 원가량을 들여서 조심스레 마취제를 쏘았다. 그런데 5분 정도 지나면 쓰러져야 할 곰이 비틀거리는 기미조차 보이지 않았다. 겨울을 지낸 뒤여서 몸에 생긴 생리 변화가 마취 효과를 반감시키는 모양이었다. 서두를 필요도 없고 마취제 연구도 더 해야 할 것 같아 일단 그날은 철수하기로 했다.

그런데 다음 날 회진을 가보니 상처에서 더 이상 피가 나지 않았다! 마취 효과 때문에 가려움증이 없어지니 핥지 않은 모양이다. 그 하루의 효과에 힘입어 상처는 빠르게 나았다. 그 모습을 본 다른 수의사가 지나가는 말로 "마취제가 치료약인 모양이야."라고 했는데 그 말이 아주 의미심장하게 들렸다. 실제로 마취제에 의한 치료 효과가 입증된 실례들이 있기 때문이다. 심지어 가망이 없어 과량의 마취제로 안락사를 유도했던 동물이 하루 이틀 자고 나서 기적처럼 병이 나은 기록도 있다. 책에서만 보던 일을 실제로 경험하게 되니 더욱 놀라웠다. 이런 경험이 쌓일수록 수의사로서 허세를 부리지 말아야겠다고 다짐하게 된다.

풍산개가 환골탈태한 비결

마지막으로 소개하는 방법은 수의학회 같은 데서 발표할 수는 없지만 그 효과만큼은 최고인 방법이다. 바로 동물을 좋아하는 지인을 동원하는 것. 우리 동물원의 풍산개는 이 방법의 효과를 톡톡히 보았다.

우리나라 대부분의 동물원에서는 야생 동물 수가 부족해서 궁여지책으로 개도 전시하고 있다. 대부분 진돗개, 풍산개, 삽살개다. 우리 고유의 품종을 보호한다는 명분이 있기 때문이다. 우치동물원에도 이런 개들이 있다.

한번은 풍산개 강아지가 유난히 허약한 몸으로 태어난 적이 있었다. 약하다고 형제들이 자꾸 괴롭혀서 도저히 같이 둘 수가 없었다. 일단 떼어놓기는 했지만 녀석의 상태는 계속 안 좋아졌다.

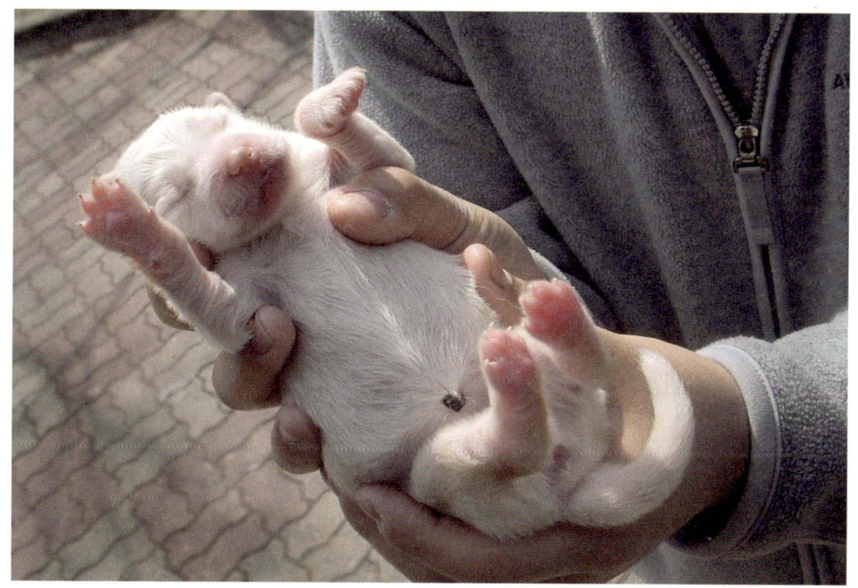

갓 태어난 새끼 풍산개

그때 마침 중국에서 지내다 잠시 한국에 온 친구가 있었다. 이 친구가 지나가는 말로 적적하다고 하기에 나는 "그럼 중국으로 다시 가기 전에 개 한 마리를 키워보는 거 어때?"라며 풍산개를 맡겼다. 사실 말이 좋아 맡긴 것이지 내 일거리를 친구에게 넘긴 것이나 다름없었다. 풍산개는 동물원의 동물치고는 비교적 흔한 편이라 내가 수의사로서 재량껏 이런 결정을 내릴 수 있다. 게다가 그 친구는 예전부터 유난히 개를 좋아했던 터라 믿음직스러웠다. 문제가 생기면 전적으로 내가 책임을 질 것이고 이상이 있으면 언제든 연락하라고 했더니 친구는 흔쾌히 승낙했다. 이렇게 풍산개는 잠시 동물원을 떠나 한 달 동안 위탁 가정에서 살게 되었다.

나중에 전해 들으니 개를 데려간 날 친구의 집에서는 풍산개를 맞이하느라 난리가 났다고 한다. 꾀죄죄한 강아지를 열심히 목욕시키고 나니 백설기 같은 하얀 털에 분홍색 코와 이국적인 눈동자가 더욱 도드라졌다. 풍산개는 단번에 식구들의 마음을 사로잡았다. 친구는 날마다 자신의 홈페이지에 풍산개 양육 일기를 사진과 함께 올려서 나도 한눈에 볼 수 있게 했다.

친구네 식구들은 내가 시샘이 날 정도로 풍산개를 잘 키웠다. 여러 가지 먹을거리를 줘서 그중 가장 입맛에 맞아 하는 것만 선택했고, 내가 칼슘을 좀 먹여야 한다고 했더니 돼지 뼈를 얻으려고 식구들이 이틀에 한 번꼴로 감자탕 집에 갔다. 심지어 샴푸와 간식 값을 대기 위해 친구의 동생은 아르바이트까지 했다. 어느 날은 저녁에 친구가 전화해서는 다급한 목소리로 풍산개가 소파에서 미끄러져 발을 절룩거린다고 했다. 그냥 하루 이틀 두고 보라고 했더니 "수의사 맞아? 너무 무성의한 거 아니야?" 하며 원성이 대단했다. 풍산개가 금방 나아서 다행이지 하마터면 좋은 친구를 잃을 뻔했다.

약속했던 한 달은 금방 지나갔다. 친구는 다시 중국으로 떠나야 했다. 돌아갈 날이 되자 온 가족이 함께 풍산개를 안고 데려왔다. 3개월쯤 된 강아지는 마침 한창 털갈이 중이어서 식구들의 겨울옷이 온통 하얀 개털로 덮여 있었다. 이제 그만 내려놓으라는데도 한참 동안 풍산개와 떨어질 줄 몰랐다.

한 달 만에 다시 본 풍산개의 모습은 참으로 놀라웠다. 친구의 가족들이 끔찍하게 보살펴주는 것을 알고 있어서 잘 자랐으리라고 예상하긴 했지만 이처럼 200퍼센트 성공할 줄은 상상도 못했다. 허약하기만 했던 모습은 온데간데없고 튼튼한 개가 되어 있었다. 귀도 쫑긋 서 있었다. 풍산개는 크면서 접혀 있던 귀가 자연스럽게 서게 되는데 동물원에 남아 있던 여섯 형제들은 한 마리도 귀가 선 것이 없었다. 또 코 끝부터 시작된 털갈이가 이마까지 진행되어 완벽한 하트 모양의 얼굴을 하고 있었다. 다른 풍산개는 이처럼 완벽하게 하트 모양이 되는 경우가 드문데 말이다. 무엇보다 몸에서 풍겨 나오는 자신감이 강렬했다. 동물에게 자신감이란 생명과도 같이 중요한 것이다. 한번 자신감을 상실한 동물은 어깨도 못 펴고 동료들에게 이리저리 쫓겨 다니다 결국 죽게 되는 경우도 적지 않다.

친구의 식구들은 이미 동물원의 열악한 환경을 알기에 끝내 울음을 터트린 채 떠났다. 나로서는 미안하고도 머쓱한 순간이었다. 괜한 일을 한 것은 아닌가 하는 후회마저 들었다. 하지만 다시 동물원에 돌아온 강아지는 다른 개들 사이에서 굳건히 자기 영역을 확보하고 유난히 쫑긋 선 귀와 새하얀 털을 자랑스럽게 내보이며 잘 지냈다. 한 달 동안 받은 극진한 사랑이 강아지의 인생 전체를 바꾼 것이다. 세상에서 가장 뛰어난 약은 바로 사랑임을 확신할 수 있었던 순간이다.

수의사는 CSI 과학 수사대

나는 미국드라마, 일명 '미드'를 즐겨 본다. 그중에서도 「CSI 과학 수사대」는 최첨단 장비가 총동원된 범인 추적이 정말 매력적인 작품이다. 이 드라마에서 법의학은 주로 부검을 통해 시신의 상태와 죽음의 원인을 파악하여 수사에 중요한 단서를 제공하는 역할을 한다. 드라마를 보고 있으면 법의학의 중요성을 새삼 실감하게 된다. 부검은 수의사에게도 중요하다. 동물들이 일부러 범죄를 저지르는 일은 없지만, 알 수 없는 이유로 죽음을 맞이하는 일은 종종 생기기 때문이다. 부검을 통해 죽음의 원인을 밝히고, 이를 토대로 살아 있는 동물들의 생명을 지키는 중요한 정보를 얻을 수 있다. CSI 못지않은 추리력과 분석력으로 죽은 동물과 대화를 나누는 것이 곧 부검이다.

동물의 부검 과정

동물 부검은 사람의 부검 과정과 비슷하기도 하고 조금 다르기도 하다. 그래서 사람의 부검과 비교하며 설명해보겠다. 조금 징그럽다 싶더라도 「CSI 과학 수사대」를 본다고 상상하며 읽어주시길.

사람은 통상 Y자 절개라는 것을 한다. 양 어깨에서 흉골단까지 V자 모양으로 긋고 배 부분을 아래까지 일직선으로 내리는 것이다. 하지만 동물은 흉곽이 좁고 털이 있어서 웬만하면 Y자 절개를 하지 않는다. 일단 일자로 목부터 다리까지 가른 다음, 털이 달린 피부를 등 쪽까지 벗긴다. 그리고 사지의 겨드랑이 부위를 깊게 잘라서 큰대자가 되게 한다.

사람은 보통 흉강 부분의 장기인 심장과 폐부터 장기 적출을 시작하는데 동물의 경우는 복부 부분부터 시작한다. 맨 아래쪽 갈비뼈 측면을 따라서 복막까지 절개한 후 복강장기를 노출시키고, 흉강과 연결된 식도와 복대동맥과 정맥을 자르고, 횡격막에 붙은 간부터 시작해 복강 안의 모든 장기를 한꺼번에 들어낸다. 횡격막을 찔러보면 죽은 지 얼마 안 된 동물은 푹 하고 공기 들어가는 소리가 난다. 흉골을 갈비뼈로부터 분리해 빼내고 흉강을 벌린 후 갈비뼈 서너 개를 바깥으로, 우두둑 소리가 나게 젖힌다. 부검을 편리하게 하기 위해서인데 사람은 시신을 손상시키지 않기 위해 이렇게까지 하지는 않는다.

여기까지 하고 나면 심장과 폐가 노출된다. 건강한 폐는 스펀지처럼 푸석푸석하고 연분홍빛이 난다. 건강하게 죽은 동물의 심장은 반지르르한 윤기가 흐르며 꽉 차게 보인다. 하지만 늙고 병들어 죽은 것은 심낭 안에 물이 많이 고여 있고 푸석푸석하기까지 하며 심지어 만지면 부서져버리는 것도 있다. 폐렴에 걸려 죽은 돼지나 소는 폐 한쪽이 농으로 가득 덮여 있는 경우가 흔히 발견된다.

다음은 복부를 관찰할 차례다. 이 부분을 심장과 폐 다음에 관찰하는 이유는 사체의 오염을 막기 위해서다. 아무래도 위장 내용물이 나오면 근육이나 다른 장기에 튀거나 묻기 때문이다. 사람은 위장 내용물이 그리 많지 않지만 초식 동물은 위가 네 개나 되기 때문에 이 위

초식동물사의 염소들

들을 다 비우려면 드럼통까지 준비해놓아야 한다. 그래서 복강장기의 부검 순서는 간, 비장, 신장, 생식기 그리고 위와 장으로 넘어간다. 수의사가 주로 살펴보는 것은 엉뚱하게 삼킨 이물, 기생충, 전염병에 의한 특이 병변이다. 동물을 부검할 때마다 느끼는 것인데, 동물은 세균성 질환이나 바이러스성 질환에 걸리면 거의 치명적인 상태가 되는데 비해 사람은 참 강한 것 같다.

사람은 타박상, 뇌진탕, 약물 등을 검사하기 위해 뇌를 꺼내는 것이 필수사항이다. 반대로 동물 부검에서는 얼굴에 거의 손을 대지 않는데 소의 경우만 예외다. 광우병 검사를 하려는 목적이다. 그런데 사람처럼 뒤통수만 살짝 가르는 것이 아니라 머리 전체를 전동 그라인더나 톱으로 빙 둘러서 자른다. 그야말로 피골 튀는 중노동이다.

침팬지나 원숭이 같은 영장류를 부검할 때는 다른 동물들과 달리 사람을 대하는 듯한 기분에 사로잡힐 때가 있다. 그런데 우연히 기회가 닿아 진짜 사람 부검에 입회한 적이 있다. 처음에는 긴장했지만 부검이 진행되면서 점차 법의학자에게 동료 의식을 느꼈다. 역시 부검이란 동물이나 사람이나 과학적으로 진실을 추구하는 과정이라 할 수 있다. 죽음의 원인을 밝혀줄 수 있다면, 그리고 자기 덕분에 더 이상의 희생을 막을 수 있다면 그 몸의 주인들도 틀림없이 고마워하리라.

우리 동물원에서도 부검을 자주 한다. 주로 동물들의 사인을 밝히기 위해서다. 동물이 죽을 때마다 사인을 자료로 남겨야 하기에 웬만하면 거의 다 부검을 하게 된다. 동물들의 부검 결과는 대체로 부검 전에 추측한 내용과 크게 다르지 않다. 그런데 얼마 전에 했던 다마사슴의 부검 결과는 상당히 충격적이었다.

아침에 다마사슴 한 마리가 쓰러져 있다는 긴급 연락을 받고 달려갔다. 사람이 접근해도 눈만 두리번거릴 뿐 전혀 움직이지 않는 것을 보면 별로 가망이 없어 보였다. 뿔이 길게 자란 4년생 수사슴인데 지금이 한창 번식기이니 아마 다른 힘센 수사슴에게 받힌 모양이었다. 격리실로 옮겨진 사슴은 수액을 맞고 잠시 기운을 차리는 듯했지만 그날 오후에 결국 죽고 말았다.

사슴은 상대의 둔탁한 뿔에 받히면 외부에는 상처가 거의 없어도 내부에는 피부부터 근육까지 출혈이 있고 심하면 갈비뼈 사이에 구멍이 뚫려 있기도 하다. 그래서 눈에 보이는 상처로만 상태를 판단했다가는 오판하기 십상이다.

다마사슴도 이런 상황을 예상하며 부검을 시작했다. 원래 부검은 복부, 흉강 순서지만 이번에는 증상이 확실했으므로 흉강부터 확인했다. 역시 갈비뼈 양쪽으로 구멍이 나 있었고 피하 조직 아래로는 검붉게 멍이 들어 있었다. 심장을 감싸는 심낭에는 물이 가득 고여 있었다. 종합해 보았을 때 직접적인 사인은 심장마비이며 이를 불러온 요인은 갈비뼈 양쪽의 타박상인 듯했다.

흉강 부위의 부검을 끝내고 복부로 내려갔다. 이런 경우 복부 장기에는 특별한 이상이 없을 테지만 그래도 형식적으로나마 순서대로 진행한다. 그런데 위장을 만져보니 그 안에 무언가 딱딱하고 큰 덩어리가 있는 것이 느껴졌다. 초식 동물들의 위장은 원래 고무처럼 말랑말랑한데 말이다. 이상하다 싶어 즉시 그 부위를 절개했더니 커다란 비닐 끈 뭉치가 잇따라 나왔다. 도저히 사슴이 먹었다고는 상상할 수 없을 만큼, 마치 누가 수술해서 집어넣은 것처럼 많은 양이었다. 그러고 보니 이 사슴은 유난히 비닐류를 좋아해서 보이는 대로 씹곤 했다. 나도 녀석이 씹고 있던 과자 봉지를 빼앗은 적이 있다. 하지만 그것을 이렇게나 많이 꾸역꾸역 삼킨 줄은 몰랐다.

나는 죽음의 원인을 수정했다. 다마사슴은 위장에 비닐 뭉치가 쌓이면서 만성 소화불량을 일으켰고, 그래서 몸이 쇠약하다 보니 무리에서 집단 따돌림과 구타를 당해 결국 심장마비로 이어진 것이었다. 그동안 얼마나 아프고 힘들었을까? 나는 그저 안쓰러운 마음으로 사슴의 조각난 몸을 내려다볼 뿐이었다.

부검으로 문제를 해결하라

부검은 갑자기 죽은 동물들의 사인을 발견하는 데에도 아주 요긴하다. 동물들은 사람과 달라서 아파도 아픈 티를 내지 않는다. 야생에서 약한 모습을 보이는 것은 곧 죽음을 뜻하기 때문이다. 그래서 어느 날 갑자기 죽거나, 혹은 갑자기 죽은 것처럼 보이는 동물들이 있을 때 원인을 살피는 일을 소홀히 하면 끝까지 사실을 모른 채 지나갈 수도 있다. 죽음에 이른 것은 아니지만 그 비슷한 사례로 수의과 대학 시절에 이런 일이 있었다. 외과실습 과목은 학생들이 팀을 짜서 직접 개의 복강수술을 하게 되어 있다. 이 개들은 주로 조교들이 시장에서 사온다. 다섯 마리를 가지고 다섯 팀이 장 문합수술을 시작했다. 분리된 장을 하나로 잇는 수술인데 개에게는 미안하지만 실습을 위해 일부러 장을 자른 다음에 붙여야 했다. 내가 리더를 맡았던 우리 팀은 수술을 깔끔히 잘해냈다고 자부했다.

그런데 이상하게도 우리 팀이 수술한 개만 다음 날부터 식욕을 잃고 말라가기 시작했다. 교수님은 "너희가 수술을 잘못해서 그런 거 아니겠느냐?"라고 면박을 주었다. 그 말을 듣고 나는 너무 억울해서 신문고라도 울리고 싶은 심정이었다.

마침 그 당시 나는 미생물 실험실에 있던 터라 정밀 분석을 해보기로 작정했다. 첫 번째로 기생충 검사, 두 번째로 세균 검사, 세 번째로 혈액 검사를 하기로 순서를 정했다. 하지만 두 번째 검사까지 갈 필요도 없이 첫 번째 검사에서 문제를 발견했다. 개의 똥으로 기생충 검사를 해보니 현미경 시야에 십이지장충의 알이 가득히 보였다. 중증 흡혈기생충 감염이었다. 지저분한 환경에서 살 때 기생충에 감염되었는데 수술 때문에 면역력이 저하되자 기생충이 본격적으로 활동에 들어갔던 것이다. 우리 수술에 문제가 있던 것이 아니었다.

개에게 기생충 약을 먹였더니 곧 식욕이 살아나고 살도 쪄서 수술한 다섯 마리 중 가장 팔팔해졌다. 그리고 누명을 벗은 우리 팀은 모두 A+를 받았다. 정밀 분석을 하지 않았다면 문제의 원인을 끝까지 잘못된 수술이라고만 알고 있었을 것이다.

부검은 정밀 분석 중에서도 가장 효과적인 것 중의 하나이다. 동물원에서 죽은 수사자를 부검했을 때의 일이다. 이 수사자는 전날까지 멀쩡하게 잘 지내던 녀석이었는데 갑자기 죽어서 의아해하며 부검을 실시했다. 열어보니 수사자의 장 전체가 빨갛게 충혈되어 있었다. 장에 병원성세균이 감염되어 염증이 생기는 장독혈증이었다. 그럼 왜 수사자가 이 균에 감염된 것일까?

알고 보니 이렇게 된 것이었다. 사자는 야행성이라 낮에 잠을 자곤 하는데 이 수사자는 무더운 여름날 아침에 암컷들의 먹이까지 모두 빼앗아 먹고서 그대로 잠들어버렸다. 급하게 삼킨 먹이는 소화되지 않은 채 몇 시간 동안 장을 막았다. 그 바람에 독을 뿜는 혐기성 균이 번식해서 탈이 나고 만 것이다. 물론 욕심을 부린 사자 잘못도 있지만 앞으로는 음식을 줄 때 더욱 조심하기로 했다. 그 뒤 아침에 한꺼번에 주던 먹이를 아침과 저녁으로 나누어 하루에 두 차례씩 주고, 또 한 마리씩 따로 분리해서 나누어 주게 되었다. 이렇듯 부검을 통해 죽음의 원인을 알게 되면 이를 근거로 다른 살아 있는 동물들이 가진 문제를 해결하거나 개선할 수 있는 힌트를 얻을 수 있다.

감추고 싶은 시행착오의 순간들

생명에는 저마다 정해진 수명이란 것이 있게 마련이니 제 명이 다해 세상을 떠나는 동물이야 나도 어쩔 수 없는 일이다. 하지만 병들거나 다쳐서 목숨이 위험해진 동물들의 경우는 다르다. 제때에 적절한 치료를 받으면 충분히 목숨을 건질 수 있다. 나는 그런 위기에 처한 동물들을 많이 치료했는데 그중에는 나의 실수나 오판으로 그만 눈을 감게 된 동물들도 있었음을 고백한다. 때로는 고통을 줄인다는 명목으로, 희망이 보이지 않는다는 이유로 의도적으로 목숨을 앗아야 했던 동물들도 있었다. 이렇게 목숨을 잃은 동물들은 지금까지 내 가슴속에 아프게 남아 있다.

마취약은 그때 그때 다르건만

초식 동물은 마취시키기가 까다롭다. 특히 서너 개의 위로 구성된 반추위를 가진 초식 동물들이 그렇다. 이런 동물들은 위가 커다란 발효 공장 역할을 하고 있는 셈이어서 이 발효 공장이 잠시라도 가동을 멈추면 바로 반추위에 가스가 차는 고창증이란 무서운 병으로 이어진다. 또한 과식한 상태에서 마취되거나 마취 후에 쓰러진 자세가 불안하면 이 거대한 통에 담겨 있던 내용물이 왈칵 쏟아져 기도를 막아버리기도 한다. 이런 지경이 되면 어떻게 손쓸 방법도 없다. 사정이 이렇다 보니 초식 동물에겐 웬만해서는 마취를 하지 않는다. 하더라도 진정 상태나 근육 이완을 유도하는 초기 단계의 마취약만 쓴다.

사슴의 경우 이 근육 이완제에조차 민감해서 사람에게 쓰는 양의 1/10만 사용한다. 그래도 자칫 심장마비를 부를 수 있어서 한시라도 긴장의 끈을 늦출 수가 없다. 하지만 나는 꽤 자신감을 가지고 있었다. 동물원에서는 뿔을 자르기 위해 또는 이동시키기 위해 사슴을 마취하는 일이 자주 있는데 늘 조심해서 했고 실수한 적이 없었기 때문이다. 그런데 그렇게 조심한다고 했는데도 꼭 한 번 사고가 나고야 말았다.

어느 해 겨울, 붉은사슴의 숫자가 많이 불어서 다른 동물원의 꽃사슴과 교환하기로 했다. 사슴은 야생성이 강해서 한 번 도망가면 잡기 힘드니 마취를 해서 수송 상자에 넣어야 했다. 평소처럼 체중을 고려해 약 용량을 조절한 다음 사슴에게 주입했다. 보통 마취하고 나면 쓰러지는 데 10분 넘게 걸리고 길게는 30분까지 걸리기도 한다. 그런데 이번에는 암사슴 두 마리가 단 5분 만에 픽 쓰러졌다. 나는 일이 빨리 끝나려나 보다 하고 대수롭지 않게 여기고는 얼른 사슴을 수송 상자에 옮기고 깨어나기를 기다렸다.

그런데 어째 사슴들의 동태가 심상치 않았다. 보통은 늦어도 30분이 지나면 깨어나 움직이는데 30분이 흘러가도 일어날 기미를 전혀 보이지 않았다. 불안감에 휩싸여 있는데 갑자기 한쪽에서 사슴 한 마리가 눈이 안 움직인다는 말이 들려왔다. 즉시 가서 보니 그 사슴은 눈에 아무런 반응을 보이지 않았고 호흡도 멎어가고 있었다. 인공호흡

중국에서는 '마록'이라고도 불리는 붉은사슴

과 심장 마사지를 실시해 보았지만 전혀 회복될 기미가 보이지 않았다. 그렇게 사슴은 영영 눈을 뜨지 못했다. 다행히 나머지 한 마리는 한 시간 후에 깨어나 주었다.

마취는 계절별, 암수별 그리고 임신 여부 같은 생리 상태까지 면밀히 고려해서 실시해야 하건만 여러 번 경험해 보았다는 이유로 체중으로만 용량을 결정한 것이 화근이었다. 그전에 내가 마취시켜 본 사슴은 모두 수사슴이었다. 주로 뿔을 자르기 위해 마취시키다 보니 자연스레 뿔이 없는 암사슴은 마취시킬 기회가 없었다. 사고를 친 다음에야 문헌을 살펴보니 겨울철의 암컷에게는 수컷의 1/4 용량만 쓰게 되어 있었다. 동물들은 겨울철에 생리적인 변화가 심하다. 겨울잠을 자는 곰 같은 경우는 체온이 내려가 심장 박동 수가 거의 1/4 수준으로 떨어질 정도이다. 반면 사슴은 오히려 임신과 발정을 활발히 하고 두터운 털로 갈아입느라 심장이 더 활성화된다. 더구나 겨울에는 암컷들이 대부분 임신 상태인데 임신한 암컷은 태아까지 피를 보내야 하다 보니 심장 박동 수가 더욱 늘어난다. 이런 암사슴에게 심장에 엄청난 부담을 줄 수 있는 마취를 실시했으니 그나마 한 마리가 살아난 것이 기적이었다.

이 일은 전적으로 나의 자만이 부른 사건이었다. 그 후로 마취에는 더욱 만전을 기하게 되었다. 죽은 암사슴의 멍한 눈동자가 지금도 가끔 떠오른다.

사료만 잘 체크했더라면……

노새란 암말과 수탕나귀 사이에 태어난 2세를 지칭한다. 우리 동물원에도 말과 당나귀, 그리고 노새가 있다. 말과 당나귀 둘이 일을 벌인 줄도 몰랐는데 어느 날 갑자기 예고도 없이 노새가 세상에 나온 것이다. 생김새는 당나귀이고 색깔은 말이었다. 예기치 못했던 노새의 탄생이라 동물원 가족들과 함께 기쁨을 나누었다. 그런데 그로부터 고작 3개월 후 노새는 짧은 생애를 마치고 눈을 감고 말았다.

탄생만큼이나 죽음도 순식간에 찾아왔다. 갑자기 사육사에게 전화가 와서 가보니 노새는 쓰러졌다 일어났다를 반복하는, 말의 전형적인 급경련통 증상을 보이고 있었다. 이미 장에 가스가 많이 찼는지 배도 상당히 부풀어 있었다. 응급 수술이 급선무지만 휴일이라 일손도 없고 위험 부담도 너무 커서 약물 치료만 할 수밖에 없었다. 부리나케 진료실로 달려가 주섬주섬 이것저것 챙겼다.

뛰어갔다 왔는데도 그 사이 노새는 넘어지기를 더 자주 반복해서 아예 눈까지 돌아가고 있었다. 급히 노새의 코로 일종의 관인 카테터를 위장에 밀어 넣었다. 관을 통해 가스가 배출되기를 바랐지만 위장의 입구가 꽉 닫혀 있어서 잘 되지 않았다. 소 같으면 위를 바깥에서 바로 찌르는 투관침이라도 꽂아넣을 텐데 노새에게는 전혀 효과가 없을 것 같았다. 소는 위가 피부 쪽에 딱 붙어 있지만 말은 그렇지 않기 때문이다. 결국 장운동 조절약을 주사하고 지켜보는 수밖에 없었다.

기적은 없었다. 아파하던 노새는 마지막으로 입부터 바닥으로 넘어지는가 싶더니 다시는 일어나지 않았다. 가까이 가보니 이미 숨이 넘어가고 있는 상황이었다. 아픈 녀석을 옮길 수 없어 동물원 우리에 그대로 두었던 터라 이 모든 과정을 관람객들이 보고 있었는데 지켜보던 아이들이 이상하다 싶었는지 자꾸 "죽었어요?" 하고 물어보았다. 아이들이 놀랄세라 "마취해서 잠든 거야." 하고 거짓말을 하고는 급히 노새를 트럭에 실었다. 조사 결과 죽음의 원인은 급격한 사료 변화로 추측되었다. 노새는 원래 알팔파 건초를 주식으로 먹었는데 이것이 다 떨어지자 잠깐 동안 티모시 건초를 주었다. 알팔파와 티모시 모두 좋은 수입산 건초인데 알팔파는 거칠고 티모시는 부드럽다. 어미 말은 티모시 건초를 먹고도 문제가 없었는데 새끼 노새는 아직 소화기가 완전히 발달하지 않아서 이 변화에 적응하지 못한 모양이었다.

일반 의사들이 흔히 사람들에게 "맵고 짜고 기름기 많은 음식을 피하라."고 조언한다. 하지만 그런 말을 들어도 사람들은 으레 그런가 보다 하고 흘려듣기 일쑤다. 나도 그랬다. 책에 급경련통이 "급작스러운 사료 변경에서 기인할 수 있다."라는 말이 분명히 적혀 있건만 그냥 무시하고 지내왔다. 담당 사육사가 사료를 바꾼 사실을 미리 알지 못하긴 했지만 아마 알았다 하더라도 수의사가 괜히 까다롭게 군다는 소리를 듣기 싫어서 그냥 잠깐만 먹이라고 했을 게 뻔했다. 이 일은 수의사로서 원칙을 느슨하게 하는 일이 없어야겠다고 다짐하는 계기가 됐다. 동물원 사육사와 앙숙지간이 되더라도 말이다.

동물의 안락사에 대한 생각

나의 실수 혹은 시행착오 때문에 안타깝게 목숨을 잃는 동물들도 있지만, 내가 의도적으로 숨을 거둔 동물들도 있다. 이른바 안락사를 시키는 것이다. 이것은 동물의 목숨을 다루는 수의사와 사람의 목숨을 다루는 의사의 차이점이기도 하다. 미국의 어느 의사는 평생 수백 명의 환자를 안락사 시킨 죄로 감옥에 갔다. 그 의사는 지금도 결코 자신의 일에 대해 후회가 없다고 하지만, 의학계에서 안락사 논쟁은 여전히 진행형이다. 하기야 어떤 이유로든 인간이 다른 인간을 죽인다는 게 어찌 쉬운 일이겠는가. 하지만 수의학에서는 다른 잣대가 적용된다. 목숨이 다한 것이 확실할 경우 더 이상의 치료를 포기하고 안락사를 하는 경우가 많다. 반려 동물이나 야생 동물이나 마찬가지다. 이미 선진화된 동물 의료 시스템이 갖추어진 유럽이나 미국에서도 동물의 안락사가 일반화되어 있다. 나 역시 아니다 싶으면 바로 안락사를 결정한다. 그동안 내가 안락사 시킨 동물은 선천성 수두증, 즉 태어날 때부터 뇌 주변에 물이 차 있는 개, 뇌진탕으로 쓰러진 양, 너무 늙어서 피부병이 전신을 뒤덮은 멧돼지 등 꽤나 많다. 다리가 부러진 젖소도 그 상태로는 고통만 가중되기 때문에 안락사 대상이었다. 깁스를 해서 치료하면 되지 않느냐는 생각이 들 법하지만 소는 사람과 달라서 깁스를 해봤자 몸이 너무 무거워서 금방 부러진다. 물론 개나 고양이는 세 다리로 충분히 보행이 가능하고 깁스도 해줄 수 있기 때문에 다리 하나를 다쳤다고 안락사 대상이 되지 않는다. 이처럼 안락사를 결정할 때는 각 동물의 특성을 충분히 고려한다.

하지만 그렇다 해도 한 생명을 끊어버리는 일이라는 점에서 미안한 마음이 드는 것은 어쩔 수 없다. 그래서 안락사를 시킬 때는 판단부터 시술, 화장, 매몰까지 내가 전부 한다. 아직까지 내가 한 안락사에 대해 후회해본 적은 없다. 그 동물들이 행여 꿈에라도 나타날까 봐 죄책감에 시달린 적도 없고, 실제로 꿈에 나타나서 나를 괴롭힌 적도 없다.

나는 죽을 때 남들에게 좋은 모습으로 죽고 싶다. 사람이나 동물이나 어차피 한 번 죽는 목숨이다. 극심한 고통에 시달리거나 남에게 추한 모습 보이면서 가고 싶은 사람은 아무도 없을 것이다. 동물도 마찬가지 아닐까? 아니면 이렇게 생각하는 내가 잔인한 사람인 것일까?

야생 동물 구조 대작전

국어사전에서는 야생 동물을 '산이나 들에서 저절로 나서 자라는 동물'이라고 정의하고 있고 일반 사람들도 그렇게 여기지만 수의사들 사이에서는 집에서 기르는 반려 동물이 아닌 동물은 모두 야생 동물이다. 그래서 나도 동물원에서 일하지만 야생 동물 수의사로 분류되는 것이다. 그런데 이런 나도 진짜 야생 동물을 만날 때가 종종 있다.

해남에 사는 야생 일본원숭이

전남 해남에 야생에서 사는 일본원숭이가 있다는 소식을 처음 접한 것은 신문에서였다. 그 후로도 가끔 그 원숭이의 안부가 궁금하던 터에 마침 어느 방송사에서 동행 취재를 요청해와서 잘됐다 하고 흔쾌히 받아들였다. 그러고 나니 그 넓은 지역에서 일본원숭이를 어떻게 찾나, 찾더라도 내가 무슨 이야기를 해야 하나 하는 걱정이 들기는 했다. 하지만 호기심이 걱정보다 앞서서 그대로 취재에 동행했다.

현장에 도착해보니 동네 주민 몇 명이 휴양림에서 기다리고 있었다. 함께 산을 오르면서 주민들의 이야기를 들었다. 놀이 시설을 탈출한 일본원숭이가 이곳으로 흘러들어 이미 3년 전부터 사람들과 가깝게 지내왔다고 했다. 최근에 갑자기 행방이 묘연하다가 다시 나타났는데 등산객들 앞에 자주 출몰한다는 것이었다. 사람을 무서워하지 않는 것을 보니 완전한 야생 상태는 아닌 듯했다. 더구나 잠시 사라진 기간에는 누군가 데려갔을 가능성도 있었다. 원래 세 마리였는데 두 마리는 사라져버렸다니 더욱 그런 생각이 들었다.

이야기를 들을수록 불길한 느낌이 엄습했지만 아무튼 우선은 일본원숭이를 보기 위해 열심히 산에 올랐다. 꼭대기에 오르니 산의 지형이 확 눈에 들어왔다. 검은 바위산이라는 뜻의 흑석산은 절벽이 많고 시야가 트여 있고, 참나무 군락이 많아 상수리, 도토리같이 원숭이가 먹을 수 있는 야생 과일도 많았다. 활엽수의 두터운 낙엽은 추운 겨울에 이불이 되어줄 듯했다.

일본원숭이가 주로 정상 부근에서 등산객들에게 나타난다고 하기에 일단 기다려보기로 했다. 그날따라 유난히 무더워서 사람들은 금세 지쳐갔다. 그래서 젊은 사람들은 남고 주민들은 하산하면서 원숭이를 찾아보기로 했다. 한참 후 아래에서 소식이 왔다. 원숭이가 계곡에서 물을 먹고 있다는 것이었다. 그 즉시 정신없이 내려갔다. 역시 원숭이가 그곳에 있었다. 담당 피디는 이런 말로 자신의 심정을 표현했다. "애인보다 더 반갑네요."

먼저 나 혼자서 가까이 접근해보았다. 이미 등산객들에게 익숙해졌기 때문인지 도망치려는 기색을 보이지 않았다. 바짝 가까이 다가서자 녀석은 갑자기 내 등으로 올라탔다. '어라, 이놈 보게.' 하고 가만히 있었더니 점차 위로 올라오면서 등을 꽉 깨물었다. 아파서 얼른 손으로 떼어놓자 이번에는 양발로 나를 차고서 멀찌감치 달아났다. 내가 아주 제대로 당한 꼴이 되었다. 먹이 줄 사람은 아니구나 하고 눈치챈 모양이었다. 준비해 간 구충제와 항생제는 아쉽지만 바나나에 넣어서 놓아두었다. 광견병 예방 주사도 준비해 갔건만 소용없게 되었다. 피디가 나를 인터뷰하며 이 원숭이를 어떻게

해남에서 발견된 야생 원숭이

하면 좋겠느냐고 물었다. 내 대답은 이러했다. "기왕에 이렇게 산에 살 수 있는 것도 자연이 준 기회라고 여겼으면 합니다. 이 원숭이도 지리산 반달곰 복원 프로젝트처럼 우리 산에 정착해서 사는 모습을 보고 싶습니다."

내 바람과는 달리 그 후 일본원숭이는 등산객에게 불편을 준다는 이유로 생포되었다. 눈치 빠른 이 원숭이가 잡힌 것은 '미남계'에 걸렸기 때문이었다. 이 녀석이 암컷이라는 사실을 이용해 사람들이 수컷 일본원숭이 두 마리로 유혹하자 그만 넘어가고 만 것이다. 생포된 일본원숭이는 '해남이'라는 이름을 얻고 수컷과 어엿한 가정을 이루어 해남에 정착했다. 지금은 해남의 명물로 자리 잡았다고 한다.

농약 중독으로 죽은 철새

동물원에서 휴일 근무를 서는데 어느 낚시꾼에게서 다급한 전화가 왔다. 가창오리로 보이는 새들이 스무 마리 정도 죽어 있는데 한 마리만 겨우 살아서 비틀비틀하고 있다는 것이었다. 동물원에서 가기에는 좀 먼 거리라 일단 가만히 두고 그쪽 지자체에다 연락해보라 했다. 잠시 후 또 전화가 왔다. 쉬는 날이라 전화가 안 된다고 한다. 그럼 119에라도 신고하시라 했더니 답답했는지 "그렇게 복잡하면 그냥 내가 직접 거기로 데려갈게요." 하더니 전화를 뚝 끊었다.

두 시간 정도 지나자 정말 그분이 왔다. 가져온 새를 보니 가창오리가 아니라 큰기러기였다. 큰기러기라면 우리나라에 오는 철새들 중에서도 진객. 그 커다란 것이 저수지 같은 작은 호수에 나타나는 일은 드문데 아마 잠깐 쉬려고 내린 모양이었다. 그분은 치료하는 과정을 조금 지켜보다가 이제 괜찮겠다 싶었는지 돌아갔는데 안타깝게도 큰기러기는 도착한 지 한 시간도 안 되어 눈을 감았다. 특별한 외상도 없었고, 몸집을 보니 영양 상태도 괜찮았는데 이상한 일이었다. 집단 폐사한 것으로 보건대 급성 중독이 아닌가 하는 의심이 들었다.

부검해 보니 위에서 파랗게 변색된 볍씨들이 나왔다. 주로 식도 쪽에 몰려 있는 것을 보면 토하려고 노력한 듯했다. 함부로 버린 맹독성 농약병에서 남은 농약이 흘러나와 땅바닥에 있는 볍씨에 스며들었고 그 볍씨를 큰기러기가 먹고 밤새 괴로워하다 서서히 죽음을 맞이한 것 같았다. 보통 새라면 의심스러운 볍씨를 거들떠보지도 않았을 텐

물새장의 군기 반장, 관학. 붉은 넥타이를 맨 아름다운 자태에
야채를 주로 먹는 식성을 갖고 있지만 성격은 꽤 다혈질이다.

데 이동 중인 철새는 워낙 에너지 소비가 많고 주위 환경에 익숙하지 않다 보니 우두머리가 덥석 집어 먹고 모두 따라 집어 먹었을 것이다.

이런 경우는 비록 숨을 쉬고 있다 하더라도 목숨을 구할 확률이 10퍼센트도 안 된다. 신경 억제제나 진정제를 주사하긴 하지만 대부분은 이미 너무 쇠약해진 상태라 주사 한 번 찌르는 것으로 인해 사망하기도 한다. 그래서 차라리 하루 동안 그냥 지켜보는 방법을 택한다. 섣불리 치료하는 것보다 오히려 그 편이 나을 때가 더 많다.

가장 좋은 방법은 현장에서 바로 치료한 후 안정을 취하도록 해주는 것이다. 농약 중독으로 가뜩이나 약화된 호흡 근육과 심장 근육이 수송 스트레스 때문에 더 나빠질 수 있기 때문이다. 그래서 내가 처음부터 가까운 기관으로 연락하라고 안내했던 것이다.

그런데 실은 우리나라의 수많은 지자체 중 이런 일에 대비해 전문 능력을 갖춘 곳은 손에 꼽기도 힘들 정도다. 야생 동물 보호 정책은 많은데 이를 실천에 옮길 행정력도, 전문 인력도 태부족인 것이다. 그러니 야생 동물이 희생되는 일이 반복될 수밖에.

야생 동물도 우리 이웃이다

큰기러기의 경우에서 보듯, 야생 동물이 큰 부상을 입는 것은 대개 인간의 부주의 때문이다. 이런 야생 동물 중에는 멸종 위기에 놓인 동물이나 천연기념물인 동물도 많으니 더욱 큰일이다. 야생 동물이 다치는 가장 큰 원인을 꼽으라면 로드킬을 들 수 있다. 도로를 달리다 보면 로드킬이 상당히 심각하구나 하는 것을 누구나 절감할 것이다. 고백하자면 나 역시 야간에 국도를 달리다 어떤 야생 동물을 친 후 그냥 달아난 적이 있다. 그때의 죄책감 때문에 길거리에 있는 동물 사체를 보면 일부러 다가가 묻어주곤 한다.

대개 야생 동물은 주로 야간에 활동하는데 이런 동물은 눈 안에 반사 기능이 있다. 그래서 강한 헤드라이트 불빛을 보면 착시 현상으로 그 자리에 못 박힌 듯 서 있게 된다. 게다가 도로는 동물들의 이동 경로에 대한 생태적 고려 없이 마구잡이로 만들어진다. 도로가 쭉쭉 뻗어 있으니 드라이브하기엔 그만이겠지만 로드킬을 당하는 동물의 수는 계속 늘어난다. 유일한 대안으로 생태 통로가 있는데 이마저도 그냥 형식적으로 만들면 별 소용이 없다. 생태 통로의 크기와 위치를 다양하게 하고 외관을 자연스럽게 꾸며야 한다.

너구리가 닭을 잡아먹었다, 청설모가 과수원을 망쳐놨다 하며 야생 동물로 인한 피해를 호소하는 사람도 많다. 하지만 따지고 보면 야생 동물이 인간의 영역을 침범한 것이 아니라 인간이 야생 동물의 영역을 침범한 것이다. 도심의 야트막한 야산들은 대부분 아파트에 둘러싸인 섬이 되었고 시골조차도 전원주택 단지다 비닐하우스다 해서 자꾸 야생 동물의 서식지로 세력을 확장한다. 이러면서 야생 동물 탓만 하는 것도 옳지 않다. 기왕 야생 동물과 이웃사촌 사이로 살아가려면 동물들의 생태계가 망가지지 않도록 늘 살펴볼 일이다.

원인을 완전히 없애기가 힘들다면 치료라도 신속히 제대로 해줘야 하는데 보통 동물 병원에서는 의지가 있어도 치료하기가 힘들다. 그래서 전국의 수의과 대학을 중심으로 일반 의과 대학 시설에 준하는 집중 야생 동물 구조 센터를 만드는 것이 필요하다. 여기에서는 보통 동물 병원에서는 다루기 힘든 야생 동물을 중심으로 치료하고, 서로 정보를 공유하며, 진료 기록을 자료로 남기는 것이다. 우리도 야생 동물의 희생을 줄이는 방법을 더 많이 고민해야 한다.

지난 2011년 구제역이 전국을 휩쓸고 지나갔다. 그 와중에 잊을 만하면 한 번씩 찾아오는 조류 독감도 발생했다. 그전에는 광우병 논란으로 온 나라가 들썩인 적도 있다. 동물과 관련된 전염병이 뉴스에 오르내리면 수의사로서 마음이 편치 않다. 인간의 지나친 욕심이나 잘못된 정보가 문제를 키웠다는 사실이 분명하기 때문이다.

조류 독감은 얼마나 심각한 병일까?

조류 독감은 조류에서 특성화된 인플루엔자 바이러스가 일으키는 전염병이다. 기본 구조는 인간의 유행성 독감 바이러스와 거의 같다. 단지 내부의 유전자를 둘러싼 단백질 구조만 약간 다를 뿐이다.

조류 독감은 조류에게도 물론 치명적이지만 사람과 다른 동물에게까지 전파될 가능성이 있다. 더군다나 접촉뿐만 아니라 공기를 통한 광범위한 감염이 가능하기 때문에 위험성은 더욱 커진다. 현재 조류 독감으로 사망자가 가장 많이 나온 곳은 베트남, 인도네시아처럼 조류를 많이 사육하는 동남아시아의 나라들이다. 그나마 치료제라고 있는 것은 타미플루가 유일한데 타미플루는 감염 초기에만 효과가 있고 정신 착란 같은 부작용도 만만치 않은 것으로 보고되고 있다. 만일 조류 독감이 완전히 사람에게 적응해서 인간 대 인간으로의 감염이 본격적으로 시작된다면 1918년에 2500만여 명의 목숨을 앗아간 스페인 독감을 뛰어넘는 파괴력을 지닐지도 모른다.

하지만 그렇다고 너무 호들갑 떨 일도 아닌 것이, 우리는 이미 몇 번의 조류 독감 폭풍을 별 탈 없이 넘긴 적이 있다. 동남아시아에서 계속 희생자가 나오고 있다고는 하지만 사실 그 위험성은 일반 독감보다도 못한 수치다. 오히려 조류 독감 백신 부작용으로 사망하는 사람이 나오는 정도이다. 막연한 불안감 때문에 언론에서 조류 독감을 너무 확대 해석하는 것이 아닌가 싶다.

현재 조류 독감에 대한 유일한 대처법은 '올 인 올 아웃'(all in all out) 방법이다. 발생한 지점부터 반경 3킬로미터 안의 모든 동물을 가차 없이 도살하는 것이다. 조류 독감이 번지면 그 범위는 10킬로미터로 확대된다. 이렇게 가차 없이 도살하니 효과가 없으려야 없을 수가 없다. 전염병 확산을 막는 것도 중요하지만 마치 학살자가 된 것 같은 기분이 들어 안타깝기 짝이 없다.

구제역 방역 소동

조류 독감으로 인한 도살 때도 찜찜했지만 구제역으로 인한 도살 때는 거의 참담한 기분이었다. 구제역은 발굽 사이나 유두, 입 주위에 수

비둘기만 한 작은 새, 황조롱이. 앙증맞고 귀여운 모습이지만 알고 보면 육식을 하는 맹금이다.

포를 형성하는 바이러스성 질병이다. 전염력이 아주 강하고 소, 돼지를 비롯한 대다수 가축이 감염된다. 죽는 비율은 10퍼센트 정도로 낮지만 우유와 고기의 생산성이 많이 떨어지기 때문에 치료하기보다는 바로 묻거나 태우는 도태 정책을 실시하고 있다. 내가 일했던 대관령에도 구제역의 영향이 미쳤다는 소식이 들려왔다. 나와 고락을 같이 했던 젖소들의 눈빛이 떠올라 마음이 아팠다.

2011년 1월에는 드물게 우리 동물원도 임시 휴장에 들어갔다. 구제역과 조류 독감으로부터 동물들을 보호하기 위한 조치였다. 전체 동물의 61퍼센트가 구제역과 조류 독감이 발생 가능한 종이라 잔뜩 긴장하고 있던 터에 아예 휴장에 들어가니 차라리 다행이다 싶었다. 100

마리가 넘는 우제류 초식 동물에게는 모두 구제역 예방 접종을 하기로 결정했다.

드디어 약품이 도착하고 결전의 날이 밝았다. 먼저 비교적 저항이 적은 낙타, 소, 양은 가볍게 손으로 잡아서 접종을 했다. 점프 선수인 무플론 산양은 나 혼자 다루기에는 역부족이었다. 다행히 막내 사육사가 기지를 발휘해 무플론 산양이 뛰어오르는 순간 손으로 꽉 잡는 방법을 터득해서 의외로 쉽게 끝났다. 다음은 블로건을 쏠 차례였다. 누구도 손으로 잡을 수 없는 라마, 과나코, 단봉낙타, 기린이 그 대상이었다. 내가 총알을 장전해주면 그동안 잘 훈련받은 사육사 스나이퍼들이 총알을 날렸다. 평소에는 명중률이 80퍼센트 정도인데 이날따라 단 한 발의 오발도 없었다.

마지막으로 사슴들만 남았다. 사슴은 성격이 까다로워서 가벼운 치료에도 꼭 마취제나 근육 이완제를 맞혀야 하는 동물이다. 그러니 이번에도 역시나 블로건을 쓰긴 써야 하는데 문제는 스무 마리나 된다는 것이었다. 블로건을 맞은 놈, 안 맞은 놈이 구별되어야 하는데 이것은 맞았다고 곧장 표가 나는 것이 아니어서 식별할 수가 없었다. 자칫 한 마리가 두세 번 맞으면 심각한 부작용이 발생할까 두려웠다.

그렇다고 접종을 안 할 수는 없으니 일단은 각본대로 움직였다. 긴 천막을 쳐서 거기에 몰아넣고 한 마리씩 잡아서 블로건을 맞히자는 각본이었다. 처음에는 천막 쪽으로 잘 몰아졌다. 하지만 잡으려고만 하면 2미터 높이의 간이 천막을 훌쩍 넘어서 도망쳐버렸다. 두세 번 실패하고 나니 이제는 천막 쪽으로 몰아지지도 않았다. 안 되겠다 싶어 두 번째 작전에 돌입했다. 사슴들을 계속 달리게 했다. 사슴은 겁이 많아서 사람이 우리 안에 들어가 쫓으면 무작정 도망치기 시작한다. 그래서 사슴 뒤를 적당히 따라붙기만 하면 사슴을 자꾸자꾸 달리게 할 수 있다.

운동장을 20바퀴쯤 돌자 사슴들은 모두 지쳐서 혀가 나왔다. 그 상태에서 '사육사 특공대'가 올가미, 그물망, 그물채를 갖추고 투입되었다. 사슴도 넘어지고, 사람도 넘어지고, 찢기고, 끌려가고, 흡사 로마의 검투장 같았다. 온갖 난리를 겪은 끝에 마침내 모든 사슴에게 접종을 마쳤다.

이렇게 애쓴 덕분인지 다행히 구제역도, 조류 독감도 동물원으로는

100여 종이 넘는 많은 영양 중 가장 큰 무리로 알려진 일런드영양. 가장 귀족적인 풍모로도 유명하다.

구제역 소동으로 동물원 휴장 중에 붉은캥거루의 새끼가 육아낭에서 얼굴을 내밀었다.

오지 않았다. 2월부터는 동물원이 다시 문을 활짝 열고 관람객들을 맞이하기 시작했다. 조용하던 동물원이 오랜만에 사람들 소리로 떠들썩해졌다.

구제역 정책 이야기를 조금만 더 해보자면, 구제역이 많이 퍼진 상태에서는 도태 정책이 별 의미가 없다. 오히려 무리하게 밀어붙이다가 생매장 같은 부작용이 나타난다. 이는 가축이 물건이나 마찬가지라는 전제가 깔려 있는, 잔인하고 후진적인 정책이다. 당시 정부에서 뒤늦게라도 백신 정책을 편 것은 아주 잘한 결정이었지만 농림부 장관이 말없이 죽어간 원혼들에게 사과문이라도 올려야 마땅한 일이 아니었을까? 그랬으면 전국의 수의사들이 동참했을 것이다. 그때 차마 죽일 수 없어서, 그리고 그렇게 죽인 것이 미안해서 공직을 그만둔 동료 수의사들의 건투를 빈다.

여전히 베일에 싸인 광우병

구제역, 조류 독감과 함께 온 나라를 시끌시끌하게 만든 병이 또 있다. 바로 광우병이다. 광우병은 수의학 전문가들조차도 자신 있게 설명할 수 없는 질병이다. 우리나라에 이렇다 할 발병 사례가 없다 보니 여전히 베일에 싸여 있기 때문이다. 그래도 지금까지 공인된 기본적인 사실들만 간략하게 정리해 보면 이러하다.

인간 광우병의 기원은 1957년 보고된 쿠루병이다. 남태평양에 포어족이라는 한 원시 부족이 있었는데 이들은 가족 중 누군가 죽으면 그 시체를 가족들이 나누어 먹었다. 뇌와 내장까지 모두. 그들로서는 그것이 망자의 영혼을 간직하는 방법이라 생각했던 것이다. 그 후 포어족 사람들이 하나둘 정신 착란과 운동 마비를 보이다 숨지는 일이 벌어졌다. 미국의 세균학자가 나서서 조사해 보니 사체를 먹은 뒤 5~10년 후에 발병한 것이었다. 식인 습관이 사라지자 쿠루병도 발병하지 않았다.

한참 후인 1996년 영국에서 쿠루병과 비슷한 증세를 보이며 많은 사람이 죽어갔다. 그 원인을 찾던 과학자들은 10년 전부터 폭발적인 증가세를 보이던 소 광우병에 주목했다. 광우병을 면밀히 조사한 결과 프리온이라는 새로운 변형 단백체가 발견되었다. 프리온은 뇌세포에 치명적인 손상을 가져온다. 프리온이 있는 동물을 다른 동물이 먹으면 그 동물의 뇌, 척수, 소장에서도 프리온이 검출된다.

하지만 프리온이 단독으로 광우병을 일으키는지, 또 그 과정은 어떻게 되는지는 여전히 추측 단계에 머물러 있다. 내가 광우병에 대해 말할 수 있는 것도 여기까지이다. 확실한 원인도, 확실한 해결책도 찾을 수 없다는 것이 못내 안타깝기만 하다.

기생충을 어찌하오리까?

앞의 세 질병만큼 심각한 것은 아니지만 반려 동물을 기르는 많은 사람에게는 기생충도 큰 관심거리일 것이다. 요즘 특히 걱정을 불러일으키고 있는 것은 개의 회충증과 고양이의 톡소플라스마증이다. 개의 회충은 아이들에게 감염되면 내장이행증으로 발전해 실명을 유도할 수 있다. 고양이의 톡소플라스마증은 임신부에게 감염되면 유산이나 기형아 출산을 일으킬 수 있다. 때로 이런 내용이 언론에 보도되어 반려 동물을 키우는 사람들을 크게 놀라게 한다. 이런 보도는 틀린 것은 아니지만 아주 극단적인 경우일 뿐이다. 실제로 이런 사례는 매우 드물다. 기생충도 자기 나름의 생존 전략이 있고 환경이 맞지 않으면 적응하지 못한다. 개나 고양이 기생충도 멋모르고 사람 몸으로 들어왔다가 대부분 이런 이유 때문에 자연스럽게 제거된다.

사람도 계절별로 아무리 구충제를 먹어도 기생충이 완전히 없어지지 않듯이, 정기적으로 구충제를 먹이는 강아지의 80퍼센트, 성견의 20퍼센트 정도는 회충을 항상 지니고 있다. 그런데 왜 성견은 강아지에 비해 비율이 훨씬 낮을까? 성견이 되면 나름대로 기생충에 대한 면역 체계를 정비하고 있어서 기생충의 활동을 억제한다. 그러므로 적절한 지침만 따르면 그리 걱정할 것 없다.

고양이의 톡소플라스마증의 경우 기생충이 세포 속으로 들어가 버려서 마땅한 구충제가 없다. 그래서 반려 고양이가 많은 미국은 인구의 30퍼센트가 감염되어 있을 정도다. 하지만 이것이 사회적인 문제가 된 적은 없다. 피해자가 수치에 안 잡힐 정도로 드물기 때문이다.

반려 동물의 입장에서는 과학이라는 이름으로 발표되는 이런 보도 때문에 애꿎은 눈총을 받으면 억울할 것이다. 사람이라면 언론중재위원회를 통해서 반론 보도라도 청구하겠지만 동물은 그럴 수도 없다. 반려 동물이 우리에게 주는 건강한 측면들을 생각한다면 사람들이 알아서 균형을 잡아야 한다.

늑대는 정말로 춤을 출 수 있을까?

꼭 동물을 키우는 사람이 아니더라도, 동물원에서 일하는 사람이 아니더라도 우리는 모두 어디선가 동물을 접하게 된다. 텔레비전에서, 영화관에서, 책에서, 미술 작품에서……. 대개는 그냥 지나쳐버리고 말지만 나는 직업이 수의사다 보니 동물의 생태를 떠올리며 이건 이렇다, 저건 저렇다 하며 곱씹어 생각하는 습관이 있다. 여기서는 그중에서 영화와 동요, 축구와 관련된 동물 이야기를 주로 풀어보려 한다.

늑대의 춤을 목격하다

영화 「늑대와 춤을」에는 부대에서 낙오된 군인인 주인공이 황야에서 늑대와 춤을 추는 장면이 나온다. 이 장면을 보고 깊은 감명을 받았는데, 이때만 해도 내가 실제로 늑대의 춤을 직접 목격하게 될 줄은 몰랐다. 우리 동물원에는 한국늑대 수컷 한 마리가 있다. 원래 서울대공원에 있던 녀석을 데려온 것이다.

어린 시절에 『시튼 동물기』를 읽은 뒤 늑대에 대한 동경을 품어왔던 터라 나는 가끔 맛있는 고기가 생기면 그 녀석에게 던져주곤 했다. 그랬더니 한두 달이 지난 어느 날 아침, 여느 때처럼 내가 철창 앞으로 다가가자 늑대가 펄떡펄떡 뛰면서 영화 속에서와 같은 춤을 추는 것

이 아닌가! 고작 그 정도를 춤
이라고 하느냐고 비웃을 사람
도 있겠지만 늑대와 마찬가지
로 몸치인 나로서는 그 몸짓
이 얼마나 흥이 난 행동인지
잘 이해되었다. 이런 게 춤이
아니면 무엇이겠는가.

한편 영화 「펠리컨 브리프」
는 한 법대생이 펠리컨의 서
식지를 보호하기 위해 대기업
의 환경 파괴에 맞서다가 마
침내 승리한다는 내용이다.
이 영화를 보면서 나는 아마
도 영화 속의 펠리컨이 잘 날
지 못하는 종류인가 보다 하

살아 있는 전설, 한국늑대. '이리'라고도 불린 흔한
동물이었지만 지금은 야생에서 찾아보기 어렵다.

고 짐작했다. 펠리컨은 잘 나는 것과 날지 못하는 것의 두 종류가 있
다. 잘 날지 못하는 펠리컨은 서식지의 환경이 오염되어도 다른 데로
이동하지 못하니 금방 죽을 수밖에 없다. 그러면 펠리컨 서식지 보호
가 더욱 중요해진다.

펠리컨 이야기가 나온 김에 조금 덧붙이자면 우리 동물원에도 저
멀리 독일에서 온 펠리컨 한 쌍이 있다. 아직 날개가 다 자라지 않아서
뒤뚱뒤뚱 걷기만 하지만 이 펠리컨은 잘 날 수 있는 종류이다. 그런데

「펠리컨 브리프」에서처럼 이 펠리컨도 오자마자 생존의 위기에 처했다. 먼 길을 오느라 피곤했는지, 아니면 그저 낯선 장소가 무서웠는지 음식을 통 먹으려 들지 않았다. 어떤 새든 2~3일 동안 먹지 않으면 목숨이 위태로워진다.

할 수 없이 붙잡고서 강제로 먹이기로 했는데 아무도 선뜻 자원하지 않았다. 그도 그럴 것이 펠리컨은 부리도 커다랗고 몸통도 거대해서 마치 고대의 익룡 같은 모습이기 때문이다. 이렇게 되면 막내 사육사가 자의 반 타의 반으로 나설 수밖에 없다. 막내 사육사가 두터운 장갑을 끼고 오토바이 헬멧까지 쓴 채 펠리컨의 날개를 붙들자 또 다른 사육사가 부리를 잡아 벌렸다. 그리고 나는 정어리를 그 입속에 넣어주었다. 일단 먹이가 입속에 들어가자 펠리컨은 의외로 넙죽넙죽 잘도 받아 삼켰다. 두 녀석에게 각각 다섯 마리씩 먹이고 남은 정어리 두 마리를 부리 아래쪽의 넓은 보자기 속에 넣어두었더니 그것마저 다 삼켰다. 이럴 거면서 애초에 왜 식음은 전폐했는지 알 수 없는 노릇이다. 펠리컨은 우리에게 익숙해지자 졸졸 쫓아다니기도 했다. 몸집만 커다랗지 알고 보면 강아지처럼 사랑스러운 새가 펠리컨이다.

개굴개굴 개구리 노래를 한다, 수컷만

곰 우리 앞에서 자주 듣게 되는 노래가 있다. 「곰 세 마리」라는 동요다. 어린아이가 진짜 곰 앞에서 "곰 세 마리가 한 집에 있어. 아빠 곰,

동물원의 재롱둥이, 불곰

엄마 곰, 아기 곰. 아빠 곰은 뚱뚱해. 엄마 곰은 날씬해. 아기 곰은 너무 귀여워. 으쓱으쓱 잘한다."라고 부르면 부모는 귀엽다고 손뼉을 치며 좋아한다. 이 예쁜 동요에 흠을 잡기는 좀 뭐하지만 그래도 이 동요 가사 중에는 실제와 다른 게 하나 있다. 일단 각자의 크기를 묘사한 부분은 거의 정확하다. 실제로 아빠 곰은 엄마 곰의 두 배나 된다. 또 새끼가 있는 엄마 곰은 새끼에게 많은 영양분을 뺏겨서 말라 있으니 날씬하다고 할 수 있다. 새끼 곰이 귀여운 것 역시 누구도 부인할 수 없다. 문제는 이 셋이 한 집에 있다는 것이다. 수컷 곰은 주로 단독 생활을 하는, 방랑자에 가까운 동물이다. 수컷은 여름철 허니문 기간에만 잠깐 암컷과 같이 살고 곧바로 헤어진다.

암컷은 혼자 새끼를 낳고 키운다. 만일 수컷이 함께 있다면 새끼는 수컷에 의해 희생당할 우려가 많다. 동물원에서도 새끼가 나올 때가 되면 함께 지내던 암수를 분리해놓는 것이 원칙이다. 그러니 이 동요에서 엄마 곰, 아기 곰까지는 괜찮지만 아빠 곰은 아쉽게도 빠져줘야 하는 것이 곰 세계의 법칙이다.

내친 김에 동요 「개굴개굴 개구리」의 가사도 살펴보자. "개굴개굴 개구리, 노래를 한다. 아들, 손자, 며느리 다 모여서 밤새도록 하여도 듣는 이 없네. 듣는 사람 없어도 날이 밝도록. 개굴개굴 개구리 노래를 한다. 개굴개굴 개구리 목청도 좋다." 아마 작사가는 늦은 밤에도 들려오는 그 많은 개구리 소리를 들으며 합창하는 개구리 가족의 모습을 떠올린 모양이다. 하지만 이 동요에서처럼 개구리 가족이 모여서 개굴개굴 합창하는 것은 결코 불가능하다. 암컷 개구리는 울지 않기 때문이다. 개굴개굴 우는 것은 모두 수컷이다. 또한 개구리의 소리는 목청과는 상관이 없다. 볼 옆이나 아래에 있는 울음 주머니를 통해 소리를 증폭시키기 때문이다. 결정적으로 개구리는 알에서 태어난 다음부터 혼자서 살아가니 삼대가 모일 일이 없다. 단지 논이 살기 좋아서 여러 마리가 모여 살다 보니 저절로 합창이 되었을 뿐이다.

「개굴개굴 개구리」만큼 유명한 동요 「깊은 산속 옹달샘」도 살펴보자. 이 동요의 가사를 보면 이런 부분이 있다. "새벽에 토끼가 눈 비비고 일어나 세수하러 왔다가 물만 먹고 가지요." 이 부분을 들을 때마다 고개를 갸우뚱하게 된다. 깊은 산속에 사는 토끼이니 이 토끼는 분명 산토끼일 테다. 그런데 산토끼라면 보통 야행성 동물로 분류되어 해가 있는 아침에는 잘 돌아다니지 않는다. 그러면 이 토끼는 혹시 밤낮을 바꾸어 사는 유별난 성격의 토끼였을까?

그런가 하면 누구나 어릴 때 줄기차게 불러보았을 동요 「얼룩송아지」는 알고 보면 아주 슬픈 노래다. "송아지, 송아지, 얼룩송아지. 엄마 소도 얼룩소. 엄마 닮았네." 하는 가사에 나오는 소의 운명 때문에 그렇다. 이 동요 속의 소가 어떤 종류의 소일까? 당연히 젖소가 아니냐고? 그렇지·않다. 시인 박목월이 이 가사를 지었던 때는 아직 젖소가 우리나라에 들어오기 전이었다. 이 얼룩소는 우리의 고유종인 칡소다. 아마 칡소라는 말 자체를 처음 들어보는 사람이 더 많을 것이다. 칡소는 지금의 한우보다 덩치가 두 배는 더 크고 검은 바탕털에 얼룩덜룩한 갈색 무늬가 있는 우람한 우리 소다. 지금은 거의 멸종되었고 겨우 몇 마리만 남아 명맥을 유지하고 있다. 그러니까 이 노래는 우리의 고유종에 대한 역사적 기록이자 은연중에 잊혀간 슬픈 동물의 이야기인 셈이다.

박주영식 초식 축구

나는 때로 축구 경기를 보면서도 동물들을 떠올린다. 예컨대 박주영 선수의 경기를 볼 때면 자꾸 초식 동물의 이미지가 떠오른다. 박주영 선수는 덩치도 그리 크지 않고 생김새도 유순해 보이지만 지구력과 재치 그리고 유연함이 뛰어나기 때문이다.

사실 동물의 왕국이라는 사바나의 주인공은 초식 동물이다. 육식 동물은 그중에서 연약하거나 수명이 다한 것들만 솎아낼 뿐이다. 무리와 잘 어울리는 건강한 초식 동물은 절대 육식 동물에게 호락호락 당하지 않는다. 사자가 단체 사냥을 하더라도 성공 확률은 10~20퍼센트에 불과하고 그나마 걸음이 빠른 치타가 30퍼센트 정도 된다. 그럼 70~90퍼센트는 초식 동물들의 승리라는 것이다.

왜 이런 차이가 생기는 걸까? 그 이유는 초식 동물의 신속한 방향 전환 능력과 유연성에 있는 것 같다. 사냥을 잘하는 육식 동물은 꼬리가 기다랗다. 화살처럼 한 방향으로 질주할 때 방향타 역할을 담당하기 때문이다. 그에 비해 사슴이나 토끼의 꼬리는 겨우 생식기나 가릴 정도밖에 안 된다. 소와 말은 꼬리가 길지만 가축화된 소는 파리 같은 해충을 쫓기 위해 발달되어 있을 뿐이다. 말 정도만 육식 동물처럼 속도가 중요한 동물이라 꼬리가 방향타 역할을 한다.

꼬리가 짧으면 몸의 방향을 마음대로 전환할 수 있고 제자리에서 점프할 때도 거추장스럽지 않다. 그래서 영양이나 겜스복 같은 초식 동물은 맹수가 아무리 쫓아와도 지그재그로 방향을 틀고 자유자재로 장거리 점프를 하면서 오히려 가지고 놀기까지 한다.

호나우두나 토레스, 메시 그리고 박지성 같은 선수도 영락없는 초식 동물과이다. 아무리 적이 많아도 활로를 찾아 요리조리 미꾸라지처럼 빠져나갈 줄 알고, 심하게 태클이 들어와도 아무렇지 않다는 듯

쓱 웃고 넘어갈 줄도 안다. 마치 골대가 자신의 유일한 도피처인 양 누가 건드려도 그대로 돌진할 뿐이다. 그렇다면 혹시 우리 축구의 미래를 아프리카 사바나에서 찾을 수도 있을까?

4장.

사람과 자연을 잇는 다리, 동물원

친구들이 "만날 보는 동물들, 또 보는 거 따분하지 않아?" 하고
질문을 하면 나는 "일단 한번 와봐!" 하고 대답하곤 한다.
내가 생각하기에 동물원에는 우리가 인위적으로 채울 수 없는
가장 핵심적인 즐거움이 도사리고 있다. 바로 다채로운 생명들이
신나게 모여 사는, 영원한 생명의 놀이터를 방문하는 즐거움이다.

동물원의 사계절 풍경

보통 사람들에게 동물원은 일 년에 한 번 올까 말까 한 곳, 어쩌다 오더라도 그저 몇 시간 머물다 가는 곳이다. 하지만 동물원 안의 동물들에게 이곳은 일 년 열두 달, 사계절을 꼬박 보내는 삶의 터전이다. 우리가 새해 다짐을 하고, 봄옷을 사고, 여름휴가를 가고, 추석을 쇠고 월동 준비를 하다 보면 어느새 시간이 흘러 다시 새로운 새해 다짐을 하게 되듯, 동물들도 이 동물원 안에서 마치 미리 계획이라도 세운 양 시간의 흐름에 따라 제 할 일을 해낸다.

작고 귀엽고 나른한 봄

봄이면 가장 흔히 떠올리는 것이 나무에 움트는 새싹이다. 이렇게 봄을 맞아 새 생명을 탄생시키기는 동물도 마찬가지다. 주로 온대 지방의 동물들이 봄에 새끼를 낳는데 맨 먼저 산양인 무플론이 새끼를 낳고 그 뒤로 면양, 사슴, 소, 말이 줄줄이 뒤를 잇는다. 운이 좋다면 2년에 한 번씩 나오는 새끼 낙타나 새끼 기린까지 기대해 볼 수 있다. 꿩과 닭 같은 조류들도 봄만 되면 어찌나 열심히 알을 낳는지 다 부화시키기도 어려울 지경이다. 그래서 나나 사육사가 달걀을 한두 개씩 훔쳐다 먹곤 하는데 워낙 알이 많다 보니 알이 줄어든 티도 나지 않는다.

코리데일 면양과 봄을 맞아 새로 태어난 새끼

신기한 점은 동물들의 번식 시기가 새싹이 나는 시기보다 한 걸음 늦다는 것이다. 파릇파릇한 풀을 맘껏 먹고 잘 자라라는 자연의 섬세한 배려이리라.

그런가 하면 사슴은 한창 뿔을 밀어올린다. 사슴뿔은 봄이면 새로 자라나고 여름내 성장하는 모습이 마치 동물 세계에 깃든 식물 같다. 다만 낙엽과는 달리 가을, 겨울 동안에도 단단히 버티고 있다가 봄이 되어야 새로운 뿔에 밀려 떨어진다. 어른들은 커다란 엘크 사슴 앞을 지나면서 '그놈 녹용 참 실하네.' 하고 군침을 삼키지만 아이들은 마냥 신기하게 쳐다본다.

알고 보면 이렇게 부지런한 동물들이지만 관람객들은 그 사실을 잘 눈치채지 못한다. 관람객들은 주로 낮에 동물원에 오는데 그 시간에는 많은 동물이 낮잠을 즐기기 때문이다. 봄날 오후, 따사로운 볕을 쬐며 동물원 안을 지나다 보면 종종 이런 소리가 들려온다. "이 호랑이는 왜 잠만 자?", "어머, 저 사자들은 망측하게 배를 내놓고 자잖아." 그러면 내 입 속에서는 "사람은 잠 안 자나요? 저 녀석들은 밤중에 활동하는 동물들이니 낮에는 자야지요." 하는 말이 뱅뱅 맴돈다. 고양잇과의 맹수인 호랑이, 사자, 표범은 원래 야행성이라 낮에는 활동적이지 않다. 곰은 본래 습성이 원체 느긋해서 그런지 잘 움직이지 않고 늘어져 있곤 한다. 초식 동물은 낮에 더 활동적인 편이지만 봄날의 햇살은 사슴이나 원숭이까지 바닥에 눕거나 혹은 선 채로 쿨쿨 잠을 자게 만든다. 당나귀는 꼭 마네킹처럼 멍하니 서서 자는데 그 모습이 참 우습기도 하다.

사람들도 봄이면 춘곤증을 겪듯 동물들에게 봄의 낮잠은 놓칠 수 없는 휴식이다. 특히 바깥에서 긴 겨울을 이겨낸 동물들에게는 봄의 여신이 주는 달콤한 포상이나 다름없다. 그러니 봄날의 동물원에서 낮잠 자는 동물들을 보더라도 게으르다고 핀잔 주지는 마시길.

여름을 나기 위한 묘책들

날이 더워져도 생명은 계속 자란다. 봄에 태어난 새끼들은 덜 자란 위장 때문에 새싹을 먹지 않다가 초여름부터 어미젖을 떼고 풀을 뜯어먹기 시작한다. 털도 뽀얀 솜털에서 어미와 똑같은 완벽한 털옷으로 갈아입는다. 새끼 옆에 찰싹 달라붙어 있던 어미는 이제 살짝 뒤로 물러난다. 한편 열대 지방에서 온 뱀과 악어는 여름에야 알을 낳는다.

사실 여름은 동물원에서 가장 힘든 계절이다. 대개 겨울이 가장 힘들 거라고 생각하는데 그렇지 않다. 겨울에는 추위에 약한 동물들을 위해 온방 시설만 갖추면 된다. 오히려 추위를 즐기는 동물도 있다. 하지만 여름을 좋아하는 동물은 드물다. 하마, 코끼리 같은 아프리카 출신들마저 여름을 달가워하지 않을 정도다. 그래서 동물원에서는 항상 더위를 식히기 위한 비책을 고심한다. 물을 좋아하는 동물들을 위해 커다란 물통을 준비해주기도 하고, 직사광선을 막기 위해 우리에 그물망을 씌우기도 한다. 자연 그늘을 만들기 위해 파라솔을 세우거나 나무를 심기도 한다.

동물들도 나름대로 여름 나기의 지혜를 가지고 있다. 공작들은 그 아름다운 날개깃을 모두 훌훌 털어버린다. 곰은 커다란 물통에 몸을 담그고는 좀처럼 나오려 하지 않는다. 때로는 여러 마리가 사이좋게 한 발씩 담그고 있기도 한다. 사자는 그늘에서 명상을 하는지, 아니면 잠을 자는지 꼼짝도 하지 않는다. 특이한 행동을 보이는 동물로는 꿩과 닭이 있다. 꿩과 닭은 모랫바닥을 깊게 파헤치고 몸을 절반쯤 넣는다. 땅속의 냉기를 이용하는 지혜다.

여름이 곤혹스러운 또 하나의 이유는 바로 장마이다. 거의 모든 동물이 비를 무척이나 싫어한다. 사람도 옷이 젖으면 감기며 피부병에

시원하게 샤워하고 있는 수컷 미니돼지

쉽게 걸리듯 동물도 깃털이나 털이 젖어 있으면 몸에 여러 가지 부작용이 생길 수 있기 때문이다. 그래서 동물원에서는 비 가림 시설에도 미리미리 신경 써야 한다. 그런데 비가 오면 참 재미있는 현상이 일어난다. 평소에 동물은 주로 같은 종끼리만 몰려다니는데 비가 오는 시간만큼은 모두 한 가족이라는 듯 이 무리, 저 무리 가리지 않고 처마 밑으로 모여들어 비가 그치기를 함께 기다린다. 비가 오는 날에는 동물원에 관람객의 발길이 뚝 끊어지는데 이런 멋진 동물 대화합을 나 혼자만 보는 것이 아깝다는 생각이 들 정도로 귀한 풍경이다.

아마 많은 사람들이 여름에는 더위와 비 다음으로 모기 같은 벌레가 문제가 되리라고 생각할 것이다. 나도 어느 여름밤 숲에서 동물들을 관찰하느라 수많은 모기에게 피를 헌납하다가 '내가 관찰하는 저 동물들은 옷도 안 입었고 모기약도 없으니 밤새 모기 밥이 될 텐데 날마다 어떻게 견딜까?' 하는 의문에 휩싸였던 적이 있다. 그 해답은 바로 털이다. 피부에 치밀하게 나 있는 털이 모기의 접근을 쉽사리 허락하지 않는 것이다. 우리가 모기장을 두르는 것과 같은 원리다. 그리고 건강한 동물 털에는 독특한 휘발성의 냄새가 배어 있어 모기가 싫어한다. 모기에게는 민둥민둥한 사람 피부만큼 좋은 밥상이 없나 보다.

식탐과 사랑의 계절, 가을

작열하던 태양의 기세가 한풀 꺾이는 8월 말이면 가을이 성큼 다가왔다는 것을 실감하게 된다. 가을을 일컬어 천고마비의 계절이라 하는데 비단 말뿐 아니라 모든 동물에게 가을은 살기 좋고 먹기 편한 계절이다. 우리 동물원의 초식동물사 옆에는 감나무가 쭉 심어져 있어서 가을만 되면 탐스러운 단감이 주렁주렁 열린다. 가을의 시원한 기운을 한껏 머금은 단감을 아침에 한입 베어 물면 그 상큼함에 푹 빠져들지 않고는 못 배긴다. 그 유혹에 끌려 나무에 자주 올라가는데 열 개 정도 따면 한 개는 내가 먹고 아홉 개는 초식 동물들에게 던져준다. 자칫 식도에 걸릴 수도 있기 때문에 이등분이나 삼등분을 해서 준다. 사

사슴의 머리 위에서
말갛게 익어가는 단감

싸우고 있는 수컷 무플론들

슴이나 말이 단감을 맛있게 우걱우걱 씹는 모습을 보면 절로 흐뭇해
진다. 이제는 아침에 지나가기만 해도 초식 동물들이 "단감 따주세
요." 하는 눈빛으로 졸졸 따라다니는 통에 어쩔 수 없이 나무를 탈 수
밖에 없다. 이 감나무가 입소문을 탔는지 주말이면 관람객들이 주변
에 모여든다. 감을 따는 것까지는 좋은데 하나도 남김없이 전부 가져
가지는 말았으면 좋겠다. 이 나무의 진정한 주인은 바로 그 곁에 사는
동물들일 테니까.

먹는 것도 좋지만 그에 못지않게, 아니 어쩌면 그보다도 더 중요한
것이 있다. 바로 사랑. 가을이면 새끼를 갖기 위한 짝짓기로 동물원 안
은 분주해진다. 그런데 이게 꼭 로맨틱하지만은 않다. 짝짓기를 하기

270

위해 치열하게 싸워야 하는 동물도 있기 때문이다. 그래서 동물원의 가을 아침은 사슴과 양의 뿔들이 제각각 부딪치는 소리로 시작된다. 어느 날 아침에는 이상한 소음을 듣고 이게 웬 공사판 소리인가 싶어서 놀라 달려갔더니 바버리양 두 마리가 맞붙어 싸우고 있었다. 물러섰다 뛰어들어 뿔끼리 부딪치고 다시 엉키고 하는 것이 마치 우리네 씨름판 같았다. 수사슴들이 암사슴을 차지하기 위해 벌이는 싸움은 처절하고 살벌하며 비장하기까지 하다. 승리자는 암컷 무리를 거느리며 꿈같은 가을을 만끽하지만, 경쟁에서 밀린 수컷은 구석진 곳으로 물러나서 가을 내내 쓰디쓴 고독을 삼켜야 한다. 잘못하다 싸움 중에 목숨까지 잃는 경우도 종종 있으니 그나마 살아 있는 것을 다행으로 여기면서 말이다.

가을에 새끼를 낳는 동물도 있다. 미니돼지, 당나귀, 원숭이, 마라 등이 그렇다. 특히 미니돼지와 당나귀는 귀엽고 또 유머러스한 생김새 덕분에 가을철 관람객들의 인기를 독차지한다. 동물도 일단 개성 있게 생기고 볼 일인가 보다.

동물원의 곰도 겨울잠을 잘까?

겨울은 온대 기후에 살던 기린, 코끼리, 원숭이 같은 동물이나 왜가리, 백로 같은 여름철새에게 고역의 계절이다. 사실 이 동물들도 웬만한 추위에는 그럭저럭 적응해서 살아갈 수 있긴 하다. 하지만 아무리 그래도 귀한 동물들을 겨울나기 실험용으로 쓸 수는 없는 노릇. 그래서 한밤중에도 10도 이하로 떨어지지 않도록 난방을 한다. 특히 기린은 24시간 난방 체제로 돌입한다. 긴 목을 통해 뇌까지 피가 다다르도록 하느라 기린은 태어날 때부터 고혈압 환자이기 때문에 겨울에는 자칫 돌연사의 위험이 있다. 그에 비해 열대 지방 출신 원숭이들은 우리의 한 지점을 따뜻하게 만들어놓는 것만으로도 충분하다. 그래야 원숭이마다 자신에게 맞는 온도를 선택할 수 있고 연료도 절약된다.

반대로 겨울이 되면 더 살판이 나는 동물도 있다. 호랑이는 차가운 물에서 반신욕까지 한다. 원숭이 중에서도 일본원숭이는 원래 추운 지방 출신이라서 좀 야박하지만 보일러 한 번 안 틀어준다. 겨울 아침에 나가 보면 워낙 한데 똘똘 뭉쳐 있어서 찬바람이 들어갈 틈새조차 없어 보인다. 북극곰과 물범도 제 세상을 만난다. 북극곰은 눈밭으로 성큼성큼 걸어 나와 네 발로 얼음 썰매를 타고, 물범은 눈 위에서 씽씽 미끄럼을 타는 모습이 꼭 놀이터의 아이들 같다.

동물들 스스로 하는 대표적인 겨울나기 준비는 겨울털로 갈아입고 피부 지방층을 두텁게 하는 것이다. 그럼 겨울잠도 잘까? "동물원에 사는 동물들도 겨울잠을 자나요?" 이런 질문을 참 많이 받는다. 내 대답은 "자지 않습니다. 아니, 잘 수가 없지요."이다. 자연에서 겨울잠을 자는 동물은 곰, 오소리, 너구리 정도인데 그 주된 이유는 추위보다는 먹이 부족 때문이다. 하지만 동물원에서는 날이면 날마다 사람이 먹이를 가져다주며 귀찮게 해대니 굳이 겨울잠을 잘 필요가 없다. 게다가 우리 안에는 겨울잠을 잘 만한 동굴이나 나무 그루터기도 없으니

미끄럼 타며 노는 코디액 곰. 이 곰은 지상에서 가장 난폭한 곰으로 통하지만 우리 동물원의 곰은 성격이 좋은 편이다.

이래저래 잠이 올 리 만무하다.

그런데 곰에게는 겨울잠을 자는 이유가 또 있다. 바로 번식이다. 대부분의 동물은 추위를 피해 겨울에 새끼를 낳지 않지만 곰은 오히려 겨울잠에 들어가서야 새끼를 낳는다. 보통 500그램도 채 안 되는 아주 작은 새끼를 세 마리 정도 낳는데 몸무게가 어미의 1/1000 수준인 새끼들은 반쯤 잠든 어미 품속에서 따뜻하고 안락하게 겨울을 보낸다. 동물원의 곰은 겨울잠은 자지 않아도 겨울에 새끼를 낳는 본성만은 그대로다. 우리 안쪽의 내실을 동굴 삼아 몸을 푼 암컷은 수컷이 괴롭히지 못하도록 새끼를 꼭 안고 꼼짝도 하지 않는다. 이렇게 12월부터 2월까지 3개월을 보내고서 날이 풀리면 어미 곰은 새끼들을 데리고 내실 밖으로 나선다. 미숙아였던 새끼들은 그때쯤 살이 통통 오른 재롱둥이로 바뀌어 있다. 새끼 곰들의 재롱을 보느라 곰 우리 앞에 관람객이 인산인해를 이루어 연신 감탄사를 쏟아내면 봄이 왔음을 실감한다. 또 새해가 시작된 것이다.

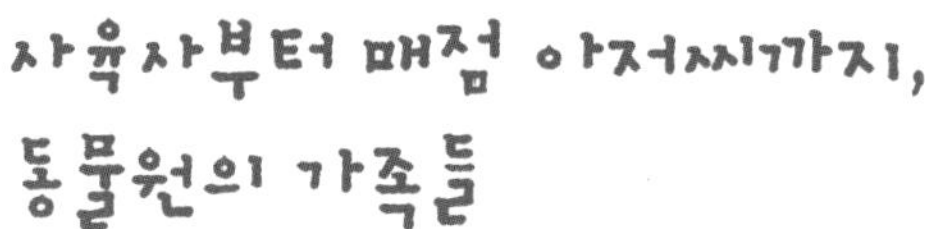

사육사부터 매점 아저씨까지, 동물원의 가족들

동물원은 동물들이 사는 집이다. 그리고 이 집에는 동물원을 더 아늑한 보금자리로 만들기 위해 애쓰는 사람들이 있다. 물론 나 역시 그중의 하나이다. 지금까지 동물원의 동물들 이야기를 주로 했으니 여기서는 동물원의 사람들 이야기를 풀어봐야겠다.

사육사는 용접과 목공이 필수?

동물원 가족 하면 역시 사육사가 대표적이다. 나 같은 수의사는 동물원에 있는지조차 잘 알려져 있지 않지만 사육사는 어린이들의 장래희망 1순위로 꼽힐 만큼 인기가 많다. 실제로 가끔 동물원으로 학생들이 장래 직업 조사를 나와서 "사육사가 되려면 어떻게 해야 해요?" 하고 묻곤 한다. 반려 동물을 기르는 가정이 많다 보니 요즘 아이들에게 사육사가 동경의 직업이 된 것 같다.

그럼 정말로 사육사가 되려면 어떻게 해야 할까? 사실 특별한 자격 요건이 있지는 않다. 그저 동물을 성실하게 돌볼 수 있는 사람이면 된다. 너무 막연한가? 그러면 우리나라 주요 동물원의 사육사 지원 기준을 한번 보자. 대개 축산 또는 생물학 관련학과 졸업자, 동물원에서 혹은 축산 관련 분야에서 5년 이상 근무한 경력자라고 되어 있다. 흥미로운 것은 작은 고장 정도는 수리할 수 있는 용접과 목공 능력을 가진 자라고 되어 있는 부분이다. 동물을 돌보는 사육사에게 용접과 목공 능력이 왜 필요할까? 그 이유는 실제로 사육사들의 생활을 보면 바로 알 수 있다. 이런 '능력자' 사육사를 만나면 동물의 삶의 질이 크게 나아진다.

우리 동물원의 곰이 바로 그런 경우이다. 어느 날 곰사를 지나는데 뚝딱뚝딱 하는 소리가 들려왔다. 소리 나는 곳을 보니 곰사를 맡고 있는 사육사가 무언가 열심히 만들고 있었다. 워낙 말이 없고 성실한 분이라 "뭘 그렇게 열심히 만들고 계세요?" 하고 조심스레 질문해도 그저 배시시 웃기만 했다. 가만히 살펴보니 가로세로 2미터쯤 되는 큰 궤짝 같은데 구체적으로 어떤 용도인지 잘 상상이 가지 않았다. 궁금하지만 사육사가 안 가르쳐주니 그냥 넘어갔다. 그런데 다음 날 곰사에 가보니 암곰 한 마리가 볏짚이 깔린 포근한 상자 안에 들어가 편안히 자고 있었다. 어제 사육사는 다름 아닌 곰의 침대를 만들었던 것이다. 그 암곰은 임신 중이었는데 시멘트 바닥에서 아무렇게나 새끼를 낳는 것이 안타까웠던 사육사가 솜씨를 발휘한 것이었다.

이 사육사 덕분에 '살림살이'가 나아진 동물은 또 있다. 하루는 이 사육사가 큰 통나무를 가지고 무언가 만들고 있었다. "또 뭘 만드세요?" 하고 물었더니 이번에는 대답을 들을 수 있었다. 들소가 가지고 놀 통나무 추란다. 그 전날 책을 읽다가 들소는 앞에 장애물이 있으면

미국들소의 충돌 본능을 충족시켜 주기 위해 타이어로 장난감을 만들어주었다.

박으며 노는 것을 굉장히 좋아한다는 사실을 알았다고 한다. 사육사는 들소 담당도 아니건만 그 책을 읽은 뒤 꼭 만들어봐야지 하고 결심했다는 것이다. 그 덕분에 들소에게 아주 멋진 통나무 장난감이 생겼다. 이런 것을 보면 목공과 용접이 사육사에게 정말 중요한 능력이라는 걸 알 수 있다.

최신 조련 기술보다 위대한 사랑의 힘

이 사육사 이야기를 듣고 "나는 손재주가 없는데 그럼 포기해야 되는 건가?” 하고 지레 실망하는 사람들이 있을까 봐 또 다른 사례를 들어 보겠다. 손재주만큼 중요한 것이 바로 동물에 대한 믿음과 사랑이다. 상투적인 말 같지만 실제로 이 믿음과 사랑은 동물의 삶의 질을 좌우하며 때로는 삶 그 자체를 좌우한다. 최신 조련 기법이 아니라 우직한 믿음의 기술이 동물의 마음을 치유하고 목숨을 구해내는 경우가 적지 않다. 우리 동물원에도 이렇게 동물들에게 사랑과 믿음을 쏟는 사육사들이 많다.

우리 동물원에 펭귄이 여러 마리 새로 들어왔을 때였다. 그전에 있던 동물원에서 말하기를 이 펭귄들은 사육사가 먹이를 입에 넣어주어야 먹는다고 했다. 예전부터 그렇게 했다니 데려와서도 똑같이 해주긴 했는데 이 일이 여간 고역이 아닌데다 자칫 사람이 부상당할 위험도 많았다. 그런데 한 사육사가 “내가 한번 해볼게.” 하고 나섰다. 곤란한 일을 덥석 맡아준 것만 해도 고마운데 그다음에 더욱 놀라운 일을 만들어냈다. 일주일 만에 펭귄들의 식습관을 싹 바꾸어놓은 것이다. 펭귄들은 사람이 굳이 입에 넣어주지 않아도 스스로 먹이를 찾아 먹었다. 놀라운 광경에 어떻게 된 일인지 사육사에게 물어보았더니 대답이 참 싱겁기 그지없었다. “그냥 먹이를 바닥에 놔뒀더니 알아서 집어 먹던데?” 무슨 최신식 조련 기법을 적용한 것은 아니었다. 단지 ‘펭귄은 먹이를 스스로 집어 먹을 수 있다.’는 믿음의 기술을 발휘했을 뿐이다.

이렇게 훌륭한 사육사들이 많아서인지 우리 동물원의 동물들은 사육사를 참 잘 따른다. 수의사인 나에 대해서는 경계할 때도 많고, 또

펭귄의 날개는 방향타의 역할을 할 뿐 새의 날개처럼 나는 데 필요한 동력을 내지는 않는다.

낯선 관람객들에게는 무심하지만 사육사에게는 다르다. 사나운 맹수도 사육사 앞이라면 애교를 부리기도 하고 일부러 약한 척 낑낑대기도 하면서 잘 보이려 한다. 내가 질투가 다 날 정도다.

특히 후각이 예민한 불곰은 담당 사육사가 저 멀리 나타나기만 해도 금세 눈치챈다. 두 발로 곧추서서 사육사를 계속 바라보다가 사육사가 가까이 왔다 싶으면 냉큼 철창으로 달려가 매달린다. 낯선 사람이 다가갈라치면 위협적으로 씩씩 소리를 내는 녀석이 사육사에게는 애교 섞인 소리를 낸다.

성질이 포악하기로 유명한 비비원숭이도 사육사에게만은 예외다. 이 원숭이는 수의사인 나도 쉽게 접근할 수 없는 녀석이다. 원숭이를 치료할 일이 있어 큰맘 먹고 들어갔다가 비비원숭이들이 마치 적을 만난 것처럼 위협하며 달려드는 통에 혼비백산해서 도망쳐 나온 적이 있을 정도이다. 이런 원숭이도 오직 한 사람, 바로 담당 사육사만 보면 순한 양처럼 변해 얌전히 철창에 매달려 있다.

그뿐이랴. 하이에나 담당 사육사는 그 거칠고 사나운 하이에나를 꼭 자기 집 강아지 다루듯 한다. 우리 동물원에는 하이에나가 두 마리 있는데 그중 한 마리는 예전에 관람객의 손가락을 물어 악명을 떨친 적도 있을 만큼 사납다. 그래서 나는 절대로 하이에나 우리 안으로 안 들어간다. 하지만 사육사만 들어가면 두 마리 하이에나가 마치 주인을 만난 개처럼 껑충껑충 뛰며 반긴다. 어쩌다 사육사가 고함이라도 치면 곧바로 꼬리를 내리고 한쪽에 웅크리고 앉는다.

이런 사육사들 덕분에 우리 동물원은 언제나 별 탈 없이 굴러간다. 동물원에 올 때면 가끔은 사육사들의 노고도 떠올려주시길.

신입 직원들은 애니멀 커뮤니케이터?

'애니멀 커뮤니케이터'란 동물이나 동물의 행동을 관찰하면서 교감을 통해 소통하는 사람들을 일컫는다. 우리말로는 동물심리분석가 또는 동물언어통역사라고 부르기도 한단다. 사실 동물을 키우고 사랑하는 사람이라면 누구나 어느 정도 애니멀 커뮤니케이터라고 할 수 있다.

우리 동물원에도 자칭 애니멀 커뮤니케이터라고 하는 사람들이 가

끔 나온다. 주로 들어온 지 1년이 채 안 된 신입 직원들이다. 이들은 동물원에서 지내는 동안 동물들과 쉽게 소통하는 법을 터득했다는 자부심이 가득하다. 어떻게 일한 지 1년도 안 되어 그런 놀라운 능력을 터득한 것일까? 알고 보면 이들이 동물들을 길들인 것이 아니라 동물들이 이들을 길들인 경우가 많다.

우리 동물원의 침팬지 대원이는 사람들이 자기가 먹이를 손으로 받아먹는 모습을 좋아한다는 것을 일찌감치 알아냈다. 그래서 조금이라도 안면이 있는 사람이 보이면 일단 철창 사이로 손부터 내민다. 또 자기 이름을 부르면 으레 먹을거리를 주겠거니 생각하고 어슬렁어슬렁 다가온다. 이런 것을 몇 번 경험하고 나면 신입 직원들은 마치 자기가 대원이를 길들인 것 같은 착각에 빠진다. 하지만 사실 알고 보면 대원이가 직원을 길들인 것이나 마찬가지다. 사람을 즐겁게 해주어서 먹이를 얻어내는 것이다. 침팬지만이 아니다. 아기 호랑이도 익숙한 사람이 "어흥!" 하고 부르면 다가와서 콧등으로 사람 손을 비빈다. 코끼리는 사람이 당근을 들고 가서 "아!" 하고 외치면 갑자기 입을 짝 벌린다. 기린은 사람이 아카시아 잎을 들고 "린!" 하고 부르면 살며시 다가와 울타리 너머로 긴 고개를 쑥 내민다.

모르는 사람이 이 광경을 보면 "와! 부르면 동물들이 다 오네요! 정말 동물들과 대화가 통하나 봐요." 하고 탄복한다. 그러면 신입 직원은 어찌나 으쓱해하는지. 나는 그런 직원들이 참 우스우면서도 사랑스럽다. 그래서 그들을 위해 새로운 동물 대화법을 연구한다.

초심을 일깨우는 초보들의 눈물

동물원에는 상주하는 직원들도 많지만 잠깐 다녀가는 사람도 많다. 그중 대표적인 사람들이 바로 실습생들인데 대개는 사육사 지망생이거나 수의과 대학생이다. 요즘에는 여자가 부쩍 많아졌는데 남자보다 훨씬 적극적으로 실습에 임하는 모습이 보기 좋다. 어떤 이들은 때로 전문적인 사육사보다 더 큰 애정과 열정을 보여주어서 우리를 감동시키곤 한다. 그리고 오랫동안 일하느라 잊고 있던 초심을 일깨워준다.

한번은 여자 대학생이 혼자 찾아왔다. 전공은 경영학이지만 사육사가 되고 싶어서 경험을 해봤으면 한다는 것이었다. 그 마음이 기특해서 실습생으로 일하게 했다.

그런데 앞에서도 이야기했던, 노새가 죽은 날이었다. 나와 담당 사육사는 숨이 끊어져 몸이 축 처진 노새를 뒤처리하기 위해 서둘러 움직였다. 그런데 멀뚱히 서서 보고만 있던 실습생이 갑자기 울음을 터트리는 것이다. 죽은 노새가 너무 불쌍해서였다. 예상치 못한 여학생의 눈물에 남자인 나와 사육사는 순간 머쓱해지고 말았다. 그리고 동물들의 죽음에 너무 익숙해진 나머지 애도의 시간조차 생략해 버리고 있는 것은 아닌가 하는 반성 비슷한 느낌이 들었다. 노새의 생명도 분명 누군가 저리도 슬프게 울 만큼 가치 있는 것인데 우리는 별생각 없이 그저 뒤처리에만 급급했던 것이다. 그러나 다음 순간 내 입에서 나온 말은 그저 "이거 좀 거들어줄래?"였다. 무슨 말을 해야 할지 난감하기도 했고 어쨌든 일을 마무리하는 것이 중요하기도 했다.

다음 날 실습생도 나도 그 노새에 대해서는 약속이나 한 듯 일절 이야기를 꺼내지 않았다. 사실 미안하다고 말하고 싶었지만 결국 그 말도 꺼내지 못했다.

눈물로 우리의 초심을 일깨운 사람은 또 있다. 이번에는 수의과 대학생이다. 그동안 동물원에서는 봄이 되면 사슴의 뿔을 자르는, 그러니까 녹용을 채취하는 일을 했다. 동물원의 연례행사인지라 나도, 사육사들도 그저 무심히 그 일을 해왔다. 뿔을 자르는 날이면 주변에 그 뿔을 가져갈 외부 사람이 여럿 와 있다. 우리 동물원에서 낸 녹용 입찰 공고에 지원해서 온 사람들이다. 동물원에서 직접 자르는 녹용은 믿을 만하다 하여 해마다 꼬박꼬박 오는 사람도 꽤 되었다.

녹용을 채취할 때 내가 하는 일은 사슴을 마취한 뒤 뿔을 자르고 지혈하는 일이었다. 그 날도 나는 그저 무심하게 순서대로 사슴을 마취하고 톱으로 뿔을 쓱싹쓱싹 자르기 시작했다. 그런데 톱이 움직여 뿔이 잘리면서 그만 뿔에 영양을 공급해주는 핏줄까지 터지고 말았다. 거기에서 나온 피는 말없이 내 보조를 하고 있던 수의과 대학생의 얼굴에까지 튀었다. 동물의 피를 처음 보는 것도 아니니 크게 신경 쓰지 않고 계속했는데 문득 뒤에서 무슨 소리가 나는 것 같았다. 돌아보니 그 대학생이 눈물을 죽죽 흘리고 있었다. 피가 묻어서 속상해서 흘리는 눈물이 아니라 사슴이 안쓰러워서 흘리는 눈물이었다.

원래 사슴뿔의 피는 녹혈이라 해서 역시 약용으로 쓰이기 때문에 사슴이 마취에서 깨어나기 전까지는 피를 채취해서 항응고제에 담아 마시기도 한다. 하지만 학생의 눈물을 본 순간 피를 받고 싶은 생각이 싹 사라졌다. 그래서 미리 와 있던 외부인들의 원망스러운 눈을 뒤로 한 채 "사슴이 원체 약해서요."라고 변명하며 그냥 지혈해버렸다.

그러고 나서 얼마 후 나는 회의 때 사슴뿔을 더는 자르지 말자는 안건을 올렸다. 자연 관찰이라는 동물원의 목적에 맞지 않는다는 것이 이유였지만 사실 더 결정적인 이유는 그날 사슴을 보며 수의과 대학생이 흘린 눈물이었다. 내 안건은 통과되어 동물원에서는 더 이상 녹용 입찰 공고를 내지 않는다. 요즘도 녹용을 사고 싶다는 전화가 자주 걸려오지만 모두 단호히 거절한다.

침팬지의 우울증을 치료한 매점 아저씨

동물원에서 매점을 운영하거나 청소를 하는 분들도 모두 동물원의 소중한 가족이자 동물들의 친구이다. 이런 분들은 오랫동안 동물원에서 일해왔기 때문에 동물들을 사랑하고 아끼는 마음이 더욱 각별하다.

한번은 이런 일도 있었다. 우리 동물원에 우울증에 걸린 양 기운이 하나도 없는 침팬지가 있었다. 처음 데려왔을 때부터 줄곧 차가운 바닥에 엎드려 있다시피 하며 지내는 녀석이었다. 온몸에 기운이 하나도 없어서 마치 어깨가 배 아래까지 축 처져 있는 것처럼 보일 지경이었다. 의기소침해서는 구석에서 어기적거리는 모습이 꼭 무기력증에 빠져 삶을 포기하려는 것 같았다. 힘없이 늘어져 있으니 다른 침팬지들에게도 따돌림을 당했다. 통 움직이지 않는 녀석이라 청소를 위해서 우리 안을 비워야 할 때는 강제로 내쫓기 위해 폭죽을 터트려야 할 정도였다.

담당 사육사는 걱정하면서도 어찌해야 할지 몰라 답답해했다. 나라고 딱히 뾰족한 수가 없었다. 그렇게 침팬지의 우울한 하루하루가 계속되었다.

그런데 언제부턴가 침팬지가 조금씩 변하기 시작했다. 수시로 나와서 일광욕도 하고 익숙한 사람에게는 먹을 것 좀 달라고 손을 쭉 내밀기도 했다. 가장 큰 변화는 동료들 사이에서 당당해졌다는 것이었다.

변화를 일으킨 사람은 뜻밖에도 매점 아저씨. 침팬지 우리와 마주 보는 곳에 있는 매점에서 장사를 하는 분이었다. 그 아저씨는 관람객이 적은 시간이면 매점 안에 있기가 영 무료했는지 침팬지에게 다가갔다. 그러고는 마른 오징어 다리를 하나 뚝 떼어 주고는 혼자서 이 얘기 저 얘기 주절주절 늘어놓곤 했다. 처음에 침팬지는 아저씨가 떠들거나 말거나 그다지 반응을 보이지 않았다. 아저씨가 가고 난 후에야 바닥에 떨어져 있는 오징어를 몰래 주워 먹을 뿐이었다. 그래도 아저씨는 계속 찾아와서 오징어 다리를 건네고는 이런저런 이야기를 했다. 차츰 침팬지는 손으로 받아먹기 시작했다. 나중에는 손을 내밀고 오징어를 더 달라며 조르기까지 했다. 그때마다 아저씨는 "아, 고놈 참 말 잘 듣네." 하고 아낌없이 칭찬해주었다.

마침내 침팬지는 우울증에서 완전히 벗어나게 되었다. 정작 그 매점 아저씨는 자신이 얼마나 놀라운 일을 했는지 전혀 모른다.

동물원 관람객들에게 드리는 부탁 말씀

해마다 많은 사람이 동물원을 찾는다. 동물원은 동물들의 보금자리이기도 하지만 사람들의 소풍 공간이자 놀이터이기도 하다. 동물을 보며 신기해하고 즐거워하는 관람객을 보면 내 자식이 칭찬받는 듯한 기분이 들어 나도 기쁘다. 그런데 가끔 동물원에 와서 동물들에게 위험한 장난을 하는 사람들이 있다. 사람들은 그저 장난으로 하는 일이 동물들에게는 생명의 위협이 되기도 한다. 동물원이 좀 더 안전하고 즐거운 놀이터가 되기를 바라는 마음에서 이런 관람객에게 꼭 당부하고 싶은 말을 담아보았다.

동물에게도 최소한의 예의를

우리 동물원에는 전해 내려오는 엽기적인 에피소드가 몇 가지 있다. 그중 하나가 바다사자 한 마리가 누군가 던진 돌에 맞아 죽은 사건이다. 이 사건은 나도 얘기만 들었지 실제로 보지는 못했는데 얼마 전에 이와 비슷한 일을 목격하게 되었다.

아침 회진을 도는데 하마사를 맡고 있는 사육사가 나를 불렀다. 가 보았더니 하마사 바닥에 커다란 돌덩이가 열 개도 넘게 있었다. 소풍

온 학생들이 던진 돌이라는 것이었다. "이런 일이 자주 있나요?" 하고 물으니 사육사는 "학생들 소풍 철이면 늘 있는 일이죠 뭐." 하고 한숨을 쉬었다. 아무리 어린 학생이라도 그렇지 자칫하면 하마가 맞아 죽을 수도 있는데 그런 위험한 행동을 하다니. 마음속에서 분노가 치밀었다.

어린 학생들뿐만 아니라 어른들도 비슷한 행동을 한다. 아이, 어른 가리지 않고 동물원에 와서 비상식적인 행동을 하는 관람객이 꼭 있다. 유형별로 살펴보면 첫째, 동물에게 못 먹을 물건을 건네거나 쓰레기, 돌 등을 던지는 사람이다. 특히 원숭이는 먹을 것을 달라고 항상 손을 내밀곤 하는데 이럴 때 담배에 불을 붙여서 주는 관람객이 있다. 자칫 원숭이가 화상을 입거나 심하면 화재가 일어날 수도 있는 위험한 장난이다. 앞에서 이야기한, 다마사슴 부검에서 나온 비닐 끈 뭉치도 관람객이 우리 안으로 던진 것이었다. 야생에서는 본능과 학습으로 음식을 가려 먹는 훈련을 하지만 동물원 동물은 과자 봉지를 봐도 뭔지 몰라 그냥 삼켜버리기 일쑤다. 어떤 동물원에서는 관람객이 하마의 벌린 입으로 이물질을 자주 던지다 보니 사육사가 입에서 직접 꺼내주곤 했는데 어느 날 이물질을 꺼내다가 그만 하마에게 물려 죽은 사건도 있었다고 한다.

둘째, 무턱대고 고함을 질러대는 사람이다. 이런 사람들은 동물이 움직이지 않고 가만히 있으면 동물원 푯값이 아까운 모양이다. "야, 일어나서 이리로 좀 와봐!" 하고 고래고래 소리 지르는 모습이 꼭 푯값 하라고 성질을 부리는 것 같다. 물론 나도 동물이 거의 움직이지 않

위협적인 인상과는 달리 솟과에 속하는 초식 동물인 하마. '물 먹는 하마'라는 상품도 있지만
사실 하마는 물속에서 입을 꾹 다물고 있다.

고 누워만 있을 때가 많다는 사실을 잘 안다. 하지만 동물은 로봇이 아
니지 않은가. 자기 본성대로, 생리대로 살다 보니 어쩔 수 없는 일이
다. 우연히 연수 기회가 생겨 호주 시드니에 있는 타롱가 동물원에 간
적이 있다. 동물원 시설 자체도 참고할 부분이 많았지만 더욱 인상적
이었던 것은 사람들의 관람 태도였다. 단체로 온 아이들은 누가 가르
쳤는지 질서정연하게 움직이며 조용히 동물들을 구경했다. 물개 쇼를
한다고 해서 가보니 겨우 물개 한 마리를 놓고 약간의 재주를 부리게
하는 것이었는데 사람들은 시시하다고 실망하기는커녕 환호와 박수
를 아낌없이 보내며 즐겼다.

　사람과 사람 사이에 예의를 갖추어야 서로 좋은 관계를 맺을 수 있

남아메리카에서 온 물개는 주로 오징어와 물고기를 먹는다.

듯 사람과 동물 사이도 마찬가지다. "우리야 그렇다 치고 동물이 우리에게 무슨 예의를 갖춘단 말이오?" 하고 물으신다면 동물들은 자연을 떠나 동물원 우리 안에서 산다는 것 자체가 예의를 넘어 은혜를 베풀고 있는 것이라고 대답하고 싶다. 그러니 사람도 최소한의 예의는 지켜야 마땅하지 않겠는가.

장난 전화도 도가 지나치면 괴롭다

동물원에 직접 찾아오지는 않지만 전화를 통해 직원들을 곤란하게 만드는 사람들도 있다. 문의 전화를 가장한, 장난 전화를 하는 것이다.

동물원에는 종종 동물에 관해 문의하는 전화가 걸려온다. 이런 전화는 보통 다른 직원들이 받아도 나에게 돌려주는데 순수한 문의 전화일 경우, 나는 최선을 다해 대답하고 모르면 나름대로 해답을 찾아 다시 전화로 설명을 드린다. 그런데 문의 전화 중에는 그런 정성이 필요치 않은 경우도 많다.

한번은 전화를 받으니 대뜸 "노루와 고라니가 쓸개가 있소, 없소?" 하고 묻는다. 나이 지긋한 아저씨의, 술에 취한 듯한 목소리다. 경험상 이런 질문은 어떤 대답을 해도 십중팔구 되받아치기 공격을 당한다. 그래서 두루뭉술하게 넘어가려고 애쓰게 된다. "글쎄요, 노루나 고라니를 키워본 적도 없고 해부도 안 해봐서 잘 모르겠는데요. 야생동물센터나 동물이 많은 서울대공원에 물어보시지요." 그러나 어떤 대답을 해도 으레 상대방의 목소리가 커진다. "야! 나보고 그런 곳에 전화하라고? 당신 수의사 맞아? 시민이 궁금하면 어디든 당신이 전화해서 알아봐 줘야 할 것 아니야! 책임자 바꿔!" 그리고 이어지는 반말, 욕설, 무시, 말꼬리 잡고 늘어지기 등 복합적인 언어 공격.

또 한번은 역시 술 취한 아저씨가 술자리에서 전화해서는 키득키득하면서 "오소리가 갯과요, 뭔 과요?" 하고 물었다. 자세히 알아보지도 않고 내가 아는 선에서 대답한 것이 화근이었다. "제가 알기론 갯과로 알고 있는데요." 나는 딱 걸려들었다. "야, 네가 수의사 맞아? 너 아는 게 뭐야? 그러고도 월급 받아?" 나중에 찾아보니 오소리는 최근에 갯과에서 속제비과로 바뀌어 있었다.

다행히 이런 사람이 많지는 않다. 그러나 장난 전화라며 받아넘기기에 도가 지나치다 싶은 경우가 있다. 동물원에서 일하는 사람들에게도 최소한의 예의를 부탁드리는 바이다.

왜 에버랜드처럼 될 수 없느냐고?

동물원 직원이 아니라 동물원 시설을 두고 여러 가지 의견을 내는 사람들도 있다. 물론 동물원이 더 나은 공간이 되기를 바라는 마음에서 시민들이 해주시는 조언이니 언제나 감사한 마음으로 귀 기울여 듣고 있다. 하지만 의견을 그대로 다 받아들이기 어려운 경우도 있다. 동물원이 추구하는 방향과 다른 방향에 서서 비난을 하는 사람들도 더러 있기 때문이다. 주로 동물원의 수익성을 둘러싸고 벌어지는 논란이다. 간단히 말하자면 왜 우치동물원은 에버랜드처럼 되지 못하느냐는 것이다.

이참에 설명하자면 우치동물원은 옛 사직동물원 시절을 포함해 40년의 역사를 지닌, 전국에서 두 번째 규모의 동물원이다. 역사 깊은 동물원이지만 광주시에서 운영하는 시립 동물원으로 공공시설이다 보니 투자를 많이 하는 사설 동물원처럼 화려할 수는 없다. 입장료만 해도 우치동물원은 최대 1500원인데 에버랜드는 그 몇 배가 아닌가.

이 정도 비난은 그래도 이해하고 넘길 수 있는 정도다. 여기서 좀 더 나아가 우리 동물원의 수익 대차대조표를 보며 동물원은 돈이 안 되는 곳, 심하게는 돈 먹는 하마라고 이야기하는 사람들도 있다. 동물원을 수익 사업으로 바라보니 이런 비난을 하게 되는 것이다.

세상의 동물원 중에 진짜로 이익을 내기 위해 운영되는 곳은 많지 않다. 원래 동물원이 만들어진 목적은 무분별한 도시 개발을 막기 위한 것이다. 그래서 대개 왕립, 국립, 시립이라는 이름을 달고 공공의 목적을 위해 운영된다. 더구나 동물원이 단순히 동물 전시를 위주로 하여 시민들이 눈요기만 하고 돌아가는 곳으로 기능하던 시대는 이미 지났다. 요즈음엔 도시에서 태어나 자라는 아이들이 자연의 아름다움을 체험하는 생태 교육의 장, 멸종해가는 야생 동물을 보호하고 복원시키는 동물들의 안식처로 바뀌어가고 있다. 이런 일을 제대로 하려면 상업성보다는 공공성이 우선 보장되어야 한다. 동물원에서 상업성을 우선시하다 보면 인기 있는 동물만 보호를 받고 그렇지 못한 동물은 쉽게 내쳐질 수 있고 또 동물 쇼라는 이름으로 동물을 학대하는 결과를 낳을 수도 있다. 우치동물원이 그렇게 운영되었다면 지금처럼 전국에서 손꼽힐 만큼 새끼들이 많이 태어나는 동물원이 되지 못했을 것이다. 병들거나 다친 동물들, 장애를 갖고 태어난 동물들, 인기 없는 동물들을 지금처럼 정성껏 보살피기도 어려웠을 것이다.

비록 우치동물원은 겉보기엔 낡고 소박해 보이지만 여전히 봄가을이면 학생들의 소풍 장소이고, 어린이날이면 아이들이 가장 가고 싶어 하는 공간이며, 외국인과 섬마을 사람들이 광주에 오면 꼭 들르는 보석 같은 장소다. 우치동물원이 계속 이렇게 광주 시민들의 소중한 공간으로 남았으면 하는 마음이 간절하다.

동물원의 진화를 꿈꾸다

바로 앞에서 동물원에 비난보다는 애정을 주십사 투정을 부리기도 했지만 사실 동물원의 문제점에 대해서는 누구보다도 내가 가장 절실히 느끼고 있다. 늘 동물들을 가까이에서 관찰하고 있고 또 외국 동물원을 견학할 기회도 종종 있다 보니 우리 동물원에서 부족한 부분이 더 눈에 잘 띈다. 현재의 문제점을 정확히 파악해야 상황을 개선할 수 있는 법. 수의사가 고백하는 동물원 비판과 함께 수의사가 꿈꾸는 동물원 이야기를 들어보시라.

동물들에겐 너무 비좁은 공간

서울대공원은 역사 면으로나 규모 면으로나 우리나라 동물원들의 큰 집 격이다. 그래서 다른 동물원들도 초창기의 서울대공원을 본떠서 만든 경우가 많다. 그런데 문제는 서울대공원이 만들어질 무렵에는 세계 어디를 가도 동물원이 하나같이 성냥갑처럼 네모반듯한 건물, 비좁은 콘크리트 막사, 밋밋한 방사장, 칙칙한 색깔로 되어 있었다는 점이다. 시간이 흐르면서 선진국에서는 점차 동물원 시설이 친환경적으로 바뀌고 있는데 우리나라 동물원들은 예산 부족을 이유로 여전히 초창기의 모습에서 크게 나아지지 못하고 있다. 우치동물원도 마찬가지여서 동물원 주변에는 녹지가 많은데 정작 동물 우리 안에는 나무가 별로 없다.

이런 환경이 주는 피해는 고스란히 동물들에게 돌아간다. 동물들은 공간의 넓이에 매우 민감하다. 비교적 넓은 곳에서 기르던 미니호스 한 쌍을 그 절반밖에 안 되는 크기의 어린이동물사로 보낸 적이 있다. 어린이동물사는 바닥과 벽도 청소하기 쉬운 평평한 콘크리트였다. 옮겨진 지 한 달이 지나자 미니호스에게 문제가 생기기 시작했다. 수컷은 갑자기 여위었고, 암컷은 반대로 비대해지더니 급기야 피부병에 걸리고 다리까지 절었다. 꼴이 엉망이 된 것을 보니 아무래도 어린이동물사에는 적합하지 않다고 판단되어 다시 원래 자리로 보냈다. 얼마 안 있어 미니호스의 증상은 깨끗하게 나았다.

바버리양도 비슷한 경우였다. 우리 동물원의 바버리양은 대부분 몸이 쇠약했고 관절염을 앓았다. 그중 두 마리를 실험적으로 면양이 사는 넓은 사육장으로 옮겨보았다. 그러자 두 바버리양은 차츰 증세가 완화되더니 우리 안의 울타리를 허들 선수처럼 가볍게 뛰어넘을 정도가 되었다. 동물의 생태를 무시한 비좁고 평평한 공간이 운동 부족을 낳았고 이것이 체력 약화로 이어졌던 것이다. 이것만 보아도 동물들에게 공간의 넓이가 얼마나 중요한지 알 수 있다.

동물원에도 새집증후군이 있다. 시멘트와 철 위주로 지어진데다 페인트로 덧칠하기까지 했으니 새집증후군의 주요 원인으로 지목되는 거의 모든 재료가 들어가 있는 셈이다. 피부병을 앓는 대표적인 경우가 원숭이다. 동물원에 온 원숭이는 초기에는 털 상태가 괜찮다가도 오래 있을수록 털이 거칠어지고 심하면 탈모 현상까지 일어난다. 전

겨울철새, 솔개. 남한에서는 철새지만 북한에서는 번식을 하는 독특한 새이다.

에 해남에서 발견한 야생 원숭이는 자연에서 몇 년을 산 덕분에 동물
원 원숭이와는 비교가 안 될 정도로 털이 촘촘하고 길었다. 참수리와
수리부엉이는 해마다 여름이면 안염에 시달리고 발바닥에 범블푸트
라는 만성 괴사증이 생기곤 한다. 또 물범은 해수 대신 담수에서만 살
다 보니 일부 약한 녀석들은 수족관의 물고기처럼 눈에 백태 현상이
나타나 시력을 잃기도 한다.

공간 때문에 스트레스가 심한 동물은 마치 정신병에라도 걸린 듯
비정상적인 행동을 보인다. 유럽불곰 한 마리는 원래 되새김질을 하
는 동물도 아니면서 토하고 다시 먹기를 반복한 적도 있었다. 지켜보
고 있으면 내가 토할 지경이었다.

동물원 환경 때문에 아픈 동물들을 보고 있으면 정말 미안한 마음
이 든다. 기왕 생태 관찰이자 동물 보호라는 이름으로 가둬놓았으면
최대한 원래 자연 환경에 맞춰주어야 하건만 현실은 그렇지 못하니
안타까울 따름이다.

자연에 더욱 가까운 동물원이 되었으면……

이런 문제점을 알고 있는 사람들은 때로 동물원의 존재 자체에 의문
을 제기하기도 한다. 야생에서 자유롭게 살아야 할 동물들을 인공적
인 공간 안에 강제로 가두어두는 것 자체가 동물 학대라는 이유다. 일
리가 없는 말은 아니지만 동물원에서 오래 일하고 있는 나의 경험에

비추어보자면 꼭 그렇지만도 않은 것 같다. 정작 동물들은 갇혀 지내는 것 자체에 대해 그렇게 불편해하지 않는 것 같기 때문이다. 일부 동물학자들은 조심스럽게 오히려 동물원이 동물들에게 야생에서보다 더 만족스러운 삶을 누리게 할 수 있다고 주장하기까지 한다. 그 증거로 동물원 동물들은 야생에서보다 길게는 두 배 정도까지 더 오래 산다. 물론 여기에는 전제 조건이 따른다. 바로 인간의 지속적인 관심과 사랑이다. 어떤 동물원에서는 동물들이 굉장히 활기가 없는 반면, 어떤 동물원에서는 동물들이 진정으로 살아 움직인다는 느낌을 주는데 바로 인간이 관심을 기울이는 정도에 차이가 있기 때문이다.

타롱가 동물원 이야기를 다시 꺼내고 싶다. 여기가 워낙 모범적인 동물원이기 때문이다. 타롱가 동물원에 도착하면 케이블카를 타고 동물원 중심까지 이동한다. 위에서 내려다본 타롱가 동물원은 황량한 벌판에 건물만 턱턱 얹은 우리의 동물원과 달리 자연 지형을 최대한 그대로 살려서 지었기에 다소 어수선한 감은 있어도 그것 자체가 하나의 자연이었다. 세부적인 시설도 동물의 생태를 면밀히 고려해서 만들었다. 침팬지가 사는 유인원관은 사람의 시선과 소음을 원천적으로 봉쇄한 덕분에 대여섯 마리의 암컷이 저마다 모두 새끼를 안고 있었다. 야행성인 오리너구리는 캄캄한 동굴 속의 커다란 수조 속에서 맘껏 헤엄쳐 다녔다. 흑따오기나 검은고니 같은 새는 아예 비둘기처럼 바깥에서 마음껏 날아다녔다. 사람의 손길에 비교적 스트레스를 덜 받는 코알라는 관광객들이 안고 사진을 찍을 수 있게 해놓았고, 캥거루 사육장도 관람객이 안으로 들어가 함께 어울릴 수 있었다. 각 동

어린왕자의 영원한 친구, 사막여우

물의 생태를 고려해 동물과 관람객 사이에서 적절한 균형을 잡고 있는 모습이 무척이나 부러웠다. 나는 타롱가 동물원에서 우리 동물원이 가야 할 길을 미리 엿볼 수 있었다.

우리나라의 동물원도 많지는 않지만 조금씩 변화가 이루어지고 있다. 그 대표적인 것이 동물원에 도입되고 있는 '동물 행동 풍부화 프로그램'이다. 어떤 방송국에서는 이것을 이해하기 쉽게 '비만 퇴치 작전'이라고 표현하기도 했는데 이 프로그램은 동물원의 동물들에게 자연과 비슷한 환경을 마련해주어 자연에서 보이는 행동을 유도하고 질병과 비정상적인 행동을 감소시키는 것이다.

이 프로그램 중에는 당장 타롱가 동물원처럼 전체적인 구조를 바꾸지 않아도 조금만 신경 쓰면 적용할 수 있는 것들이 많다. 코끼리의 무료함을 달래기 위해 사방에 먹이를 숨겨놓는 것, 코뿔소가 전진해서 박치기를 할 수 있는 인조 장애물을 설치하는 것, 맹수에게 고기를 주되 뼈까지 포함시켜서 주는 것, 북극곰에게 먹이를 얼려 얼음 속에 넣어 주는 것, 침팬지에게 축구공이나 페트병 같은 장난감을 주는 것 등이다. 여러 종의 동물 무리를 한 우리에 함께 둔다든지, 적절한 짝이나 친구를 넣어주는 것도 여기에 포함된다. 우리 동물원에서는 버려진 나무들을 묶어 표범사에 인공 나무를 만들어주었더니 나무 타기를 좋아하는 표범이 맨날 그 위에 올라가 쉬고 있다.

마음 같아서는 동물 행동 풍부화 프로그램에 그치지 않고 더 큰 욕심을 부리고 싶다. 물새 우리는 지금보다 열 배쯤 더 크고 높게 만들고 안에는 습지와 비슷한 환경을 조성해주고 싶다. 그러면 물새들이 마음껏 날면서 번식 활동도 자연스럽게 할 수 있을 것이다. 파충류에게는 인공 온실 안에 인공 사막과 인공 밀림을 조성해주고 싶다. 그러면 파충류는 원래의 환경에 맞아서 좋고 관람객은 색다른 자연환경을 체험할 수 있으니 일석이조다. 맹수들과 초식 동물들에게는 투명 울타리가 있는 넓은 사파리를 만들어주고 싶다. 울타리 한쪽에 맹수를 풀어놓고 다른 한쪽에는 초식 동물을 풀어놓으면 서로 긴장 관계가 조성되어 활발히 움직이게 되므로 동물들이 더 건강해질 것이다. 또 모든 우리에서 위압적인 느낌을 주는 철창을 없애고 그 대신 나무를 심거나 함정 식의 모트를 만들고 싶다. 그러면 동물과 관람객의 안전을 지키면서도 훨씬 친환경적일 것이다. 지금은 내 상상 속에서만 머물고 있는 계획들이지만 언젠가는 현실이 되기를 꿈꾼다.

어느 사회든 가장 약한 자가 제대로 보호받을 때 건강한 사회라고 부를 수 있다. 야생 동물은 우리 사회에서 가장 약한 자 중의 하나가 아닐까? 생태계가 위협받고 있는 오늘날, 동물원은 야생 동물의 마지막 피난처 역할을 하고 있다. 동물원은 야생 동물을 위한 최소한의 복지 시설이 되어야 한다. 그것을 만드는 데 나 역시 최선을 다할 것이다.

동물원은 영원한 생명의 놀이터

사람들이 동물원에 오는 이유는 무엇일까? 동물원이 존재해야 하는 가장 핵심적인 이유도 이 질문의 답에 있을 것이다. 생태 교육을 위해? 그렇다면 동물원은 아이들만의 공간이 될 것이다. 멸종 위기 동물을 보호하고 야생종을 보존하기 위해? 그렇다면 사람들이 굳이 동물원에 놀러올 이유가 없다. 놀이를 위해? 요즘은 동물원 말고도 즐길 공간이 무척 많다. 혹시 퓻값이 싸서? 하지만 퓻값이 올라도 누군가는 분명히 올 것이다.

40여 년이라는 우치동물원의 역사에서 관람객이 단 한 명도 오지 않은 날은 단 이틀에 불과했다. 심지어 나라 전체가 한마음으로 몰입했던 2002년 월드컵 4강전이 열리던 날에도 축구 경기 시청 대신 동물원 관람을 선택한 사람들이 있었다.

개개인의 사연으로 조금 깊이 들어가보면, 어떤 아이는 동물이 마냥 좋아서, 어떤 연인은 자연의 낭만을 만끽하고 싶어서, 어떤 노부부는 동심으로 돌아가는 듯해서, 아픔을 가진 어떤 사람은 동물들을 보며 위로를 얻으려고 온다. 그리고 이 모든 사람들이 우리에 갇힌 동물들이 불쌍하다면서도 막상 동물들을 만나고 난 뒤에는 무언가 즐거움과 뿌듯함을 품고서 동물원 문을 나선다. 비싼 놀이공원처럼 아주 짜릿하지는 않지만 밋밋하면서도 어딘지 여운이 남는 즐거움을 주는 곳이 동물원이다. 동물원의 무엇이 이런 느낌을 주는 것일까?

나는 10년이 넘게 한결같이 동물원을 지켰지만 여전히 전혀 지루함을 못 느낀다. 내 직업을 아는 친구들이 "만날 보는 동물들, 또 보는 거 따분하지 않아?" 하고 질문을 하면 나는 "일단 한번 와봐!" 하고 대답하곤 한다. 내가 생각하기에 동물원에는 우리가 인위적으로 채울 수 없는 가장 핵심적인 즐거움이 도사리고 있다. 바로 다채로운 생명들이 신나게 모여 사는, 영원한 생명의 놀이터를 방문하는 즐거움이다.

우리는 사슴의 아름다운 눈망울에서 눈을 떼지 못하고, 원숭이의 재롱에 감탄하고, 사자나 호랑이의 위엄에 움츠러들고, 기린과 코끼리의 거대함에 압도당한다. 아이나 어른이나 마찬가지이다. 도시에서 이런 즐거움을 압축해서 선사하는 곳은 오직 동물원뿐이다. 식물원이 여유와 편안함을 느끼는 자연이라면 동물원은 그보다 더 놀랍고 역동적인 자연을 선사한다. 우리가 결국 마지막에 머무를 곳은 딱딱한 콘크리트가 아닌 부드러운 흙 속, 즉 자연이 아닌가.

그래서 동물원은 제2의 자연이라고도 불리며 스스로 그렇게 되고자 노력하는 곳이다. 도심 속에서 자연의 즐거움을 주는 곳, 동물원.

늘 쓸모없음과 쓸모 있음의 가운데에서 비판의 화살에 시달리지만 동물원이 이 땅에서 완전히 사라지는 일은 결코 없을 것이다. 사람들은 이 동물들을 통해서 최소한으로나마 자연을 느껴야 하고 잠깐이나마 자연으로 돌아갈 여유를 가져야 하기 때문이다.

사진 출처

p.14, p.16, p.18, p.27, p.43, p.49, p.50, p.54, p.58, p.67, p.73, p.83, p.117, p.120, p.162, p.220, p.228, p.237, p.253, p.258, p.269, p.281, p.290, p.296, p.299 ⓒ이과용
p.108, p.110, p.111 ⓒ우리들의 눈
p.99 ⓒOSEN

동물원에서 프렌치 키스하기

우치동물원 수의사 최종욱의 야생 동물 진료 일기

1판 1쇄 펴냄 2012년 3월 26일
1판 6쇄 펴냄 2021년 12월 28일

지은이 최종욱
펴낸이 박상준
펴낸곳 반비

출판등록 1997. 3. 24.(제16-1444호)
(우)06027 서울특별시 강남구 도산대로1길 62
대표전화 515-2000, 팩시밀리 515-2007
편집부 517-4263, 팩시밀리 514-2329

글ⓒ최종욱, 2012. Printed in Seoul, Korea.

ISBN 978-89-8371-403-9 03810

반비는 민음사출판그룹의 인문 · 교양 브랜드입니다.
블로그 http://blog.naver.com/banbibooks
페이스북 http://www.facebook.com/Banbibooks
트위터 http://twitter.com/banbibooks